O LORDE que Eu ABANDONEI

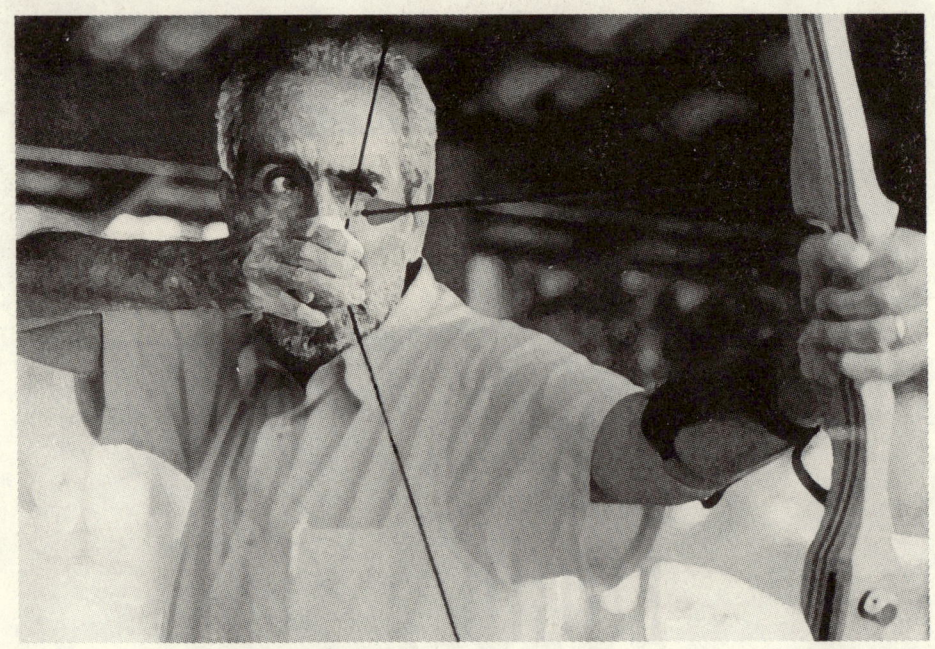

O Arqueiro

GERALDO JORDÃO PEREIRA (1938-2008) começou sua carreira aos 17 anos, quando foi trabalhar com seu pai, o célebre editor José Olympio, publicando obras marcantes como *O menino do dedo verde*, de Maurice Druon, e *Minha vida*, de Charles Chaplin.

Em 1976, fundou a Editora Salamandra com o propósito de formar uma nova geração de leitores e acabou criando um dos catálogos infantis mais premiados do Brasil. Em 1992, fugindo de sua linha editorial, lançou *Muitas vidas, muitos mestres*, de Brian Weiss, livro que deu origem à Editora Sextante.

Fã de histórias de suspense, Geraldo descobriu *O Código Da Vinci* antes mesmo de ele ser lançado nos Estados Unidos. A aposta em ficção, que não era o foco da Sextante, foi certeira: o título se transformou em um dos maiores fenômenos editoriais de todos os tempos.

Mas não foi só aos livros que se dedicou. Com seu desejo de ajudar o próximo, Geraldo desenvolveu diversos projetos sociais que se tornaram sua grande paixão.

Com a missão de publicar histórias empolgantes, tornar os livros cada vez mais acessíveis e despertar o amor pela leitura, a Editora Arqueiro é uma homenagem a esta figura extraordinária, capaz de enxergar mais além, mirar nas coisas verdadeiramente importantes e não perder o idealismo e a esperança diante dos desafios e contratempos da vida.

O LORDE que Eu ABANDONEI

SEGREDOS DA CHARLOTTE STREET
LIVRO 3

SCARLETT PECKHAM

Título original: *The Lord I Left*

Copyright © 2020 por Scarlett Peckham
Copyright da tradução © 2021 por Editora Arqueiro Ltda.

Todos os direitos reservados. Nenhuma parte deste livro pode ser utilizada ou reproduzida sob quaisquer meios existentes sem autorização por escrito dos editores.

tradução: Livia de Almeida
preparo de originais: Carolina Rodrigues
revisão: Camila Figueiredo e Luíza Côrtes
projeto gráfico e diagramação: Ana Paula Daudt Brandão
capa: Aero Gallerie – aerogallerie.com
adaptação de capa: Gustavo Cardozo
impressão e acabamento: Cromosete Gráfica e Editora Ltda.

CIP-BRASIL. CATALOGAÇÃO NA PUBLICAÇÃO
SINDICATO NACIONAL DOS EDITORES DE LIVROS, RJ

P381L

Peckham, Scarlett
    O lorde que eu abandonei / Scarlett Peckham ; tradução Livia de Almeida. - 1. ed. - São Paulo : Arqueiro, 2021.
    272 p. ; 23 cm.   (Segredos da Charlotte Street ; 3)

Tradução de: The lord I left
Sequência de: O conde que eu arruinei
ISBN 978-65-5565-144-7

1. Romance americano. I. Almeida, Livia de. II. Título. III. Série.

21-70284   CDD: 813
                            CDU: 82-31(73)

Meri Gleice Rodrigues de Souza - Bibliotecária - CRB-7/6439

Todos os direitos reservados, no Brasil, por
Editora Arqueiro Ltda.
Rua Funchal, 538 – conjuntos 52 e 54 – Vila Olímpia
04551-060 – São Paulo – SP
Tel.: (11) 3868-4492 – Fax: (11) 3862-5818
E-mail: atendimento@editoraarqueiro.com.br
www.editoraarqueiro.com.br

Uma nota da autora sobre o conteúdo,
para leitores sensíveis:
(Se você prefere ser pego de surpresa, pule esta parte.)

─⁓─

Este livro contém: cenas de sexo explícito, perversões e hierofilia (procure na internet); sentimentos de culpa e de vergonha relativos a sexo; prostituição (a prática e os debates sobre sua legalidade); mortalidade parental; famílias tóxicas; fé religiosa, inclusive o questionamento e o afastamento dela; alusões a questões com a imagem corporal e um bocado de linguagem chula.

*Para Sarah E. Younger,
cuja fé em mim – e nesta série –
é uma das melhores bênçãos
que recebi.*

Capítulo um

Mary-le-Bone, Londres
Janeiro de 1758

A manhã londrina recendia a fumaça e parecia um esboço feito com carvão. Uma água gelada e suja pingava de beirais sórdidos, despejando-se nos riachos lamacentos que faziam as vezes de ruas, salpicando as botas recém-engraxadas de Henry Evesham.

Era uma manhã terrível para partir em viagem. O que era apropriado, dado o destino de Henry.

– Ficarei aqui apenas um minuto – disse ele ao cavalariço de Elena Brearley, entregando-lhe as rédeas do cabriolé emprestado, por demais elegante.

Caminhou vigorosamente da estrebaria até a Charlotte Street, parando na solene porta da casa de número 23.

Ainda o impressionava como a casa da Sra. Brearley pouco aparentava sua reputação perversa. Na primeira vez que estivera ali, havia imaginado uma fortaleza com torreões e o cheiro acre de enxofre, tomada por gritos de dor. Algo bem distante daquela residência tranquila e imponente que mais parecia um clube privativo do que a sinistra casa de chicoteamento da sua imaginação.

Henry bateu com os nós dos dedos na porta, ficando tenso ao pensar quem poderia abrir. Suspirou aliviado pela pequena bênção de ver o lacaio alto e negro com uma peruca empoada, em vez da pequenina mulher branca de olhos castanhos intensos.

Olhos de pomba, fora seu pensamento ao vê-la pela primeira vez. *Olhos de pomba*, pensara de novo enquanto ela o fitava com fúria ao vê-lo ir embora dali na semana anterior.

Não, infelizmente isso não era muito preciso. Se fosse sincero, e ele havia jurado ser rigorosamente sincero consigo mesmo, Alice (seria falso de sua parte fingir não se lembrar do nome dela) o olhara com fúria não porque ele *fora embora*, mas porque ele fugira em disparada escada acima e porta afora como se sua vida dependesse disso.

(Não. Sua vida, não. Sua alma.)

– Bom dia, Stoker – disse ele, animado, ao lacaio.

Pois a essa altura eles se conheciam, os moradores da Charlotte Street e o lorde-tenente Henry Evesham.

No entanto, o criado deu prosseguimento à cerimônia austera.

– Sua chave? – perguntou Stoker, estendendo a mão.

Henry revirou o sobretudo em busca do pedaço de ferro primorosamente trabalhado, no qual sua identidade fora gravada na extremidade com o símbolo de uma cruz presa em espinhos. Elena Brearley, a assustadora governanta chicoteadora, não se furtava a uma piada, como ele descobrira.

– Fique com ela – disse Henry. – Não devo voltar depois de hoje.

Se a declaração teve algum efeito sobre Stoker, o homem não demonstrou. Apenas deu um passo para o lado, permitindo a entrada de Henry.

– Sua visita não estava sendo aguardada – disse Stoker no seu habitual tom de voz baixo. – O estabelecimento está fechado hoje.

Henry sorriu animado, pois era por isso mesmo que escolhera aquele dia para ir até ali.

– Foi justamente por isso que achei que a Sra. Brearley pudesse estar livre para uma conversa rápida. Em particular.

Ele seguiu Stoker a alguma distância pelo corredor até as entranhas da casa, inalando o aroma de vinagre e madeira encerada. Não se parecia em nada com o cheiro da maioria dos bordéis, um odor rançoso de gim e sachês de alguma essência mascarando as fragrâncias mais vibrantes e humanas da luxúria. Nos últimos dois anos, ele havia visitado um bom número de *bagnios* – desde os mais elegantes, com damas de maquiagem pesada e seminuas oferecendo entretenimento e bebida forte, aos mais humildes, que ofereciam pouco mais do que um catre sujo para o coito – para saber que aquele lugar era tão incomum quanto sua dona alegava.

A essa altura, ele já estava ciente das particularidades dela – dos códigos de disciplina e discrição que a Sra. Brearley acreditava tornarem aquele lugar mais seguro do que os outros do ramo. Era missão dela persuadi-lo de que adotar mais largamente as práticas da casa reduziria os perigos do comércio carnal para as prostitutas e para enjeitadas similares.

Evesham não sabia se estava convencido, mas reconhecia na Sra. Brearley uma seriedade de propósito que combinava com o caráter dele.

Os dois eram evangelizadores.

Stoker conduziu-o escada acima até uma sala ampla. A luz do dia era bloqueada por cortinas de veludo e o fogo que ardia numa lareira do tamanho de um homem era a única iluminação do cômodo, que tinha uma abóbada dupla. Como sempre, parecia noite naquele salão, embora lá fora os sinos matinais tivessem acabado de soar as oito horas.

Elena Brearley se encontrava imóvel e altiva, fazendo anotações em sua escrivaninha. Fez uma pausa e ergueu os olhos para cumprimentá-lo.

– Henry.

– Lorde-tenente – corrigiu ele, com uma piscadela.

Era um gracejo entre os dois, a insistência dele num título que sabia que Elena Brearley jamais pronunciaria. O estabelecimento dela seguia uma hierarquia diferente da que existia lá fora. O único título respeitado ali era o da Sra. Brearley.

Uma ponta de humor irônico insinuou-se nos cantos dos lábios dela.

– Não esperava vê-lo por aqui outra vez.

Ela o encarou, num escrutínio amplo e indulgente, como se conhecesse os pormenores de sua alma – cada virtude, pecado e limitação.

Ele fez a única coisa que poderia fazer diante daquele olhar: fingir que não tinha reparado, fingir que não sentia vontade de fugir.

– Ah, sim. Peço desculpa pela minha pressa ao partir na semana passada – disse ele. – Lembrei-me no último momento de que estava atrasado para um compromisso na Câmara dos Lordes. Espero que sua jovem não tenha ficado assustada com minha falta de cortesia. Enfim, agradeço por me receber.

Ela sorriu ao ouvir a mentira, poupando-o do trabalho de se recriminar mentalmente.

– Claro. O senhor sabe que tenho prazer em prestar serviço a um emissário do governo de Sua Majestade.

Ela sempre usava aquele tom mordaz para falar com ele, como se estivessem em lados opostos de uma ironia tão grande que só podia ser algo divertido, e os dois sabiam disso. Isso fazia com que ele tivesse vontade de contar todos os seus segredos a ela, embora aquilo fosse uma depravação – o homem de Deus se confessando a uma prostituta.

– Estou grato por toda a sua ajuda – disse ele. – Foi muito útil na preparação do meu relatório para a Câmara dos Lordes.

– Aguardo ansiosamente para saber suas recomendações.

– Vou entregar o relatório em algumas semanas. Providenciarei uma cópia.

Sua missão como lorde-tenente era investigar o dano do vício sobre os inocentes de Londres e propor formas de combatê-lo. Ele fizera uma cuidadosa pesquisa durante dois anos, frequentando casas de má reputação e entrevistando todos, desde cortesãs dos palácios e vadias dos becos até aqueles que pagavam por seus serviços. Restava apenas examinar as evidências e decidir o que teria melhor resultado nas ruas de Londres: punições mais rigorosas ou uma reforma progressista. Independentemente da sua decisão, ele ganharia a inimizade de metade da cidade – ou dos donos dos bordéis e das meretrizes que desejavam exercer seu ofício em segurança ou dos moralistas que torciam para que todos eles desaparecessem.

A Sra. Brearley continuou a observá-lo com atenção, como se pudesse adivinhar por sua postura se o relatório de Henry faria dele um aliado ou um adversário.

– Espero que leve em consideração tudo o que conversamos – disse ela, buscando os olhos dele.

Ele desviou o olhar. Apesar de suas preces por orientação moral, ainda não sabia o que fazer.

Tinha consciência de que os grupos da cidade o observavam em busca de pistas. Mas fazia tanto tempo que ele mergulhara na ambiguidade que suas próprias crenças – antes tão inabaláveis que ele construíra sua fama ao transformá-las em palavras incendiárias – se tornaram turvas e desorganizadas. Era um homem dividido.

– As reformas que a senhora propõe certamente serão levadas em consideração – afirmou ele num tom suave.

– Isso é animador. Mas lembre-se também daquilo que conversamos na semana passada.

Henry ficou tenso. Tinha perguntado sobre os preços dela – uma pergunta padrão que ele se esquecera de fazer em visitas anteriores, dada a insistência da mulher em falar sobre preservativos, médicos, taxas de licenciamento e guildas –, e ela respondera que tudo dependeria da natureza de seus desejos.

– Não tenho desejos – respondera ele de modo brusco. (*Mentiroso*, reconheceu para si mesmo assim que abriu a boca.)

– Falei retoricamente – dissera ela, num tom não muito diferente do que ele próprio usara com os homens cujas vidas destruíra nos tempos em que trabalhava no *Santos & Sátiros*, um tom que dizia *Nós dois sabemos o que você é*.

Ela prosseguira, pensativa:

– Mas se é verdade, Henry, me pergunto se é justo. Alguém poderia pensar que um homem encarregado de promover uma reforma no comércio carnal tem a responsabilidade de compreender os desejos que existem no âmago da transação. Não tem?

– É possível julgar um crime sem cometê-lo.

– E é possível ter um desejo sem satisfazê-lo – retrucara ela, fitando-o por um tempo demasiadamente longo. – Como homem de Deus, suponho que você valorize a empatia.

Ele ficara em silêncio, relutante em envolvê-la até este ponto, pois estava ali para fazer perguntas, e não revelar, não para que ela examinasse quaisquer feridas que pontilhassem a pureza de seu relacionamento com o pecado.

Sentira-se aliviado quando ela mudou de assunto e convocou uma jovem para guiá-lo numa visita às dependências.

Mas o alívio fora um equívoco. Pois se a Sra. Brearley sentira os segredos ocultos em seu âmago, Alice os fizera aflorar de forma turbulenta ao simplesmente entrar no aposento. Desde que pusera os olhos nela, com a silhueta miúda, a expressão distante e os olhos enormes, tristonhos...

Sim, ele sabia o que era desejo.

Elena pigarreou, lembrando a ele que aguardava uma resposta.

– Claro que me recordo da nossa conversa. E aprecio seu conselho.

– Então não vou me repetir. Mas insisto que pense no bem que pode fazer. No sofrimento que pode impedir.

Os dois concordavam nesse aspecto. A missão dele era um chamado de Deus, e ele sentia-se grato pela oportunidade de fazer uma obra que teria consequências morais duradouras. O fato de ter descoberto que o trabalho era uma provação – um teste à sua ética e à sua compaixão, que exigira que ele trilhasse o tentador caminho de um pecador – convencera-o de que o sacrifício valia a pena.

Evesham suspirou e abandonou o esforço de tentar parecer formal.

– Raramente penso em outra coisa nos últimos tempos. Posso lhe garantir.

Ela assentiu. Sempre parecia crer nas boas intenções dele, apesar das ameaças que ele havia lhe feito durante sua carreira anterior. Evesham admirava isso nela – a capacidade de perdoar. Não tinha certeza se seria tão caridoso caso os papéis estivessem invertidos.

– Como posso ajudá-lo hoje, Henry? – perguntou Elena.

Ele tentou assumir um ar extremamente casual, embora fosse difícil quando estava sentado numa cadeira de madeira com um encosto rígido.

– Na minha pressa de partir na última visita, pergunto-me se eu não teria colocado um livro no lugar errado. Preciso viajar para o interior para escrever meu relatório e achei que pudesse recuperá-lo antes da minha partida, caso a senhora o tenha encontrado.

– Um livro?

– Sim... Um volume encadernado, de couro, escrito à mão. Continha minhas anotações.

Era seu diário, na verdade, mas ele não podia admitir para a Sra. Brearley que havia deixado algo tão íntimo naquele lugar, onde poderia ser lido por qualquer um. Suspeitava que tivesse caído de sua sacola quando saíra correndo na semana anterior.

A Sra. Brearley balançou a cabeça.

– Eu o teria devolvido a você se o tivesse encontrado. Nosso respeito pela discrição se estende a criaturas exóticas como os metodistas, assim como a flagelantes e prostitutas.

Ela sorriu.

Ele ficou aliviado por Elena não ter encontrado. Só Deus deveria tomar conhecimento do que estava escrito naquele livro.

Devia ter deixado o diário cair em outro lugar, depois de ter saído correndo dali num rompante de culpa. Tê-lo perdido num beco anônimo ou no lodo da margem do rio seria infinitamente preferível a tê-lo deixado ali. A autoridade que ele detinha ante aquelas pessoas cairia por terra se elas soubessem a natureza de seus conflitos íntimos. E, se soubessem, poderiam expô-lo.

Evesham curvou-se em reverência e tirou um pedaço de papel do bolso.

– Por favor, escreva-me neste endereço caso ele apareça. Obrigado por me receber. Agora devo partir.

Dirigiu-se para a porta, mas, antes que seus dedos alcançassem a maçaneta, ela se abriu com tanta força que a madeira bateu na parede de gesso.

Evesham recuou com um salto bem a tempo de evitar ser golpeado no queixo. A criada, Alice, passou por ele sem ver nada, correndo na direção da mesa de sua senhora, arfando como se tivesse levado um tiro no peito.

A Sra. Brearley levantou-se de súbito.

– Alice, o que foi?

Antes, a garota sempre parecera impassível, sem revelar qualquer emoção além de um eventual vestígio de gracejo perverso por trás da aparência solene. Sua beleza estava na inteligência dos olhos, que dançavam de tal forma que faziam a pessoa querer conhecer os pensamentos íntimos que os faziam brilhar tanto.

Mas, naquele momento, de olhos arregalados, ela segurava um papel junto ao peito com tanta força que os nós dos dedos estavam azulados. As mãos, ele percebeu, eram tão pequenas que ele podia colocar ambas dentro de uma das suas, tão grandes. (Não deveria estar pensando em manter contato físico com uma mulher. Em nenhuma ocasião, mas agora menos do que nunca, pois a garota em questão estava tão transtornada que mal respirava.)

– É minha mãe – respondeu Alice, ofegante. – Ela sofreu um ataque. O coração. Minha irmã escrev...

Ela balançava a cabeça freneticamente, como se não conseguisse dizer as malditas palavras, e entregou a carta para a Sra. Brearley.

– "Acreditamos que ela tem poucos dias"– leu Sra. Brearley em voz alta. – Ah, minha querida.

– Meus sentimentos – murmurou Henry, sem pensar.

Alice virou a cabeça com brusquidão, e ele percebeu, tardiamente, que ela não havia reparado na sua presença até então.

– Ah... não sabia que a senhora estava com um...

Ela se aproximou da Sra. Brearley sem concluir a frase, com uma expressão que indicava que ficaria mais feliz em ver um mendigo com varíola, coberto de pústulas, do que encontrar Henry.

Sem dúvida, ele merecia aquele olhar e desejou desaparecer, mas o sacerdote que existia nele não se continha ao ver a angústia dela e queria consolá-la.

– Srta. Alice, lamento muito que tenha recebido más notícias. – Ele puxou uma cadeira para ela, que não parecia muito firme de pé. – A senhorita deveria se sentar – disse num tom baixo e reconfortante. – Sofreu um grande abalo. Gostaria de orar, talvez?

Alice olhou para ele, perplexa, e depois virou-se depressa para Elena sem responder, como se não pudesse perder tempo tentando entender o que ele fazia ali.

– Preciso voltar... Minhas irmãs...

Elena foi até Alice e a apoiou em seu braço, esfregando suas costas. Tinha uns quinze centímetros a mais do que a jovem, cuja cabeça não chegava na altura do peito de Henry.

– Preciso encontrar uma diligência postal imediatamente – disse Alice, depressa. – São três dias de viagem até minha casa e, se eu perder o dia de hoje, talvez não chegue a tempo para...

Ela deixou escapar um som que parecia o de um coração partido.

– Respire, minha menina – murmurou Elena. – Vou mandar o garoto correr e pegar os horários para Fleetwend enquanto você faz as malas.

Fleetwend. O nome era familiar para Henry. Estivera lá uma vez, num reavivamento.

– Fleetwend, em Somerset, não é? – perguntou ele. – No rio Wythe?

Elena olhou para ele por cima da cabeça de Alice.

– Sim, isso mesmo, não é, Alice?

A jovem assentiu, chorando na manga do vestido.

Ele sentiu um arrepio subir pela espinha. *Deus é grande.* O vilarejo dela ficava poucas horas depois da casa do pai dele. Aquilo não era coincidência. Ele perdera o diário por um motivo: para estar justamente naquele aposento, naquele dia, quando estivesse a caminho de Somerset bem no momento em que uma jovem descobria que precisava desesperadamente viajar para lá.

O júbilo pela providência divina o aqueceu como se uma chama surgisse em sua barriga. Ele precisava daquilo. Um lembrete da fundação de sua fé.

Evesham inclinou a cabeça até chegar à altura de Alice para falar baixinho com ela.

– Vou seguir viagem naquela direção, senhorita...

Ele não sabia o sobrenome dela.

– Hull – informou a Sra. Brearley.

– Srta. Hull. Se não se importar de viajar numa carruagem aberta e no clima frio, não seria problema algum levá-la até sua família.

O rosto dela se contorceu, esboçando algum tipo de reação que ele não conseguiu decifrar muito bem, mas não era gratidão.

– Eu não poderia me aproveitar da sua bondade.

Os olhos dela apressaram-se para encontrar os da Sra. Brearley, como se a jovem procurasse uma confirmação.

– Não estaria se aproveitando de forma alguma – disse ele, em seu tom mais reconfortante. Quando ela não pareceu mais tranquila, ele se aproximou um passo e tentou um gracejo: – Sou sacerdote de formação, Srta. Hull. Nunca recusamos a oportunidade de bancar os bons samaritanos.

O gracejo não amenizou nem um pouco o ar de preocupação da jovem. Ela deu um passo para trás, afastando-se de Henry. Ele lembrou, tarde demais, que sua alta estatura não costumava ser considerada tranquilizadora por jovens miúdas. Estava tomando conta do espaço ao redor dela. Afastou-se e arqueou os ombros, encolhendo-se para dar espaço para Alice.

– Receio não poder prometer muito conforto, mas consigo levá-la para sua família. Chegará até amanhã à noite. Tem minha palavra.

Mais uma vez, Alice lançou um olhar de súplica para a Sra. Brearley, mas ela olhou pensativa para Henry.

– Alice, a diligência postal levará o dobro do tempo nesse clima de inverno – disse com gentileza. – Seria bom considerar a proposta de Henry.

Algum entendimento silencioso se deu entre senhora e criada. Alice relaxou os ombros e aceitou prontamente o conselho.

– Obrigada – disse ela, voltando-se para ele com ar resignado. – Se me der um momento, vou reunir minhas coisas.

– Claro – respondeu ele.

Alice saiu depressa do aposento. Mesmo angustiada, seus movimentos eram precisos como as palavras de um poema. Não houve desperdício em nem um único passo.

– É muito generoso de sua parte cuidar dela – murmurou a Sra. Brearley, seguindo Alice com o olhar. – É a filha mais velha, e a família precisará dela.

– O prazer é meu de fazer uma gentileza para uma moça que precisa de ajuda.

E um prêmio, para compensar os pensamentos pecaminosos que tivera com ela. E talvez, de modo mais egoísta, uma maneira de reafirmar para si que ainda era o homem devoto que desejava ser. O homem que quase sucumbira aos lapsos que se apossaram dele naquele último ano.

Evesham a levaria para casa.

Não falharia diante de si, nem do reverendo Keeper, nem do Senhor.

De novo, não.

Capítulo dois

Quem canta, os males espanta, ensinara o pai de Alice sempre que a menina ralava o joelho ou sofria uma tristeza momentânea quando era pequena. *Cante uma breve canção e, quando vir, vai estar sorrindo.* E assim, ao subir os degraus até seu aposento, ela se esforçou para cantarolar a primeira canção que passou por sua cabeça.

Minha caixa de costura é a herança
Que minha mãe deixou para mim;
E ela me garante abastança
E tranquilidade do início ao fim.
Assim me sustento com bravura
Embora sejam tão caros os planos
Não largo minha caixa de costura
Por menos de quarenta libras por ano

A mãe a mataria por cantar algo tão vulgar num momento como aquele – seria uma prova de que, apesar do suposto refinamento adquirido em Londres, Alice ainda era esquisita, como a família do pai. Mesmo nos melhores momentos, a mãe detestava as cantigas populares que o pai de Alice sempre cantarolava enquanto trabalhava na oficina. A mãe preferia baladas. Daquelas que falavam de morte, de amores trágicos e do perdão divino.

Como nenhum desses temas seguraria o choro de Alice, ela abriu a porta do quarto e cantou ainda mais alto os versos seguintes, à medida que pegava a sacola de viagem e colocava ali os pertences a levar.

Minha caixa de costura é uma riqueza

Que a muitos homens alegra
A cavalheiros, lordes e nobreza
Pelo prazer que oferta
Se usam minha caixa de costura
Não julgam ser o mais dispendioso dos planos
Embora custe a eles
Uma centena de libras por ano

Ela engasgou ao arrancar o vestido formal do gancho. Tinha sido feito para quando atendesse a porta na Charlotte Street. Era provável que precisasse dele para o funeral da mãe.

Para o funeral da mãe.

Suas mãos tremiam tanto que ela não conseguia dobrar a roupa direito. Apertou o tecido contra o rosto.

Como isso podia ter acontecido? No mês anterior, a mãe portava-se como sempre, enérgica, mandando compotas, luvas tricotadas e uma carta severa em que declarava estar na hora de Alice voltar para casa e se tornar a Sra. William Thatcher antes que outra moça mais astuta ficasse com o título.

Alice ressentira-se da sugestão nada sutil de encerrar a temporada em Londres e voltar para a vida enfadonha que a aguardava em Fleetwend, onde todos a consideravam perversa, sem princípios e voluntariosa. Dera desculpas para não voltar para casa no Natal, mandando em seu lugar uma caixa com cerejas confeitadas.

Cerejas confeitadas. Que coisa terrível.

Pensara que, se ficasse longe por tempo suficiente, a mãe acabaria preferindo o dinheiro enviado pela filha em Londres à perspectiva de ter William Thatcher como genro.

E, se isso não acontecesse, Alice achava que teria tempo para pedir perdão. Anos e anos para defender sua decisão através de um processo lento de simplesmente não voltar para casa.

Mas tinha se enganado. Se a avaliação médica estivesse correta, a mãe teria no máximo uma semana de vida.

Ela puxou o baú que estava debaixo da cama e vasculhou as cartas e os livros até encontrar um cordão de prata enterrado no fundo. Pegou-o e esfregou no vestido o pingente em forma de harpa. O pai presenteara a mãe com aquele colar quando os dois se casaram. Quando Alice partiu para Londres, a mãe apertara a correntinha na palma da mão da jovem. *Ele a amava muito, filha. Assim como eu. Não se esqueça disso.* Alice não fora capaz de responder à altura, dado o carinho atípico da declaração. Enfiara o cordão no baú e não o olhara mais desde que chegara ali.

Agora estava manchado e sem brilho.

Ela beijou a pequena harpa, sentindo-se a mais ingrata das filhas.

– Me perdoe, mãe – sussurrou, passando o cordão em torno do pescoço e colocando-o sob o colarinho alto do vestido. – Espere por mim. – A voz estava rouca com a tristeza que parecia prestes a vazar em forma de lágrimas. Ela fechou os olhos com força e voltou a cantarolar.

Minha caixa de costura é galante
Como nunca se viu igual
Dela, a varíola ficou distante,
Joelho acima, jovial
Uma caixa de costura galante
Ela é mesmo a tal
E não ouse fazer qualquer plano
Por menos de quarenta libras por ano

Elena entrou no quarto, segurando uma capa.

– Ah, Alice, só você para entoar canções travessas quando está sofrendo.

O rosto de sua senhora, em geral sereno como a superfície da lua, estava tenso pela preocupação.

Alice deu de ombros, grata por Elena nunca ter se importado com suas eventuais esquisitices.

– Melhor cantar do que chorar.

Elena a olhou com carinho, como se fosse abraçá-la. Alice balançou a cabeça e disparou em direção à sacola para revirá-la, pois a gentileza de Elena faria suas lágrimas caírem e, quando isso acontecesse, elas não parariam.

Elena a conhecia bem e não forçaria as emoções da jovem. Em vez disso, ergueu o queixo de Alice.

– De qualquer modo – disse com um sorriso astuto –, não deixe Henry Evesham ouvir você cantar sobre sua caixa de costura.

A ideia de chocar aquele lorde-tenente arrogante melhorou o ânimo de Alice. A jovem retribuiu a expressão maliciosa de Elena e começou a cantarolar no ouvido dela seus versos favoritos.

O vigário e o cura
Embora sejam santos
Usam minha caixa de costura
Mais depressa que ninguém
Quando acham que é segredo
Pois é esse o seu grande medo
Embora realizar tais planos
Custe uma centena de libras por ano

Elena jogou a cabeça para trás e riu.
– Silêncio! Se o coitado do Evesham escutar, sairá correndo outra vez.
– O coitado... – desdenhou Alice. – Por favor. Ele não é muito melhor do que o lixo que escrevia no jornal.
Evesham tinha ficado famoso como editor de um jornaleco evangélico, o *Santos & Sátiros*, que usava como púlpito para denunciar os vícios e os pecados de Londres. Quase expusera aquele clube dois anos antes, usando a pressão que criara a fim de conseguir um posto na Câmara dos Lordes, onde se tornara o tenente encarregado da investigação das transações carnais.
– Acha mesmo uma boa ideia viajar com ele? Depois de tudo o que ele fez conosco?
Alice ficara horrorizada quando sua senhora convidara Evesham para visitar o estabelecimento e conhecer melhor suas práticas. Ele prometera discrição, mas quanto mais soubesse sobre o lugar, mais evidências teria para colocar em risco a vida de todos.
Elena deu apenas aquele seu sorriso misterioso, como se já soubesse tudo sobre a vida do sujeito.
– Ele é do tipo caridoso, Alice. Suspeito que seja um homem decente. Você estará segura ao lado dele.
– Não temo pela minha segurança. Só pela minha sanidade, presa ao lado de um puritano desdenhoso.
– Acredito que ele seja metodista – disse Elena num tom brando.

– Seja lá o que for, ele me lembra carne estragada, e estou aflita demais para fingir ser agradável com ele. – Sua voz estremeceu. Estava tentada a cantar mais uma estrofe da canção sobre a caixa de costura para se acalmar.

Elena apenas deu de ombros.

– Pois bem, você precisa tentar. Ele está viajando para o interior a fim de escrever o relatório e sinto que ainda não decidiu o que fazer com suas descobertas. Talvez você consiga influenciá-lo a favor da reforma. Você terá a vantagem da palavra final. Pode ser uma oportunidade.

Alice não precisava ser lembrada de que Evesham tinha o poder de tornar tudo bem mais complicado para eles caso incentivasse a aplicação de leis mais rigorosas. Sentiu-se lisonjeada por sua senhora achar que ela seria capaz de influenciar a opinião dele, mas não acreditou nisso nem por um instante sequer.

– Duvido que o altivo lorde-tenente leve em consideração minhas opiniões sobre a lei. Ele age como se fosse pecaminoso simplesmente respirar o mesmo ar que eu.

– Você pode se surpreender – disse Elena. – Nunca se sabe o que um homem esconde por trás das aparências. – Ela fez uma pausa e mordeu o lábio. – Embora talvez você concorde que a aparência dele é... notável. É irônico que um homem que tanto desdenha a carne possa ser tão singularmente abençoado pela natureza.

Alice gemeu, aliviada por não ter sido a única a reparar na aparência de Evesham – os braços fortes, o queixo expressivo, as coxas grossas e quase obscenas sob as calças.

Ela esboçou um ínfimo sinal de sorriso para Elena.

– Não está certo um homem como *ele* com uma aparência como *aquela*.

Os olhos de Elena brilharam.

– Pelo menos você será capaz de apreciar a vista que ele proporciona, se não puder apreciar a companhia. – Ela entregou-lhe a capa. – Aqui, leve para a viagem. Está fazendo um frio terrível.

Alice pegou a peça pesada e lustrosa, em veludo roxo, forrada com arminho. Era o tipo de traje que poderia ser usado por uma rainha – sem dúvida um dos presentes exageradamente refinados dados por lorde Avondale que Elena guardava sem uso e sem reconhecimento em seu quarto de vestir. Ela considerava entediantes as tentativas infindáveis de Avondale de conquistar sua afeição, mas Alice achava que era bastante comovente tamanha devoção à sua governanta chicoteadora.

O que você quer, Alice?, a mãe sempre perguntava nas cartas. *Nunca está satisfeita.* Ali, ela descobrira. Queria uma vida como a de Elena. Liberdade para governar um reino que fosse seu, cercada por pessoas que se encantavam com sua excentricidade, em vez de querer mudá-la.

Elena bateu de leve na sua mão.

– Venha. Evesham está à espera. Escreva assim que puder e leve o tempo que precisar com sua família. Vamos adiar seu treinamento até que você possa voltar.

Alice assentiu. Não disse o que temia: que seu treinamento de governanta nunca acontecesse, pois a vida que ela planejara não seria possível se a mãe morresse.

Não pensaria naquilo no momento. Por ora, precisava apenas chegar em casa.

Ela seguiu Elena escada abaixo, parando numa prateleira de livros que as pessoas dali costumavam trocar entre si. Considerava um tesouro a modesta coleção de volumes sobre história e filosofia. A presença de ideias tinha sido uma segunda forma de pagamento na casa, e seria disso que ela mais sentiria falta. Agarrou dois volumes que ainda não lera, sem se importar com o tema, e enfiou-os na bolsa.

No andar de baixo, Evesham aguardava perto da escada. Seus olhos verdes brilhantes se ergueram ao ouvir os passos de Alice.

– Ah, aí está. Permita-me levar sua bolsa.

Ele a ergueu como se não pesasse nada. Alice sentiu um pequeno estremecimento ao ver as pernas compridas dele se dirigindo para a porta. Por ter a estatura de um camundongo, algo nela sempre se acendia na presença de homens grandes.

Afastou imediatamente a ideia da cabeça. Não daria a Henry Evesham a grande honra de desejá-lo.

– O cavalariço trouxe o cabriolé de Henry para cá – disse Elena. – E Mary trará alguns tijolos para aquecê-la.

Alice saiu pela porta e viu um veículo mais adequado a um elegante cavalheiro ocioso do que a um homem de Deus tão convicto – uma coisinha frágil, folheada a ouro, sobre rodas estreitas, puxada por dois cavalos graciosos.

Evesham estendeu a mão para ajudá-la a subir no assento. Ao reparar na expressão dela, ele soltou um riso de constrangimento.

– Não era bem o que a senhorita estava esperando.

Alice balançou a cabeça, surpresa com a percepção dele em relação ao que ela pensava.

– Não é meu meio de transporte habitual – admitiu ele, sorrindo. – É emprestado... mas foi construído para ser veloz. Com um pouco de sorte, estaremos em Fleetwend amanhã à noite.

Ele subiu no cabriolé, fazendo com que todo o assento oscilasse por causa de seu tamanho. Alice desabou no ombro dele, que era duas vezes mais largo do que ela.

– Perdão – murmurou ele, puxando o braço bruscamente, como se ela pudesse poluir suas roupas.

Ela se afastou, ofendida por ele ter recuado assim quando o contato entre os dois acontecera por culpa dele. Alice enrolou-se no arminho real de Elena, desejando que a peça pudesse protegê-la do julgamento dele.

Mary, a velha cozinheira, apareceu, empilhou tijolos fumegantes em volta dos pés de Alice e colocou uma garrafa quente em seu colo.

– É sidra, para a friagem. – A mulher abaixou o tom de voz. – Com um toque de gim para aquecê-la, se é que esse sujeito aí vai deixar você tocar nisso.

Mary compartilhava das opiniões de Alice sobre a convivência com gente como Henry Evesham. Todos os criados tinham a mesma opinião.

Henry sorriu para Mary.

– Ninguém poderia julgar a Srta. Hull por beber qualquer coisa que ela queira nessas circunstâncias – afirmou ele num tom gentil.

Alice o fitou. As bochechas dele estavam coradas. Será que ele tinha dado aquela falsa demonstração de simpatia pelo constrangimento por ter se encolhido? Ou talvez porque percebesse como todos se ressentiam pelo modo como ele ameaçava seu ganha-pão e andava pela casa deles como se a existência deles pudesse infectá-lo com uma moral questionável?

Ela tomou a mão de Mary e apertou-a.

– Obrigada.

– Estarei pensando em você, filha – disse Mary.

Elena levantou uma das mãos.

– Todos nós estaremos. Façam boa viagem.

– Adiante, então – disse Henry, segurando as rédeas. – Você deve estar ansiosa para chegar em casa.

– Estou – sussurrou ela.

Mas à medida que a Charlotte Street ficava para trás e o cabriolé sacolejava sobre as pedras rumo ao norte, ela sabia que era mentira. Já fazia anos desde que pensara em sua casa sentindo qualquer coisa parecida com saudade. A tensão entre ela e a mãe se intensificara tanto depois da morte do pai que era quase palpável. *Não seja esquisita, pequena, você só pode ter sido trocada no berço. Pare de sair por aí, não se lamente tanto, nunca olhe para os homens assim. Você vai se tornar tão rebelde quanto a família de seu pai e colocará ideias inadequadas na cabeça de suas irmãs.*

Ela não estava pronta para deixar a Charlotte Street.

Porque sabia – sempre soubera – o que significava ir embora dali.

Seria uma espécie de morte. E ela não estava pronta para isso.

Tinha apenas começado a se sentir viva.

Fechou os olhos e começou a cantarolar uma canção sórdida sobre uma caixa de costura muito estimada, para tentar não cair no choro.

Capítulo três

O pai de Henry costumava se queixar, amargurado, de que o filho era tão aferrado a seus princípios que ignorava a realidade prática. Ao observar Alice Hull encolhida no canto mais distante do cabriolé, enrolada na capa, cantarolando alguma coisa baixinho, ele se perguntou se não fora influenciado demais por esse espírito ao insistir em partir com aquela jovem num veículo pequeno, numa viagem de dois dias, com aquele mau tempo.

Era evidente que ela o detestava.

Henry ficou imóvel, na esperança de que, caso mantivesse os cotovelos bem junto do corpo e encolhesse os joelhos até o peito como se fosse um louva-a-deus, talvez demonstrasse que não desejava nada além do bem-estar da jovem e pudesse conquistar um pouco de sua confiança.

Mas ela não havia sequer olhado para ele. Fazia dez minutos que estavam na estrada, e ele já sentia o corpo dolorido.

Distraiu-se tentando adivinhar a canção que ela murmurava. Não reconhecia a melodia, mas a voz dela tinha um timbre agradável. Ele ficou se perguntando se ela cantarolava só para preencher o silêncio – e, se fosse o caso, se deveria falar com ela.

Mas o que diria? A forma rude como se comportara na semana anterior faria as gentilezas habituais parecerem deselegantes, mas ignorar a rudeza parecia mais deselegante ainda. Em geral, ele se esforçava imensamente para tratar a todos com respeito, mesmo quando as pessoas faziam coisas que ele desaprovava. Mas naquele dia, na semana anterior, ficara em tal estado que havia corrido sem parar de Mary-le-Bone até o Tâmisa, atravessando a ponte em Southwark, repetindo o conselho do reverendo Keeper em sua cabeça: *O exercício vigoroso aquieta a mente rebelde.*

Não tinha funcionado.

Uma chuva fina começou, caindo de lado com o vento gelado. Ele olhou para Alice, preocupado que ela estivesse com frio. Ela parecia estar se controlando para não chorar.

Pobre garota. O que o tranquilizaria se estivesse no lugar dela?

Orar.

Mas ele não era o pastor dela, nem ela pedira para orar. Ele não queria parecer presunçoso. Melhor começar com uma conversa mais leve.

– Que música é essa que você está cantarolando? – perguntou.

– O senhor não deve conhecer – respondeu ela.

A jovem não tornou a cantar, e o silêncio entre os dois pareceu mais pesado do que as batidas das ferraduras dos cavalos nas pedras do caminho.

– Não tive a intenção de interrompê-la. A senhorita tem uma bela voz.

Ela não disse nada. O silêncio era torturante.

– Planejei passar a noite em West Eckdale – disse ele. – Há uma hospedaria agradável por lá, se a senhorita estiver de acordo.

Ela assentiu.

– E faremos uma refeição numa estalagem, ao meio-dia. Mas me diga se quiser fazer uma parada antes, para seu conforto.

Assim que as palavras saíram, ele se arrependeu pela intimidade que acabara de insinuar, pois os dois eram praticamente desconhecidos. Vasculhou a mente para dizer algo mais, mas só conversara com mulheres da vida para entrevistá-las sobre seu trabalho ou orar com elas quando o procuravam suplicantes, implorando o perdão divino. Não conseguia imaginar o que ele e Alice Hull teriam em comum.

Desejava não ter falado nada com ela.

O cabriolé passou sobre uma poça que ele não vira, lançando-os alguns centímetros no ar. Ele aterrissou no banco estofado com força, seu braço caindo pesadamente sobre o de Alice. Os dentes dela chegaram a bater com o impacto.

– A senhorita está bem? – perguntou ele, afastando-se para não esmagá-la.

Mas era tarde demais, pois sentira a maciez da capa, o corpo frágil dela sob o agasalho. Já percebera a doçura do seu perfume, que parecia chá com leite e mel.

Ele não se permitia doçuras.

(Não mais.)

– Estou bem – disse Alice, movendo-se tão rápido para o lado que já estava quase se pendurando pela porta do cabriolé.

– Se eu soubesse que teria uma passageira, teria providenciado uma carruagem mais espaçosa para a viagem.

– Sou grata por qualquer tipo de transporte. Não precisa se preocupar com meu conforto.

Ela foi educada, mas um tanto rígida, como se o esforço em ser amável a deixasse tensa. Henry conjecturou se era por causa do pesar ou da desconfiança que nutria por ele.

– Nesse caso, vou me concentrar no meu próprio desconforto – disse ele, fazendo uma careta em direção aos próprios joelhos. – Sinto-me como um gafanhoto de calções, amontoado nesta carrocinha.

Ela se virou para ele e sorriu, um sorriso astuto, como um gato poderia fazer.

– É. Uma geringonça bem frágil para viajar em estradas do interior no inverno.

Ela foi educada o bastante para não mencionar que a situação piorava por ele ser um gigante. Muito gentil de sua parte.

A voz tinha o sotaque de Somerset com o qual ele havia sido criado, e as palavras demonstravam uma franqueza que ele conhecia bem pelo lado paterno. Não se importava que ela fosse tão direta. Estava contente por ela dizer qualquer coisa.

– Sim, é uma charrete bem frágil para ir a qualquer parte – concordou ele. – Peguei-a emprestada com lorde Apthorp para economizar nas despesas da viagem. Estou guardando dinheiro para me casar assim que tiver cumprido meus deveres com a Câmara dos Lordes.

Ele corou. Por que contara aquilo a ela?

– Parabéns – disse ela com indiferença.

Ele corou mais ainda, percebendo que ela o interpretara mal.

– Ah. Não, ainda não tive a honra de pedir a mão de uma dama. Quis dizer apenas que tenho a intenção de... encontrar uma companheira e ter a minha família. Em breve.

O reverendo Keeper o aconselhara a contrair matrimônio com urgência, para evitar mais um lapso tórrido. *Melhor casar, Henry, do que arder.*

Voltou a olhar para Alice, para ver se ela reagira àquela estranha afirmação, mas a jovem apenas fitava as ruas que ficavam para trás, como se ele não tivesse dito nada. Sem dúvida tinha na cabeça questões mais urgentes do que o estado civil de Henry. Ele estava agindo como um idiota, tagarelando sobre si mesmo. Ofereceu a ela o único conforto em que conseguiu pensar.

– Alice, gostaria de fazer uma oração? Para sua mãe?

Ela olhou para o colo, a expressão inescrutável.

– Se o que minha irmã escreveu é verdade, minha mãe já está fora do alcance das orações.

– A oração não é apenas para pedir conforto aos doentes, mas também consolar os que sofrem.

– Eu não rezo – disse ela, categórica.

Que coisa terrivelmente triste.

– Isso não precisa ser um impedimento – assegurou a ela. – Nunca é tarde demais para buscar um relacionamento com Deus. Ou para voltar a semear o campo se ele ficou abandonado.

– Com todo o respeito, Sr. Evesham – disse ela, ríspida –, há tempos estou além da salvação.

O coração dele se condoeu ao ver alguém tão jovem acreditando já ter sido destinada ao inferno. A veemência na voz dela indicava que havia uma história por trás disso. As pessoas não davam as costas para Deus sem um motivo, e às vezes o motivo era o próprio caminho para a fé.

Seria aquilo parte dos planos do Senhor? Alice teria sido colocada em seu caminho para que ele fosse mais do que apenas um meio de transporte? Teria sido ele designado para lembrá-la do amor divino?

Ele hesitou, pensando num modo delicado de lhe dizer que ninguém estava além da salvação. Mas, de repente, ela se virou e olhou-o diretamente nos olhos pela primeira vez desde que haviam deixado a Charlotte Street.

– Mas o senhor já sabia disso, não é, lorde-tenente? Suas opiniões sobre meu caráter ficaram bem evidentes semana passada.

O olhar dela prendeu o dele, exigindo que ele admitisse o que tinha dito.

Exigindo que ele se lembrasse do juramento que fizera a si mesmo de não pensar nisso outra vez.

As bochechas de Henry ficaram quentes.

Ele a ofendera ao não admitir o que acontecera. Um erro de julgamento, pois naturalmente pedir desculpas era melhor do que ficar sentado em silêncio, e convencer-se do contrário seria desonestidade intelectual. Dera preferência ao próprio conforto, não ao dela. Precisava corrigir aquilo.

– Srta. Hull, temi que seria uma descortesia de minha parte sequer referir-me a tal acontecimento, então perdoe meu silêncio. Lamento muito por meu comportamento rude na semana passada. É um peso para mim. A senhorita estava apenas me fazendo uma gentileza, e me arrependo pelo desrespeito que demonstrei ao partir tão subitamente.

O ressentimento no rosto dela assumiu feições mais incisivas, como se ela estivesse se divertindo.

– Que vocabulário o senhor tem, lorde-tenente. Parece poesia.

Henry ficou surpreso.

– Ora, sou um religioso. Fazemos sermões.

– E eu arrumo uma casa onde as pessoas vão para serem chicoteadas. Não precisa pedir desculpas para gente como eu. Já vi comportamento bem pior do que o de um homem escandalizado fugindo com medo. Mas não vamos fingir que o senhor acha que sou do tipo que ora.

Que maçada. Ele tinha piorado tudo.

– Eu não estava com medo. – Ele se sentiu obrigado a dizer isso, embora até ele pudesse ouvir o tom de inquietação em sua própria voz. – Não exatamente.

Na verdade, tinha ficado aterrorizado – não por ela, mas por ele mesmo. Porém com certeza não conseguiria explicar essa distinção, pois o conforto dela na viagem não aumentaria se ela soubesse o que ele andara pensando, naquela ocasião e depois, noite após noite.

– Ah. Então ficou envergonhado? – retrucou ela.

Foi a vez dele de olhar fixamente para a frente, num silêncio determinado. Talvez ela já soubesse o que se passava na cabeça dele quando ele fugira. E isso seria muito, muito pior.

Capítulo quatro

Suas acusações haviam calado o lorde-tenente. Bom.
Oração era o assunto de que Alice menos gostava, e ela não desejava discutir sua opinião negativa sobre a Igreja com gente como Henry Evesham. Preferia passar seus momentos finais em Londres admirando multidões, lojas, cheiros e sons da vida. Já sentia saudade dos gritos dos ambulantes, do chacoalhar das carroças, das cornijas tortas, dos muros medievais, dos becos sinuosos onde era possível se perder a menos de um quilômetro da própria porta.

Deveria estar lamentando pela mãe, mas lamentava a perda de Londres.

– Frequenta a igreja, Srta. Hull? – perguntou Henry.

Ela desviou os olhos das ruas, contrariada diante da intrusão dele em sua tristeza.

A determinação do homem em envolvê-la com a religião era tão implacável que até deixaria impressionada se ela estivesse disposta a lhe creditar alguma qualidade favorável além da aparência.

– Não.

– Eu a vi olhando para aquela capela – ele gesticulou para uma igreja em que ela mal reparara – e pensei em mencionar que, se estiver procurando uma congregação, eu frequento o culto com muitas ex-colegas de profissão suas.

Colegas de profissão? Ela sabia o que ele queria dizer, mas não gostava de como ele não dizia as palavras diretamente, como se fossem sujar sua boca.

– O senhor frequenta o culto com outras criadas?

Ele franziu a testa.

– Eu quis dizer... – Ele tossiu. – Ah, isto é... prostitutas.

– Acontece que não sou uma meretriz – disse ela bem devagar, não por se importar com o que ele pensava, mas porque era agradável constrangê-lo por suas suposições erradas. – Minha natureza travessa se estende apenas a conduzir visitas e polir chaves.

Era evidente que ela estava se preparando para mais. Mas a natureza exata de suas ambições parecia irrelevante, pois estava condenada a ser a esposa de um fabricante de harmônios em Fleetwend. Destino do qual a igreja, infelizmente, não poderia livrá-la.

– Peço desculpas – disse ele, depressa. – Só mencionei porque muitas das garotas que encontrei durante minhas entrevistas se sentiam afastadas de Deus pela natureza de seu ganha-pão, e isso não precisa acontecer. É possível participar de uma reunião se quiser um lugar acolhedor para o culto.

– Lorde-tenente, é mais comum que mulheres como eu estejam distantes de uma renda decente. A prostituição não resulta da falta de fé em Deus. Resulta do desejo de ter o que comer. Seria melhor que o senhor compreendesse isso se deseja melhorar nossas condições de vida com o seu relatório.

Ele se endireitou, claramente ressentido.

– Compreendo que o motivo para pecar é complicado. *Sempre* é. Não quis insinuar nada diferente. Cuido de uma obra de caridade para prostitutas e o bem-estar delas é importante para mim. Apenas quis oferecer...

Ela levantou uma das mãos.

– Senhor, se pretende fazer sermões para mim durante esta viagem, terei de me arriscar com a diligência postal. Sou grata por ter me oferecido condução até minha casa, mas a salvação da minha alma não é da sua conta.

A voz saiu em um tom mais alto do que ela gostaria. Sabia que deveria estar fazendo o que Elena dissera, tentando se tornar amiga dele, influenciar suas opiniões. Mas deixara de ter opiniões favoráveis ao clero muito tempo antes e, naquele estado de agitação, faltava-lhe paciência para fingir tolerância com um palavrório tolo.

Henry olhou-a como se tivesse acabado de levar um tapa.

– Entendo. Me perdoe pela intrusão.

Ele voltou a olhar para a estrada, assumindo um ar inexpressivo. Ela não gostava de como ele era bom naquilo – disfarçar a mágoa. Nunca dispusera da habilidade de esconder os próprios sentimentos. Sentia-se reconfortada, porque o rosto dele quase ficava menos atraente quando ele assumia um ar tão apático. E ela ficava menos inclinada a olhá-lo de esguelha e tentar imaginar quem seria aquela "companheira" com quem ele desejava se casar.

Assim podia contemplar Londres. As ruas ficavam mais largas à medida que se aproximavam dos confins da cidade, ladeadas por árvores e fazendas, em vez de gente. Seu pesar aumentou na estrada livre. Londres era o oposto de Fleetwend, onde todos os encontros na praça do vilarejo estavam carregados de uma familiaridade que remontava a gerações. De algum modo, ela deixara o lugar onde os seus antepassados tinham vivido por um século e descobrira-se em casa.

E, do mesmo modo repentino que havia encontrado um lar, ela o deixava.

Sabia que não teria aquele lugar de novo. Os passos furtivos e egoístas que vinha dando para tornar permanente a sua vida ali não dariam em nada se as irmãs ficassem órfãs. Elas não teriam condições de arcar com as despesas da casa da mãe sem a pensão que ela recebia como viúva e, mesmo se conseguissem, Eliza era jovem demais para cuidar de tudo sozinha. As meninas eram responsabilidade de Alice, e a jovem não poderia cuidar delas enquanto estivesse sendo treinada para ser uma governanta.

Tinha sido loucura considerar aquela hipótese. Sempre soubera que seu verdadeiro futuro era em Fleetwend. Mas não sabia, antes de partir, que existia um outro mundo – um que a deslumbrava, que enchia sua cabeça com tantos pensamentos que às vezes ela tinha a sensação de estar voando.

Um mundo que desejava nunca ter descoberto.

Saber e abrir mão era bem pior do que nunca ter tomado conhecimento.

Começou a cantarolar a música da caixa de costura. Henry Evesham conduzia o cabriolé em silêncio.

A não ser pelo ronco em seu estômago.

Alice fingiu não ouvir, mas percebeu que ele corara diante da evidência de que seu corpo mortal precisava de alimento. Ele não disse nada, mas, depois de mais uma hora assim, pigarreou.

– Eu bem poderia comer e beber alguma coisa – falou. – Gostaria de fazer uma parada para o almoço?

Ele a olhou de esguelha, como se estivesse nervoso para encará-la.

– Fico enjoada só de pensar em comida – respondeu ela, sem pensar.

Henry a olhou, alarmado, como se tivesse oferecido por engano veneno em vez de comida. Minha nossa. Ela não tivera a intenção de ser agressiva. A boa educação aparentemente estava fora de seu alcance naquelas circunstâncias. O *bom senso* estava fora de seu alcance.

– Mas *você* precisa comer – emendou ela, depressa. – Vamos parar.

Ele a ajudou a descer da carruagem e insistiu em levá-la até um assento confortável perto da lareira, no salão. Fazia calor junto ao fogo depois de horas no frio, e aquele conforto súbito a embalou.

Alice fechou os olhos e se aconchegou na maciez da capa de arminho. O peso dela sobre seus ombros era quase como ser envolvida por um homem. Ela se abraçou e deixou que a sensação a levasse para longe daquela estalagem abafada e a pusesse num estado meio sonhador, em que ela não estava fugindo de Londres, mas sim bem acomodada em sua cama em Mary-le--Bone, com o fogo ardendo na lareira e o braço de um amante em volta de seus braços.

Seu amante tocou delicadamente em suas costas, murmurando alguma coisa doce, seu nome, algumas palavras carinhosas de cuidado. Ela suspirou e murmurou que ele se afastasse e a deixasse dormir. Ele voltou a tocá--la com mais insistência, despertando-a. Ela sorriu e foi beijá-lo, porque, se fizesse isso, talvez ele a deixasse cochilar.

Mas ao abrir os olhos...

Capítulo cinco

Henry detestava ter que tirar Alice de seu ninhozinho agradável perto do fogo. Quando relaxava, não havia sinal daquela intensidade alerta que irradiava dela. Parecia delicada e bela, especialmente no momento em que deu um suspiro longo e satisfeito.

Mas não podiam se dar ao luxo de desperdiçar a luz do dia.

– Alice – chamou ele.

Ela não se mexeu.

– Alice?

Nada além de um grunhido.

Sem saber o que fazer, ele estendeu o braço e, com delicadeza, muita delicadeza, pousou a mão em seu ombro.

– Alice.

Ela murmurou algo, sonolenta, e ele apertou seu ombro com mais força.

Alice suspirou um protesto feminino, erguendo a cabeça na direção dele com tanta doçura que ele se inclinou por instinto. Seu olhar pousou nos lábios dela.

Então os olhos dela estremeceram para se abrir, se arregalaram e ela soltou um grito, cobrindo a boca com a capa.

Henry recuou com um pulo, quase derrubando uma mesa atrás de si.

– Sinto muito! – disse ele, horrorizado pelo modo como ficara por cima dela. – A senhorita adormeceu. Eu estava tentando acordá-la.

– Tudo bem – resmungou Alice, olhando para os sapatos. – Eu estava sonhando com... Achei que o senhor fosse outra pessoa.

Ele tentou não especular quem seria a pessoa que ela imaginara estar despertando-a, com aquele sorriso mundano nos lábios e aqueles...

(Olhos de pomba.)

Entregou a ela um pacote embrulhado com papel, tentando não demonstrar que ele quase caíra num transe no salão cheio de uma estalagem muito movimentada.

– Pão e bolos e um pouco de presunto frio, caso sinta fome mais tarde.

– Obrigada – disse ela, parecendo surpresa.

O fato de ela, claramente, acreditar que ele tinha a intenção de fazê-la passar fome ajudou bastante a restaurar a sanidade de Henry.

– Venha – chamou ele. – Os cavalos estão esperando.

Do lado de fora, a chuva estava mais forte. Ele franziu o rosto ao olhar para o céu.

– A senhorita vai ficar bem nessa situação?

Ela deu um sorriso de escárnio.

– Claro que vou. É só uma chuvinha, não é mijo.

Alice ergueu uma sobrancelha como se esperasse que ele ralhasse com ela pelas palavras grosseiras, mas uma grande gota caiu em seu olho. Ela praguejou, e outra gota atingiu sua face, pouco abaixo dos cílios escuros.

– Suponho que o Senhor esteja me castigando por praguejar na presença de um vigário.

– Não sou vigário – disse ele, distraído.

O polegar chegou a estremecer de tanta vontade de estender a mão e secar a gota. O que, naturalmente, ele não fez.

Alice se afastou, passando a capa sobre a cabeça. Subiu no cabriolé sem a ajuda dele. Os dois partiram em silêncio, embora depois de algum tempo o humor dela parecesse ter melhorado.

– Até que eu gosto disso – declarou ela, pondo a cabeça para fora da proteção do cabriolé e pegando uma gota de chuva com a língua.

– Da chuva? – perguntou ele, tentando não fitá-la.

Alice lambeu os lábios e se reacomodou.

– Hum. Tem um cheiro tão limpo, especialmente aqui, no interior. Tem gosto de inverno.

Henry ficou aliviado por ela estar conversando como se nada de estranho tivesse acontecido, embora a própria conversa fosse esquisita.

– Prefere o interior a Londres? – perguntou ele, sem saber muito bem como responder àquela afirmação sobre o sabor do inverno.

Ela parou de sorrir.

– Não.

Ela vasculhou o pacote de comida que ele lhe dera e tirou um grande pedaço de bolo. Cheirou.

– Hum. Canela – constatou, feliz. Arrancou um pedacinho e deu uma mordida. – Está muito bom.

Ele imaginou que estaria – parecera úmido, saboroso, recheado com nozes e confeitos de gengibre. Ela pegou mais um pedaço e ofereceu a ele.

– Não, obrigado. Não como doces.

– Adoro doces. Eu viveria à base de doces se pudesse.

– Não gosto muito – disse Henry.

(Uma mentira.)

Alice mastigou com um ar pensativo.

– Tem o gosto do bolo que minha irmã Liza faz para o Natal quando consegue açúcar.

Henry estava curioso a respeito da família dela.

– A Sra. Brearley mencionou que a senhorita tem irmãs. Estou certo de que ficarão aliviadas em vê-la. A família é uma bênção em tempos difíceis como este.

Ela apenas assentiu, mastigando.

– Também tenho uma irmã – prosseguiu ele. – Não a vejo há anos. Será maravilhoso passar uma quinzena com ela, no campo.

Ela engoliu em seco.

– Por que não a vê há tanto tempo?

Ele suspirou.

– Meu pai me desaprova. Acha que prejudicarei as chances dela de conseguir um marido.

– O senhor? – falou ela com tanto vigor que migalhas voaram de sua boca. – O lorde-tenente!

Henry tentou evitar qualquer traço de amargura na voz, pois não desonraria o pai, quaisquer que fossem suas discordâncias.

– Ele não concordou que eu deixasse a Igreja para escrever na Fleet Street e andar pelas ruas em desvario, como costuma dizer.

O pai ficara furioso por Henry recusar um posto de vigário no seu condado – posto que o pai garantira para o filho mediante muita estratégia e troca de favores – e deixar a vida religiosa para fazer parte de um circuito de metodistas e ganhar a vida escrevendo. Ele exigira que Henry reconsiderasse.

Mas a fé não era uma questão a ser considerada. Ela simplesmente existia. Abraçar os princípios metodistas fizera com que ele se sentisse inteiro. Seu coração ansiava por uma comunhão mais próxima com Deus do que a que a Igreja Anglicana oferecia.

– Pois bem – disse Alice, mastigando –, ele deve estar mordendo a língua depois de o senhor ter sido tão bem-sucedido.

Henry duvidava. Tinha torcido avidamente para que o posto de lorde-tenente – honraria maior do que ser um vigário, bem mais parecido com um importante bispado como o pai sempre sonhara para ele – fizesse o homem enxergar finalmente que a recusa em ser ordenado não era um ato de rebeldia. Mas dois anos haviam se passado com nada além de cartas ocasionais da sua mãe. Ele passara as festas com primos ou amigos. Ficara chocado ao receber um convite para voltar para casa por causa do batismo do sobrinho.

– Com certeza ele prefere meu posto atual à minha ocupação anterior – admitiu ele, na esperança de que isso fosse verdade.

Alice soltou uma gargalhada.

– Acho que todos preferimos!

Ele suspirou. Seria o primeiro a admitir que o tempo que passara no *Santos & Sátiros* não tinha sido seu melhor momento. Começara seu papel com ambições grandiosas de fundir sua fé à missão de levar a moralidade às ruas de Londres – expor o pecado, a hipocrisia, os abusos. Mas quanto mais crescia a circulação, mais seus editores desejavam histórias escabrosas que a fizessem alçar voos mais altos, e mais sua ética se tornara negociável. Deixara-se levar pela própria vaidade. Perdera o caminho.

Tinha acolhido a missão junto à Câmara dos Lordes como uma chance de voltar a ter um trabalho de valor moral.

Mas ela viera acompanhada por novas tentações.

Tentações da carne.

E não gostaria de ceder a nenhuma delas com Alice Hull.

Alice mastigava, pensativa, depois de terminar o bolo e passar para o presunto.

– Bem, se ele não lhe tem estima, por que está indo visitá-lo?

– Ele está recebendo um pequeno grupo para celebrar o nascimento de seu primeiro neto. Filho do meu irmão. Acredito que seja o motivo do convite. Como coincidiu com a conclusão de minha investigação, resolvi passar uma temporada no interior para escrever meu relatório. Passar um tempo com minha família.

Ele odiava aquela distância entre eles, especialmente agora que se aproximava o momento de ter a própria família. Tinha feito tudo em que conseguira pensar para garantir que a viagem fosse boa. Pegara emprestado o elegante cabriolé de lorde Apthorp para não despertar a raiva do pai – sensível às aparências de origem vulgar – ao chegar numa carruagem de aluguel com molas ruins ou, pior ainda, na diligência postal. Tinha enviado previamente, de Londres, o chá favorito da mãe, o tabaco favorito do irmão, os chocolates favoritos da irmã.

Fez uma oração silenciosa pedindo que a visita corresse bem. *Meu Senhor, por favor, abençoai-nos com uma ligação calorosa e que haja mais compreensão para que o amor e a harmonia possam florescer, enfim, em nossos corações. Concedei-me a força para honrar meu pai. Concedei-me o perdão dele.*

– Como? – perguntou Alice mastigando a carne.

Ela tirara as luvas para comer e ele notou que suas mãos estavam ficando azuladas. Fazia bem mais frio na estrada arborizada, ainda mais na chuva.

– Não falei nada.

– Seus lábios estavam se mexendo.

– Eu estava orando.

Ela torceu o nariz e voltou a atenção para a comida.

– Gostaria que eu fizesse uma oração para sua mãe?

Ele desconfiava já saber a resposta, mas se sentiu compelido a tentar mais uma vez.

– Não, obrigada – respondeu ela enquanto dava uma mordida no presunto.

– Muito bem.

Ele faria uma oração para si mesmo. *Senhor, permiti-me levar Vossa filha Alice até Fleetwend a tempo de se despedir...*

– Ela ficaria muito orgulhosa de mim, enrolando alguém como você para me levar para casa – disse Alice, interrompendo os pensamentos dele. – Ela sempre ficou no meu pé para que eu circulasse entre pessoas de alto nível.

– A senhorita não chegou nem perto de me enrolar. E não sou bem de alto nível.

– Ah, você é de alto nível no que diz respeito a Margaret Hull, lorde-tenente.

A cada respiração, subiam nuvenzinhas de vapor no ar, o que dava ao tom brincalhão que ela adotara um jeito um tanto endiabrado, malicioso, que fez com que ele a fitasse.

– Como é sua mãe? – perguntou.

Ela estremeceu fortemente, e ele se perguntou se era por causa da friagem ou se havia cometido um erro ao perguntar a ela sobre a mulher com quem tanto se preocupava.

– Ah... orgulhosa. Certa em relação a todos os assuntos sobre os quais teve o prazer de pronunciar sua opinião. Dura como metal. Cabelos como a prata, embora ela fosse bater com uma colher em meus dedos por eu mencionar isso.

Ela riu baixinho. Com tristeza.

– Ela me desaprova. Pensa que eu me divirto demais com os rapazes e que enveneno a mente de minhas irmãs com minha linguagem vulgar e minhas ideias estranhas.

Henry se sentiu um tolo por ter pensado que não tinha nada em comum com Alice Hull. Ele conhecia perfeitamente a combinação de afeto e dor na voz dela.

– É difícil – afirmou ele.

– O quê? – perguntou ela, estremecendo outra vez.

– Quanto amor se tem pelos pais, mesmo quando há conflito com eles.

Alice ficou calada, fazendo com que ele se sentisse um pouco idiota por falar tão abertamente.

As estradas tinham ficado enlameadas, e os cavalos avançavam com mais lentidão. Alice inspirou pelo nariz e Henry sentiu que ela estremecia ao lado dele.

– Alice, está se sentindo bem? – perguntou com delicadeza.

– Estou bem – respondeu ela, batendo os dentes.

Mas Alice não parecia bem. Ele percebia como ela tremia enquanto enfiava os dedos nas luvas com severidade.

– Está com frio. Está tremendo. Minha preocupação é que fique doente.

– O problema não é a minha saúde – retrucou ela, lançando um olhar furioso. – O problema é que minha mãe está morrendo e estou a quatro condados de distância.

Ele mordeu a parte de dentro da bochecha.

Alice deu um suspiro profundo.

– Sinto muito. Vou ficar bem.

Mas ele diminuiu a velocidade dos cavalos para poder encará-la.

– De verdade – protestou ela. – Por favor, vá em frente.

– Sinto muito, Alice – disse ele. – Sinto muito que precise passar por isso.

Ela rangeu os dentes e desviou o olhar.

– Não é culpa sua, a menos que tenha o poder de parar o coração de mulheres do interior.

Ele inspirou.

– Lamento não ter o poder de melhorar o clima nem a saúde de sua mãe. Quis dizer que lamento pelo seu sofrimento.

– Então pare de aumentá-lo e entenda que *eu não quero conversar, droga*.

Capítulo seis

Henry não a repreendeu pelas palavras agressivas nem se ofereceu para fazer uma oração por seu espírito combalido.

As duas coisas teriam sido preferíveis, pois ele apenas aparentou estar abalado e calou-se.

Ela preferia cair da carruagem a chorar na frente dele, então começou a cantarolar. Fechou os olhos e dedicou seu fôlego a isso, bloqueando a consciência de qualquer coisa, exceto o som da própria voz.

Isso a embalou até o sono, um estado a que sempre foi fácil chegar, principalmente quando queria ficar sozinha. Dessa vez, não sonhou.

Despertou com a carruagem parando. Teve um sobressalto. Henry já havia descido, atrapalhado com os arreios. Estava escuro e frio, e se encontravam do lado de fora de outra estalagem.

Alice bocejou, e Henry olhou para ela.

– Ah. Desperta, enfim.

Ofereceu a mão para ajudá-la a descer. Ela aceitou e reparou como a mão dele era forte e firme. Era como se estivesse se apoiando num corrimão de ferro.

– Vamos fazer uma parada aqui para passar a noite. Providenciei um quarto particular para a senhorita. – Ele hesitou. – Falei que é minha irmã, caso perguntem.

– Obrigada – respondeu ela.

Sentia-se tão culpada por ter gritado com ele mais cedo que abriu mão de perguntar por que ele se importava com a prostituição, mas não com a mentira.

– Vou só pegar a minha bolsa.

– Eu a levei para cima. Perguntaram se a senhorita gostaria de jantar, mas achei que preferiria uma bandeja no quarto a comer no salão público. Pedi que levassem alguma coisa quente. Espero que não se importe com meu atrevimento.

– Não, obrigada.

Surpreendeu-se por ele ter tido tanto trabalho depois das palavras duras que dirigira a ele. Ela deveria se desculpar, mas a ideia a deixou exausta, então fingiu estar acostumada a tamanha gentileza. Fingiu que era tão mimada por receber bom tratamento que nem o percebia. Que era o tipo de garota majestosa que um dia pensara que poderia se tornar.

Dentro da estalagem estava quente e claro. Henry apontou para uma porta no final do corredor e entregou-lhe uma chave.

– Acenderam o fogo para seu conforto e deve haver lençóis limpos. – Ele apontou para o aposento ao lado. – Estou nesse aqui. Se tiver problemas, por favor, não hesite em me acordar. Tenho sono leve e ouvirei uma batida na porta.

Ocorreu a ela que ele devia considerá-la delicada por causa do cochilo. A verdade é que ela era tão forte quanto podia ser – simplesmente tinha a capacidade de pegar rápido no sono. O sono era a única privacidade que se tinha quando a pessoa dividia uma cama estreita com duas irmãs que se mexiam muito e desde a infância tinha sido sua melhor rota de fuga. Fora a música, claro.

– Obrigada – disse ela, referindo-se ao quarto, ao fato de ele a acompanhar e por suportar seu mau humor.

– Claro. – Ele fez uma pausa com uma expressão preocupada. – Boa noite, Alice.

Ela assentiu.

– Boa noite.

Ela fechou a porta para não ter que aguentar seu olhar de pena. O quarto era pequeno e escassamente mobiliado, mas limpo e arrumado. Um nível acima das estalagens em que ela costumava ficar com o pai quando menina, onde insetos deslizavam por sua pele e mordiam seus tornozelos. Ela tirou a capa, umedecida pela chuva, e vestiu uma camisola. Uma criada apareceu com uma tigela de sopa fumegante e um pão integral quente com manteiga. Ela comeu um pouco, mergulhando o pão no caldo, mas estava sem fome.

Tentou não pensar na mãe.

Tentou não pensar em como as irmãs deviam estar assustadas.

Tentou não pensar na rapidez assustadora com que a vida poderia destroçar uma pessoa, tirando-lhe tudo que era bom.

Ela desejou estar em casa, aninhada entre as irmãs na cama, adormecendo ao som da respiração e dos roncos delas, como fazia antes da morte do pai. Na época em que todos estavam juntos, seguros e felizes, e não era nenhuma vergonha ser a esquisita da família, porque a vida em si não estava em risco.

Ela fazia orações à noite naquela época.

Antes de perceber que as orações era um desperdício de fôlego.

Não pensaria naquilo.

Precisava tranquilizar a mente antes que pensamentos ruins a dominassem.

Era tarde demais para cantar, então pegou na bolsa um dos livros que havia tomado emprestado. Puxou o que estava por cima. As páginas eram brutas, a capa tinha o couro marrom liso, sem nome do autor ou título.

Abriu ao acaso e descobriu que não era uma história, como presumira. Não era um livro comum, embora estivesse encadernado. Era uma espécie de relato ou diário, escrito à mão com a caligrafia precisa de um escrivão.

Caminhei uma grande distância esta noite para acalmar a mente. Mesmo assim, ela se agita com pensamentos pecaminosos. Sinto tamanho desespero ao pensar que não importa o quanto eu me esforce para me livrar da fraqueza, ela emerge... como se meu potencial para a fraqueza fosse minha força mais persistente. Vou orar por uma determinação maior, embora às vezes me pergunte se Ele não se cansa de minhas orações.

Que estranho. Não conseguia imaginar quem, entre os moradores da Charlotte Street, poderia ter escrito tais palavras. Folheou até a contracapa, procurando um nome, mas havia apenas uma data com a mesma letra precisa, seguida por uma lista de mandamentos.

1. Praticar a honestidade intelectual!
2. Apresentar-se regularmente para o reverendo Keeper!

Prosseguia da mesma forma enigmática, com leis estranhas e deprimentes. A página seguinte era ainda pior.

Regime diário para a perfeição renovada da mente e do espírito

4h: Despertar e orações da manhã
4h30:   Caminhada rápida, 2 quilômetros
5h: Exercícios físicos para fortalecer o corpo
5h45:   Café da manhã
6h: Orações e estudo da Bíblia
7h: Começar o trabalho
12h: Almoço
12h30: Retomar o trabalho
19h: Ceia
19h30: Caminhada de 8 quilômetros
21h: Orações e estudo da Bíblia
22h: Dormir

Ela franziu o cenho diante do livro, sentindo puro terror. Imagine se ater a tal programação sem ser *obrigado*. Não era estranho para ela acordar ao amanhecer e manter longos dias de trabalho – mas, se pudesse evitar, com certeza o faria.

Todo aquele tempo dedicado à oração lhe lembrou Henry e suas ofertas de hora em hora para transformar o cabriolé numa capela particular.

Ele era tão estranho.

Havia certo encanto nele – um quê de nervosismo, uma pitada de humor, um lampejo de bondade – sob a fachada arrogante. Ela não vira esse lado dele ao atender a porta e recebê-lo em suas visitas ocasionais à Charlotte Street, quando ele sempre parecia pouco à vontade. Com toda a certeza, não tinha visto nada disso ao acompanhá-lo numa visita, na semana anterior. Ele passara o tempo todo com olhos evasivos, fitando-a como se ela fosse uma aranha que poderia botar ovos em sua orelha a qualquer momento.

Isso a ofendera, pois ela não havia feito nada malicioso – apenas mostrara a ele os quartos e listara os serviços prestados por lá, relevando até suas perguntas insultuosas da melhor maneira que pudera.

– As pessoas *solicitam* essas coisas? – perguntou ele, olhando para um chicote, desconfortável. – Os homens pedem *o quê*? – assombrara-se, boquiaberto diante de um *consolo*.

Mas no meio da visita ele havia se calado por completo. E então, de repente, esbarrou nela ao disparar escada acima com um ar tão enojado que qualquer pessoa pensaria que ela tinha se oferecido para fornicar com ele por seis pence e, ainda por cima, de mau hálito.

A princípio, tinha se convencido de que devia ter feito algo de errado e que acabaria sendo a culpada por eles todos irem para a cadeia. Mas nada aconteceu, e ela percebeu que ele sentira mais aversão do que ficara escandalizado.

E aquilo a deixara zangada. Pois quem era ele para ir até o lugar *deles* e *julgá-los*?

Agora ele estava comprando bolos para ela, preocupando-se com sua saúde e suplicando o privilégio de orar por sua mãe?

Talvez *ela* não fosse a pessoa mais esquisita naquela carruagem.

Deixou o livro de lado e fechou os olhos. Estavam pesados por causa de todo o esforço para conter o choro durante o dia. Por causa do frio intenso. Por causa da vida em si.

A mãe gostava de repreendê-la quando criança, dizendo que sempre existiam prazeres a se desfrutar, desde que se dispusesse da força de vontade para procurar por eles.

Concentrou-se no crepitar do fogo, na leve pressão da coberta sobre o corpo, no tamborilar da chuva. Como era bom, ela se obrigou a reparar. Como era agradável, apesar de tudo, estar bem aquecida e confortável na cama quando estava frio e chuvoso lá fora.

A mãe tinha razão.

Ela se deixou levar pelo conforto.

E, quando despertou, encontrou a escuridão e o silêncio doloroso do interior e a desolação do futuro. A verdade terrível, terrível, de que aquele silêncio seria sua vida de agora em diante.

Vazio. Sem esperança.

Ela arquejou com o peso do medo que pressionava o ar para fora de seu peito.

Não conseguia respirar.

Capítulo sete

Depois de uma ceia leve, Henry vestiu o casaco e saiu para sua caminhada vespertina. Finalmente a chuva havia parado. Caminhou à margem da estrada por onde transitavam as carruagens usando uma lamparina para iluminar o caminho. Naqueles dias, não dormia a menos que tivesse caminhado no mínimo oito quilômetros, cuidadoso em observar as recomendações do reverendo Keeper para fortalecer as muralhas contra o pecado.

– Você viveu tempo demais entre aqueles com pouca moral, Henry – pronunciara o reverendo, sem ser indelicado, naquela noite terrível seis meses antes, quando Henry aparecera à sua porta, trêmulo e abalado pelo que quase havia feito. – Está tomando uma atitude nobre, ajudando a livrar nossa cidade de seus costumes pecaminosos. Mas deve fortalecer sua fé contra as tentações de Satanás, para não ser dominado.

O reverendo Keeper aconselhara uma conduta rigorosa de aperfeiçoamento bíblico para afastar a mundanidade que se esgueirara nos pensamentos e hábitos de Henry durante seus anos de trabalho secular. Um regime diário de exercícios, orações, estudo da Bíblia, meditação e rigorosa abstenção de todos os prazeres mundanos, tudo registrado cuidadosamente em seu diário.

A rotina – a mesma que ele observara quando ingressara na sociedade evangélica na universidade – dava-lhe mais força. Mas pouco fizera para aliviá-lo de suas dúvidas crescentes sobre sua missão na Câmara dos Lordes. A cada dia que passava, o relatório e o dilema que ele representava se tornavam um fardo mais pesado.

Deveria ele, como o reverendo Keeper acreditava com tanto fervor, usar seu poder para extinguir as labaredas que alimentavam a prostituição e os vícios que a acompanhavam? Ou deveria ser mais conscencioso ao argumento defendido com tanta ênfase por Alice na carruagem? *A prostituição não resulta da falta de fé em Deus. Resulta do desejo de ter o que comer.*

Tinha pesquisado o suficiente para saber que, no aspecto prático, Alice não estava errada.

Mas tais aspectos bastariam quando se tratava de elaborar leis? A lei deveria proteger o corpo ou a alma? Refletir a ética mais elevada de um país e de Deus ou proteger os mais fracos, ainda que fosse necessário encarar o pecado com um olhar mais permissivo?

Será que a compaixão não estaria mais próxima do espírito de Cristo? Mas como poderia ele, em sã consciência, remover os obstáculos contra o vício? Ao abandonar a própria moral, defendendo abertamente a fornicação, sua credibilidade enquanto reverendo se tornaria risível.

E ele queria se tornar um reverendo.

Não queria?

(Sim? A resposta não deveria ser mais clara? A pergunta sequer deveria ser feita? *Ajudai-me, Senhor.*)

Não se sentia levíssimo quando se colocava nas mãos de Deus e não se sentia mais útil quando compartilhava a Sua palavra? Não apreciava o aconselhamento, a adoração, os sermões?

(Sim! Sim!)

Mas, então, se estava destinado a ser um homem de Deus, o que o incendiara por dentro ao seguir Alice Hull pelos corredores do clube de Elena Brearley? Por que quase havia sufocado?

Bem, ele não tinha ficado sufocado a princípio. O primeiro aposento que ela mostrara era uma espécie de calabouço, com piso de pedra e uma tábua de madeira na parede com barras de ferro e algemas.

– Um lugar para tortura? – perguntara ele, abalado.

– Um lugar para o prazer – rebatera Alice, rindo baixinho enquanto ele estremecia. – Muitos de nossos sócios entram para o clube porque já ouviram rumores sobre a existência deste aposento. Já vi homens caindo de joelhos ao entrar, cheios de gratidão, por se parecer tanto com o que sonharam.

Ele quis responder que desejar o ato não o eximia da sua natureza pecaminosa. Mas ela havia se virado e destrancado mais um cômodo do outro lado do corredor, uma câmara forrada de veludo bordô. Continha uma série de mastros e ganchos, pelos quais uma elaborada rede de cordas se estendia, como uma teia de aranha.

– Alguns de nossos sócios apreciam a suspensão. Outros gostam de amarrar pessoas ou de ser amarrados.

Henry mal conseguiu olhar.

Mais uma porta, dando para uma sala de aula.

– Aqui é para quando uma governanta pega um de nossos caros sócios sendo travessos.

Henry fazia anotações sem sentido, tentando manter uma expressão neutra para não demonstrar o choque.

Outra porta revelava uma sala de banho com uma penteadeira elaborada, cheia de espelhos.

– Alguns convidados gostam de executar atos de serviço. Interpretar uma aia ou um criado. Outros gostam de comandar... de ser mimados e arrumados como um rei.

Foi naquele momento que começou a ter dúvidas sobre si mesmo. Quando seus melindres começaram a parecer outra coisa. A banheira despertara uma lembrança da noite que o fizera correr até a casa do reverendo Keeper.

Ele voltara depressa para o corredor, sem querer se demorar num lugar que trazia memórias indesejadas que despertariam o que não deveria se encontrar em seu coração.

Sentiu-se aliviado quando Alice o conduziu ao último aposento no corredor. Até que ela abriu a porta e o ambiente se inundou com o perfume um tanto familiar, com um toque de especiarias.

Incenso.

Teve um pressentimento de horror, mas seguiu a jovem e se viu, paralisado, diante da visão profana do que havia naquele quarto. Painéis de vitrais nas paredes. Genuflexórios. E, na frente, um altar.

Entre todas as coisas. Era um sacrilégio colocar um altar naquele lugar. Uma igreja falsa numa casa do pecado. *Que tipo de pessoa faria...*

(Ele faria. Ele faria.)

Mal conseguia respirar, chocado que os impulsos execráveis, pecaminosos, sacrílegos que tanto odiava em si mesmo pudessem ser compartilhados por outros homens. Um número suficientemente grande para que houvesse *um aposento inteiro dedicado àquilo no prostíbulo.*

– O que acontece aqui? – obrigou-se a dizer, ofegante.

– Atos de adoração – respondeu Alice, em voz baixa. – E atos de penitência.

A mente de Henry foi invadida por ideias tão pecaminosas e indecentes que sua pele formigou, e ele deu as costas para a imagem.

Mas os pensamentos vieram de qualquer maneira.

Mãos nele. Abluções perfumadas. Uma mulher ajoelhada em...
Fogo do inferno.
Hipocrisia.
Danação.

Foi naquele momento que ele saiu cambaleando em busca da porta.

Sentia calor só de lembrar. Livrou-se do sobretudo, sem se importar com as rajadas de gelo que começavam a cair do céu.

Caminhou pela noite gelada e orou. Caminhou e orou, caminhou e orou, até que finalmente voltou a sentir frio, sua mente clareou e ele se sentiu tão exausto que tudo o que conseguiu fazer foi subir a escadaria da estalagem, tirar as botas e desabar na cama.

Estava quase dormindo quando ouviu um grito atravessando a parede.

Ficou parado, esforçando-se para ouvir.

– Não... – choramingou a voz.

Ergueu a orelha, aproximando-a da parede acima da cama.

Era Alice. Estava ofegante. Soluçando tanto que parecia estar com dificuldade para respirar.

Pobre criança. Ele ansiava por ouvi-la.

– Alice – disse ele, tornando sua voz profunda e alta para que ela pudesse ouvi-lo do outro lado da parede.

Não houve resposta, exceto pelo som de choro.

Ele bateu na parede com a palma da mão.

– Alice, não se desespere. Eu estou aqui, e Deus está aqui.

Os soluços continuaram entrecortados.

Ele bateu na parede novamente.

– Alice, sou eu. Bata em resposta se puder me ouvir.

Após uma breve pausa, ouviu uma batida fraca e oca.

– Boa menina. Boa menina. – Ele bateu outra vez. – Mantenha sua mão aí, eu farei o mesmo e nós oramos.

Ele pressionou a palma contra o gesso, desejando calma e que a graça de Deus pudesse socorrê-la, desejando que seu espírito passasse por ela e pudesse lhe oferecer consolo. Mesmo que ela não compartilhasse de sua fé, ele queria que a jovem soubesse que não estava sozinha. Se Alice não pudesse perceber que os braços de Deus a seguravam, poderia pelo menos saber que os de Henry estavam do outro lado da parede.

– Alice, ore comigo – murmurou ele. – O Senhor é meu pastor. Nada me faltará.

Ele não ouviu palavras, apenas gemidos. Mesmo assim, recitou o salmo. E, quando acabou, voltou a repeti-lo.

Ainda que eu andasse pelo vale da sombra da morte,
não temeria mal nenhum,
pois tu estás comigo.

Continuou a recitar as palavras muito tempo depois de os soluços dela terem cedido, quase como se as dissesse para si mesmo.

Capítulo oito

Alice despertou na mesma posição em que adormecera: de bruços, com os dedos na parede perto da sua cabeça.

O aposento estava gelado, sem fogo, e ela podia ver sua respiração. Colocou as mãos sob as cobertas e as soprou para aquecê-las.

Lá fora estava escuro, mas ela ouvia cavalos e pessoas no pátio junto ao estábulo. Sem dúvida, Henry estaria ansioso para partir, mas a simples ideia de sair naquela friagem intensa era dolorosa. Ouviu a voz da mãe, com aquele antigo refrão da infância. *Saia da cama, minha lesminha lerda. Já desperdiçou metade do dia.*

Ela sorriu. Ah, mãe... A tristeza que a atingira na noite anterior parecia menos insuportável diante da promessa de um novo dia.

Ou talvez fosse o conforto duradouro da oração de Henry Evesham.

Ela não sabia por que aquilo a acalmara tanto. Talvez a natureza repetitiva do salmo. Talvez a simples bondade de Henry, um quase estranho com quem ela fora rude, que tentava amenizar sua dor no meio da noite. Talvez a lembrança de orar com a mãe quando era pequena.

O que quer que fosse, aquilo a acalmara.

Sobressaltava-se com o quanto a acalmara.

Queria agradecer a Henry por aquela pequena paz.

Supôs que poderia começar saindo da cama.

Fechou os olhos e livrou-se da colcha, uivando ao sentir o ar gelado que preenchia o quarto. Dançou pelas tábuas do chão enquanto ajeitava o vestido e colocava as botas por cima das meias, praguejando, e em seguida desceu correndo as escadas. Encontrou Henry no salão de jantar, comendo mingau.

Era estranho encontrá-lo pela manhã, com um ar inocente e jovial depois de uma noite de sono. Ele ergueu os olhos e quando viu que ela estava chegando, sua expressão mudou. Olhou-a como se fosse ela a moribunda.

Alice detestava piedade.

Avançou a passos largos e alegres, esfregando as mãos.

– Ah, que fogo abençoado nesta sala! – exclamou. – Acordei morrendo de frio, até minha bunda está congelada.

Ela esperava que a vulgaridade o chocasse e afugentasse a expressão compadecida em seu rosto, mas ele ignorou o palavreado e apenas olhou para ela com compaixão.

– Alice. Como você está?

Detectou tanta preocupação na voz dele que se sentiu envergonhada pelo que ele sabia sobre ela.

– Faminta como um urso – disse Alice, virando-se em busca de uma criada para que ele não a visse corar.

– Conseguiu descansar? – perguntou ele.

A intimidade em seu tom a deixou mortificada, mas não havia criada por perto, então ela forçou um sorriso e assentiu.

– Ah, sim. Muito confortável esta pousada. Melhor do que os buracos de rato onde cresci. Embora estivesse gelado ao acordar.

Ele empurrou uma cesta de pão quente na direção dela. Ela se ocupou em espalhar manteiga e geleia sobre um pãozinho fofo e perfumado, dando uma mordida voraz.

A mistura de sabores de fermento, nata e frutas vermelhas doces tocou sua língua, e ela suspirou com um prazer que não precisou fingir. Espantou-se por Henry ter comido apenas mingau, apesar da abundância de doces deliciosos à disposição.

– Ah! Precisa experimentar esta geleia! Dos deuses.

Ele balançou a cabeça educadamente.

– Prefiro uma dieta simples.

Ela deu de ombros e despejou leite (fresco, não do tipo aguado) em sua xícara de café. Tomou um gole e deixou o calor revigorá-la.

Henry não parava de observá-la. Ela se perguntou se ele estaria inspecionando seus modos à mesa.

Bem, melhor isso do que comentar sua histeria na noite anterior.

E, se ele a observava, ela poderia fazer o mesmo com ele, o que ela não achava nenhum grande esforço, pois ele tinha um rosto agradável de se olhar enquanto se fazia a refeição matinal. Ele se barbeara e penteara o cabelo para trás – cabelo que ele usava comprido, fora de moda, sem peruca. Combinava com ele.

Henry percebeu que era observado e corou um pouco. Alice sorriu com um tanto de ousadia, só para ver como ele reagiria.

Ele tossiu.

Ela riu suavemente enquanto levava o pãozinho à boca.

Henry tirou um relógio do colete e fez uma careta.

– Devemos pegar a estrada antes que haja fila no pátio do estábulo.

Ele estava certo. Alice engoliu e se levantou, espanando as migalhas do vestido.

– Vou acertar com o estalajadeiro.

– Não é necessário. Já paguei nossa conta.

Ela procurou a bolsinha de moedas no bolso.

– Quanto eu lhe devo?

Esperava que não fosse muito. Já estava preocupada com as despesas do funeral. Enviava o que ganhava para a mãe, guardando pouco para si. Não tinha se planejado para um desastre e não havia respaldo algum para ela, nenhuma reserva.

Henry recusou as moedas com um gesto.

– Não me deve nada.

Ela se irritou.

– Não vou aceitar sua caridade. Me deixe pagar minha parte.

Era evidente que Henry não vivia na pobreza – suas roupas eram bem-feitas, embora modestas, e ele tinha a constituição robusta de um homem que não passava fome. Ainda assim, ela duvidava que ele tivesse muitas posses para gastar sendo um servidor público e membro da Igreja Baixa, com sua ênfase na caridade. Além disso, ela não era responsabilidade dele. Já estava sendo beneficiada por sua benevolência mais do que gostaria ao aceitar a carona para casa. Sem falar na polidez dele diante da sua falta de educação. Suas orações, murmuradas através da parede. Sua bondade, o que tornava difícil lembrar que ele era uma ameaça.

Em vez de responder, ele se levantou.

– Precisamos partir.

Muito bem. Ela enfiaria moedas na bolsa dele na próxima parada para a troca dos cavalos.

Eles passaram na chapelaria para reaver suas roupas de inverno. Fazia um frio terrível longe do fogo. Um choque no queixo e no nariz.

Ela soltou um gemido ao sentir o golpe do ar frio e enterrou o rosto no arminho.

Henry franziu a testa.

– Eu deveria ter avisado. Está muito frio hoje.

– Já foi lá fora?

– Sempre começo o dia com uma caminhada. É bom para o físico.

– Mas não são nem seis horas. A que horas se levantou?

– Quatro. Sempre me levanto às quatro.

Devia ser algum tipo de predileção dos ricos e educados – fazer um estudo sobre a abnegação. Ela tinha visto gostos assim na Charlotte Street – uma ânsia por fingir ser de uma posição inferior. Esperava que um dia, caso vivesse em abundância, tivesse o bom senso de *desfrutar*. Comer creme no jantar e dormir até meio-dia, comprar um piano e tocar as músicas sonhadoras que sempre entravam em seus pensamentos. Compraria também uma casinha aconchegante em Londres e centenas de livros.

Moraria num ninho de música e de ideias, sem receber ordens de ninguém.

Henry ajudou-a a subir no cabriolé.

– Está bem aquecida? – perguntou ele, subindo a seu lado.

– Quente como um assado de cordeiro – balbuciou ela, batendo os dentes.

Ele franziu a testa, parecendo não saber bem como aquilo seria possível.

– Está aquecida em excesso?

– Não, Henry. Seria impossível ficar aquecida em excesso neste tempo. Estava tentando diverti-lo com ironia.

Ela se aninhou ainda mais no arminho, de modo que só os olhos ficaram expostos ao ar gelado. Seu corpo ressentia-se do frio o tempo todo. Ela ansiava pelo calor.

Reparou que Henry mal tremia. Um homem com sua constituição sem dúvida produzia tanto calor quanto um braseiro. Deu uma olhadela em seu casaco – que parecia feito de uma lã cara – e desejou ardentemente poder se abrigar ali dentro. Nada como o calor de um homem quando se está congelando.

Ela se aproximou um pouco mais, na tentativa de roubar um pouco do calor dele. Parou, esperando que ele se opusesse, mas Henry não pareceu notar. Ela se aproximou um pouco mais, até sentir o braço dele contra sua capa. Parou de novo, na esperança de que, se fosse muito, muito devagar, conseguisse se aconchegar ainda mais, quando uma rajada de vento gelado atingiu os dois e golpeou seu rosto.

– Por todos os berbigões amaldiçoados – sibilou ela, escondendo o rosto no ombro de Henry.

– Alice, por favor, não pragueje – disse Henry, tão bruscamente que ela olhou para cima.

A expressão dele era de espanto, embora Alice não conseguisse decifrar se era por causa da linguagem dela ou pelo próprio rompante dele, ou ainda por ela estar quase sentada no seu colo.

Ela não tinha a intenção de chocá-lo nem de atacá-lo. Mas, agora que o fizera, bem, tinha gostado bastante.

– Sinto muito – disse ela. – Mas isso aqui parece as estepes congeladas do inferno.

Ele ofegou.

Literalmente ofegou, como se alguém tivesse lhe dado um soco nas costelas.

– Alice! – exclamou ele com clareza e gravidade, como alguém diria ao adestrar um cachorro. E se afastou, libertando o corpo do aperto dela.

Ela se encolheu no outro lado da carruagem, fazendo um muxoxo. Supunha que deveria tomar cuidado para não traumatizá-lo ainda mais com sua perversão moral antes que ele a deixasse em Fleetwend, pois ele estava lhe fazendo uma gentileza e não lhe serviria de nada angariar sua má vontade. Ela poderia ser bem-educada por algumas horas mesmo sendo uma terrível filha desnaturada com uma mãe moribunda e nenhuma sensibilidade nas mãos e nos pés.

Talvez.

– Mais uma hora e estaremos na próxima estalagem – disse Henry, ríspido. – A senhorita vai poder se aquecer perto do fogo.

– Estou bem. – Ela suspirou. – Eu não estava reclamando para você, apenas para o mundo em geral. Ignore meu lamento degenerado. Não temos tempo a perder. Preciso voltar para casa, para minhas irmãs.

Ele estalou a língua, incitando os cavalos a irem um pouco mais rápido, embora já estivessem num trote.

– Quando foi a última vez que as viu? – perguntou a ela. – Suas irmãs, quero dizer.

Ela sentiu um pequeno aperto no peito. Fazia tempo demais.

– Já faz mais de um ano. Raramente vou para casa.

O tempo em Londres voara – parecia que uma vida inteira tinha se passado, rica e memorável, e ao mesmo tempo parecia que nem um só minuto havia transcorrido.

– Deve ser difícil – disse Henry.

Como ele já a achava uma pessoa completamente perversa, ela não lhe diria que o mais difícil era que não tinha sido nada difícil.

Fora glorioso.

O ápice de sua vida.

– Quando visitou sua casa pela última vez? – indagou Alice, preferindo sair pela tangente e não comprometer ainda mais seu caráter.

Ele hesitou.

– Há cinco anos.

Ela prendeu a respiração. Aquilo era genuinamente chocante.

– Encontrei minha mãe na casa do meu primo. Mas meu pai não me queria em casa.

Ela não conseguiu evitar e balançou a cabeça.

– Meia década!

– Sim, e não se passou um dia em que eu não desejasse que fosse diferente. É triste estar longe da família.

Ela suspirou sem concordar de todo, mas sabendo que qualquer oposição o convenceria ainda mais da perversidade dela.

– Sim.

– Por que não volta com mais frequência? – perguntou ele. – A Sra. Brearley não permite?

Alice ficou tensa diante da sugestão de que sua senhora fosse menos do que generosa.

– Ela me concede uma semana de licença duas vezes por ano. Como faz com todos os seus criados e artesãos. Mas minha família depende do meu salário, então prefiro trabalhar.

– Artesãos? – perguntou ele, sem entender.

– As governantas, mestras e outros que cuidam das necessidades dos membros.

Ele assentiu brevemente.

– Ah, claro. Prostitutas.

Talvez ela *pudesse se lembrar* de que ele era uma ameaça.

– Chame-as do que quiser... elas não se importam. Mas o que fazem exige mais habilidade do que simplesmente fornicar. É preciso talento para ler os desejos do outro, e mais ainda para realizá-los, em especial quando se trata de cordas e chicotes e outras coisas que podem fazer mal se não forem usadas com grande cuidado. Catrine, a mestra das cordas, foi uma acrobata que se apresentava no Theatre Royal. Eloise treinava belos cavalos antes de treinar belos homens para servi-la...

– E a senhorita? – Ele a interrompeu. – Como foi que começou a trabalhar para a Sra. Brearley?

Quando ele fez aquela pergunta, ela sentiu algo gelado e úmido pousar em seu nariz.

Neve?

Não, claro que não. Raramente nevava tão ao sul, nem mesmo no inverno. Ela ergueu a cabeça para olhar o céu. Parecia cinzento, uniforme, sem nuvens e baixo.

– A Sra. Brearley é minha parenta por parte de pai. Escrevi a ela pedindo trabalho quando meu pai morreu. Minha mãe tinha esperança de que eu obtivesse algum refinamento se fosse para Londres. Aprender a cuidar de uma bela casa para meu futuro marido.

Parar de ser tão esquisita, sonhadora e libertina, ou pelo menos exaurir o impulso longe de casa, onde não destruiria as possibilidades da família.

A expressão que isso provocou nele só poderia ser descrita como "péssima".

– Sua mãe desejava que você se preparasse para o matrimônio trabalhando para uma governanta chicoteadora?

Alice riu do tom de voz dele.

– Garanto que ela não tinha conhecimento da natureza do estabelecimento quando aceitei o cargo.

Houve um espasmo num tendão da mandíbula dele.

– A Sra. Brearley mentiu sobre o cargo? Eu imaginava que ela estivesse acima desses truques. *Deplorável*, preparando armadilhas para jovens.

– Não, ela com certeza não mentiu. Elena me contou a verdade quando escrevi a ela pedindo trabalho, mas eu escondi tudo de minha mãe. Mamãe teria me proibido, e eu não tinha outros conhecidos em Londres.

– Alice, *por quê*? Por que iria querer trabalhar num lugar daqueles, sabendo do que se tratava?

Parecia que a ideia lhe causava dor física.

Ela não conseguia acreditar que imaginara estar começando a gostar dele. Devia ter se esquecido do talento que ele tinha de enfurecê-la.

– Antes de mais nada, Henry Evesham, no primeiro ano fiz pouco mais do que providenciar refeições e cuidar das criadas, nada diferente do que eu faria se trabalhasse com serviço doméstico. Acredito que dificilmente possa ser considerado um crime. Mas mesmo que eu *vendesse* mais do que isso, seria por *minha opção*... porque a venda me renderia no mínimo três vezes mais do que posso ganhar como doméstica... e eu ficaria *grata* por essa oportunidade. Nem todo mundo pode se tornar um homem rico com sossego e lazer graças à nobre arte de expor a vida particular dos outros nos jornais para zombaria pública e excitação.

Henry ficou tão boquiaberto que sua mandíbula parecia estar tentando se desprender do rosto. Sem dúvida, ele tinha se chocado com as opiniões dela, mas ela se autocongratulou por ele ter se chocado com a fluência com que ela expressava aquelas opiniões quando queria. Alice aprendera muitas coisas na casa de Elena Brearley, e uma delas era o gosto pelo debate vigoroso a respeito das noções dúbias de moralidade dos outros.

Aquelas histórias que fizeram a fama de Henry Evesham – aquelas sobre o estabelecimento de sua senhora e aquelas sobre os bebedores de gim, os jogadores, os adúlteros – foram devoradas porque davam ao público a emoção do ilícito. O que queria dizer que, se fossem apontar dedos, o homem de Deus também vendia algo pecaminoso.

– Admito que o tom do *Santos & Sátiros* foi projetado para provocar uma resposta forte – disse Henry, por fim. – Mas o objetivo não era a excitação.

– Então qual era? Fazer seu nome e consagrar seus belos versos rimados?

– Não. Abrir os olhos do público. Gerar clareza sobre a natureza dos males que assolam nossa cidade, para que algo possa ser feito. E expor a cumplicidade daqueles no poder que, por sua vez, fecham os olhos para esses males... ou os praticam.

– Você circulou pela Charlotte Street durante meses, embora não façamos mal a ninguém. Não há falta de verdadeiros criminosos, perigosos e violentos, vagando por Londres e abusando das meretrizes, caso a denúncia de crimes fosse seu verdadeiro propósito.

Ele nada disse, mas a mandíbula tremia como se rangesse os dentes.

Bem, estava tudo ótimo, porque ela tinha *muito* a dizer.

– Conheço todos os detalhes, Henry. Sei como negociou com lorde Apthorp para publicar as confissões sobre o passado sórdido dele e poupar outros sócios. Isso é tão nobre assim? Extorquir a privacidade de um homem em troca de clemência?

Ele fechou os olhos.

– Eu tinha uma obrigação perante meus editores de aumentar nossa circulação. As demandas saíram de controle.

Ele abriu os olhos e a encarou. Alice sentiu pela intensidade do olhar dele que, por algum motivo, Henry precisava desesperadamente que acreditassem nele.

– Quando tive condições, fui embora.

– Ah – disse ela, triunfante. – Fez o trabalho que podia para ganhar a vida? É exatamente o que fazemos na Charlotte Street. E em outros lugares bem menos elegantes e agradáveis.

Se aquele homem pedante não pudesse compreender que o comércio de sexo era apenas aquilo – *um comércio* – e uma das poucas ocupações disponíveis para mulheres sem instrução, não era direito dele fazer julgamentos.

Vários flocos de neve caíram no nariz de Alice e ela os limpou, furiosa com aquele sujeito, com o clima e com a desagradável condição da vida em geral.

Henry pigarreou.

Ah, que maravilha. Mais um sermão.

– Acredito na minha missão – disse ele, empertigado. – Meu trabalho foi muito bom. Mas houve vários casos em que contrariei minha consciência e permiti que minha vaidade levasse a melhor. Eu me arrependo disso e já pedi perdão a Deus. Lamento se magoei alguém de quem você gosta.

Ela não esperava que ele cedesse.

Ela gostou.

– Deveria mesmo se desculpar – falou, agradavelmente presunçosa.

– Mas – acrescentou ele com ênfase – não vou fingir que aprovo a fornicação e as chicotadas e... receio especular sobre o que mais... acontece no estabelecimento de sua senhora. Nem vou fingir crer que você trabalhe lá sem um julgamento moral.

– De novo, o cio e as chicotadas.

Ela riu, só para dificultar.

Ele olhou de um lado a outro, como se torcesse para que uma das árvores congeladas estivesse ouvindo aquilo e pudesse garantir que ele não estava louco.

– Você não pode *negar* que é o propósito do lugar. Você mesma fez minha visita guiada.

Ela se virou para ele com o sorriso do próprio diabo no rosto.

– Ah, eu me *lembro da visita*, Henry. Não precisa me lembrar.

O rosto dele ficou tão vermelho que ela mal conseguia distinguir as sobrancelhas da testa.

Ótimo.

– O que a Sra. Brearley oferece a seus sócios, Henry – disse ela, com doçura –, é a liberdade de satisfazer seus desejos mais íntimos, sem dano, sem vergonha e com o menor risco possível.

– Sim – respondeu ele, encarando-a. – Qualquer *pecado* imaginável.

Alice sentiu os pelos da nuca se arrepiarem. A mãe sempre dizia que ela se parecia com um vira-lata quando ficava zangada e era assim que ela se sentia. Tinha vontade de mordê-lo.

– Seguimos nossa própria moralidade – retrucou –, que é não prejudicar ninguém e desfrutar de nossos prazeres sem culpa ou vergonha ou *o risco de aparecer nos jornais*.

Ele ficou surpreso.

– A senhorita acredita mesmo que é possível *inventar* a própria moralidade?

Ah, ele era exasperante.

— E não é o que as leis são? Morais inventadas por homens com casas grandiosas e belas roupas?

— As leis são um código de justiça baseado em princípios cristãos e apoiado pelo rei — respondeu ele de forma pedante.

— As leis são criadas pelos homens. Muito do que é moral não é legal e muito do que é legal não está certo.

Ela sorriu, feliz com as próprias divagações filosóficas. Ele olhou para o céu, provavelmente lamentando aquela alma blasfema e apodrecida perante o Senhor. Mas, quando voltou a olhá-la, o rosto dele contorcia-se num sorriso, embora sofrido.

— É bastante perspicaz para uma mulher que insiste não ser nada além de uma humilde serviçal.

Ela não gostava de admitir, mas ficou satisfeita por receber aquela avaliação de um tipo altivo como ele. O debate a lembrou das conversas sinuosas que ela desfrutava com Elena enquanto liam os jornais e discutiam os negócios da casa. Foi uma educação valiosa.

— Apenas tenho uma cabeça decente para a lógica e uma língua afiada — disse ela.

Ele riu baixinho, mas o sorriso logo se esvaeceu.

— Alice, eu entendo o que está dizendo. A senhorita acredita que as pessoas devem ter a liberdade de praticar o que desejam com segurança e em paz, separando noções de decência de noções de dano. Muitas pessoas que entrevistei concordam com você.

— O que estou dizendo, Henry, é que você tem o poder de tornar as ruas mais seguras para aqueles que não têm o privilégio de trabalhar para Elena Brearley.

Ela parou, pensando nas histórias que ouvira. Garotas e efeminados levando surras. Clientes que não pagavam. Pirralhos, varíola, cafetões. Sem mencionar os Henry Eveshams do mundo, que julgavam que a pessoa era uma praga por não fazer nada além de tentar ganhar seu pão.

Henry suspirou.

— Levo muito a sério minha responsabilidade, Alice. Mas há uma questão de moralidade e eu a levo muito a sério também. Estou curioso: como a senhorita lida pessoalmente com a moralidade de Deus, trabalhando num lugar como aquele?

Ele fez a pergunta com tanta sinceridade que ela não conseguiu conter uma gargalhada de irritação.

– A moralidade de *Deus*? Pois bem, Henry, suponho que eu não lide de forma alguma.

Ele a fitou, incrédulo.

– Henry, tenho duas irmãs, uma mãe moribunda e nenhum dinheiro. Vamos perder nosso chalé sem a pensão de viúva de minha mãe. Talvez Lisa possa fazer serviços domésticos, mas Sally não tem nem 9 anos. O que acha que acontece com garotas como nós se nenhum homem se apresentar para se casar com elas? Onde está a moralidade de Deus nisso tudo?

– Se precisar de ajuda, Alice...

– Não estou pedindo sua maldita caridade. – Ela cuspiu as palavras. – Estou só lhe pedindo que se lembre de que há vidas em jogo. A minha. A de Elena. A vida de todas aquelas garotas que você entrevistou quando fez suas visitas sérias e fez anotações, parecendo que ia passar mal.

Ele fitou-a com tristeza.

– Estou preocupado com elas, Alice. Realmente preocupado. Levo meu trabalho a sério. Eu garanto.

Ela relaxou um pouco, porque ele parecia sincero.

– Mas a senhorita não tem nenhuma preocupação com sua alma mortal? – perguntou ele, com gentileza.

Ela queria erguer os braços e gritar de frustração.

A Charlotte Street era mais sagrada para ela do que qualquer igreja, e por motivos que Henry Evesham nunca compreenderia. E, ao contrário da igreja, a Charlotte Street nunca a traíra.

– Minha alma não é de sua conta – balbuciou. – Falei isso ontem e foi a sério.

Ele assentiu. Por um minuto, permaneceu num silêncio abençoado.

– É só porque eu... – murmurou ele, com a voz distante, como se estivesse perdido em pensamentos – ... não suportaria.

– Não suportaria o quê? – retrucou ela, nem um pouco feliz por ele retomar a conversa.

– Viver afastado do Senhor. Cercado por tanto pecado.

Olhou para ela, em abandono, como se a própria ideia o transtornasse. Parecia *sincero*.

Como se temesse por ela.

Como se não conseguisse imaginar o que era levar uma vida imperfeita.

Como se nunca sentisse desejo.

Mas ela havia trabalhado na Charlotte Street por tempo suficiente para saber que *todo mundo* desejava algo.

Inclusive, tinha certeza, o lorde-tenente Henry Evesham. Vira a expressão nos olhos dele quando ela mostrara a capela no porão de Elena Brearley e, se não estivesse enganada, eles reluziram por algo que ela reconheceu antes que ele saísse correndo, tomado por aquele acesso de horror: um desejo ardente.

Leiam-nos, Elena sempre aconselhava aos artesãos em treinamento. *Olhem dentro de suas almas e enxerguem o que tanto desejam. Respondam ao que eles anseiam.*

Ela decidiu colocar o treinamento em prática.

– Disse que está querendo se casar.

Ele assentiu.

– Sim. Em breve. Espero.

– Entendo – falou ela, com a voz arrastada. – Então posso supor que, como solteiro, você seja virgem? Puro como o alvorecer?

Ela deu um sorriso perverso, esperando que ele admitisse sua hipocrisia.

Henry ficou boquiaberto. E ainda mais vermelho.

– Não vejo a relevância... – finalmente balbuciou.

Ah.

Ela não esperara aquilo. A maior parte dos religiosos que visitavam a Charlotte Street mantinha a crença na pureza da carne estritamente na teoria. Mas percebia, pelo gaguejar dele, que ele não mentia. Era *virgem*.

Como seria? Ser um homem da sua idade, caminhar diariamente entre *bagnios* e casas de tolerância e tremer de repulsa diante da ideia de fazer amor?

– Eu – disse ela, suavemente, olhando em seus olhos – não suportaria.

– Não suportaria o quê? – perguntou ele.

– Ah, Henry – murmurou ela. – Não tem vontade de ser tocado? De ter prazer?

Algo sombrio reluziu no olhar dele. Desviou-o com brusquidão, parecendo sentir dor. Alice só não sabia se era raiva pela intromissão dela ou se era pela força de necessidades não atendidas.

– Não. – Ele foi incisivo. – Estou perfeitamente satisfeito. Existe um imenso prazer a ser encontrado numa vida virtuosa. E, *por favor*, Srta. Hull, imploro que não se estenda nesse assunto. Eu *imploro*.

A voz dele estremeceu. Ela olhou-o e percebeu que ele estava trêmulo e transtornado. Arrependeu-se no mesmo instante por ter se deixado levar. Suas emoções eram confusas – oscilando entre o desespero, a raiva e a provocação. Sentia-se como uma bruxa, um demônio, um espírito desprendido do mundo. Não conseguia sentir os dedos, muito menos seu senso de decência.

– Sinto muito – disse por fim. – Tem razão. Não estou me comportando como eu mesma. Não tinha a intenção de deixá-lo transtornado.

Um floco de neve caiu em seu olho, como se o Deus de Henry Evesham a estivesse repreendendo por mentir.

– Não – corrigiu-se. – Eu *tive* a intenção de deixá-lo transtornado. Porque estou transtornada e queria que você entendesse meus motivos.

Os ombros dele relaxaram. Ele assentiu.

– É natural sentir-se indignada. Agradeço por sua sinceridade. Não me esquecerei disso quando escrever o relatório.

Continuaram a viagem num silêncio incômodo, uma tensão desagradável entre os dois, que só aumentou à medida que a neve começou a cair de verdade. Na hora do almoço, a neve se acumulara na estrada, fazendo com que as rodas derrapassem.

Era bem bonito o jeito como os flocos cobriam as árvores com véus brancos e dançavam preguiçosamente no ar. Mas Alice não podia fingir que não sabia o que o mau tempo significava. Olhou para os cavalos, preocupada com o gelo que se acumulava nos cascos.

Pelo silêncio de Henry e pela tensão com que ele segurava as rédeas, Alice tinha certeza de que ele também estava preocupado. Mas os dois olhavam para a frente como se pudessem impedir que aquilo virasse realidade caso não reconhecessem o que se tornava mais óbvio a cada quarto de hora.

Ela começou a cantarolar a canção da caixa de costura, para evitar transformar as possibilidades em visões terríveis. Cantarolava baixinho, improvisando a melodia para manter a mente ocupada.

Ao lado dela, ouviu um som grave. Henry também cantarolava.

Olhou para ele, que lhe deu um sorriso cansado, com lábios tensionados. Sua voz – um tenor, ao que parecia – encontrou a dela e formou uma harmonia. Quando ela subiu uma oitava e improvisou um compasso, ele encontrou o contraponto com tanta facilidade que parecia que os dois já tinham cantado a canção centenas de vezes.

Ela começou a rir de alegria por encontrar um verdadeiro prazer na harmonia, mas também diante da ideia ultrajante de ouvir o devoto lorde-tenente, sem saber, cantarolando sobre a periquita de uma meretriz convicta.

Ele sorriu.

– Minha voz é tão engraçada assim?

– Não, Henry – respondeu ela, com sinceridade. – Sua voz é linda.

A carruagem rangeu, as rodas girando com dificuldade.

O rosto de Henry ficou tenso e então ele desabou num ar de desânimo. Por fim, suspirou e olhou-a com uma postura de derrota.

– Alice, não vou conseguir levá-la até Fleetwend com esse tempo.

Capítulo nove

Henry desenvolvera uma teoria sobre Alice: ela cantarolava pelo mesmo motivo que ele orava.

Para apaziguar as preocupações. Para ficar sozinha em seus pensamentos – ou talvez se livrar deles. Para voltá-los para fora, de modo a obter paz interior.

E assim ele também cantarolou, porque a oração se esquivava dele naquele momento. Sentia-se derrotado.

Tinha passado o dia inteiro estudando Alice como se ela fosse um verso da escritura que ele tentava elucidar. Os soluços desesperados na noite anterior. A aparente incapacidade de reconhecer sua vulnerabilidade e sua dor à luz da manhã. A alegria nos prazeres simples e corriqueiros – gotas de chuva, pão quente com manteiga. As convicções resolutas sobre os trabalhos dela e dele, a alegria travessa em mexer com ele. O jeito como ela era tão intensa às vezes que seu olhar parecia capaz de chamuscá-lo – e às vezes tão sonhadora que, se ele não estivesse tão ciente da proximidade de seu corpo, teria achado que ela flutuara para longe enquanto ele não olhava.

Não conseguia se lembrar da última vez que conhecera uma pessoa que o fazia dar cambalhotas mentais para compreendê-la – para rotulá-la disso ou daquilo. Havia uma singularidade nela que parecia desafiar a classificação. Uma originalidade preciosa – digna de ser protegida.

E ele estava fracassando na missão.

Sabia que não tinha culpa que as condições climáticas tivessem se tornado tão severas a ponto de interromper a viagem, mas se sentia responsável. E decepcionado, pois esperava ser capaz de aliviar o fardo da preocupação de Alice, em vez de contribuir para sua delonga.

(E, se fosse sincero, não havia um motivo egoísta também? Não quisera que ela o olhasse e soubesse que, quaisquer que fossem suas diferenças ideológicas, ele viera em seu auxílio? Não estaria em busca de sua admiração ou ao menos de sua gratidão?)

(Quisera. Não, ainda queria.)

Mas ele só tinha aumentado as preocupações de Alice.

Por que discutira com ela? Se o Senhor desejasse que Henry lembrasse Alice de Seu amor por ela, discutir pecado e punição sem dúvida não era o caminho. Ele deveria ter lhe falado sobre como o Senhor a acolheria. O conforto do sacrifício infinito e inspirador de Cristo.

Agira exatamente como o pai sempre dizia: pusera o princípio à frente das pessoas.

E agora estava sentado ao lado da garota com quem falhara, apoiado no eco vergonhoso das palavras que ele sabia serem verdadeiras fazia uma hora, mas que não tinha sido capaz de pronunciar até aquele momento: *Não vou conseguir levá-la até Fleetwend com esse tempo.*

Ele lançou um olhar furtivo, esperando ver o desprezo no rosto dela pela incapacidade dele de cumprir o que prometera. Sentindo por completo que merecia aquilo.

Mas ela apenas olhou para o céu e assentiu.

Alice Hull era realista, aparentemente. Não tinha certeza se aquilo o surpreendia.

– Havia uma placa indicando uma estalagem a cerca de um quilômetro. Me deixe lá e pegarei a próxima diligência postal que passar assim que a neve parar. Você foi mais do que generoso em me trazer até aqui.

– Não, claro que não. Estamos próximos da casa do meu pai. Vou levá-la comigo e, assim que as estradas estiverem transitáveis, iremos até a casa de sua mãe. Se o tempo melhorar durante a noite, podemos chegar lá antes do meio-dia.

Ela olhou para ele como se tivessem lhe brotado chifres.

– Quer *me* levar para a casa da sua família?

Ele assentiu, sem reconhecer o que a pergunta implicava, embora soubesse muito bem o que ela devia estar pensando.

– Não é uma imposição – acrescentou ele depressa. – Eles têm muito espaço.

Ela riu baixinho. A falta de espaço não seria o motivo para criarem objeções ao fato de ele levar para casa uma mulher como Alice. Os olhos dela deixaram claro que ela sabia disso tão bem quanto ele.

– E como você planeja explicar onde catou alguém como eu, reverendo?

Bem, ele não conseguiria explicar.

Ele se oferecera para levá-la a Fleetwend presumindo que poderia deixá-la na porta de casa sem que nenhum conhecido soubesse que ele viajara pelo interior sozinho com uma mulher de caráter questionável. Se aquilo se espalhasse, haveria a questão do decoro – talvez com consequências danosas à sua reputação. Mas a questão mais premente: ele não poderia começar com o pé esquerdo o delicado reencontro com o pai. O que significava que não poderia contar à família quem ela era.

Teria que mentir.

Ele sabia disso no nível abstrato, mas parecia muito pior agora que precisava sugerir a farsa em voz alta.

– Vou apresentá-la aos meus pais como uma viúva. Sra. Hull. Um membro da minha congregação a caminho de uma visita à mãe doente.

A natureza desagradável do pedido pareceu azeda ao sair de sua boca – até porque sem dúvida confirmaria a opinião dela sobre sua ética questionável.

– Não tenho a intenção de ofendê-la – acrescentou depressa. – De verdade. É só que... meu pai é sensível às aparências e não aprovaria que eu conduzisse uma donzela desacompanhada.

Não acrescentou que, se seu pai conhecesse a natureza do trabalho dessa donzela desacompanhada em particular, sem dúvida expulsaria os dois de casa e provavelmente nunca mais falaria com Henry.

Nem seria discreto sobre seus motivos.

Os rumores poderiam chegar até o reverendo Keeper. Era imperativo que Henry evitasse fofocas. Seu futuro dependia da crença do reverendo em sua reforma.

Alice tamborilou os dedos no joelho.

– Não vou causar problemas a você, Henry. Pode dizer o que quiser. Mas estou confusa. Não é pecado mentir para a própria família?

Ele suspirou.

– Sim. Mas pecado maior seria deixá-la quando sua mãe está doente e está a meu alcance levá-la para casa.

– Ah, entendo. Você preserva sua própria moralidade.

Ela franziu a boca, um brilho evidente nos olhos.

Ele teve que conceder a ela um respeito relutante. Também comemorava quando ganhava discussões.

– Entendo seu ponto. Mas eu diria que as objeções de meu pai não estão enraizadas na moralidade. Meu pai desaprovaria que eu a levasse para casa porque falta a aparência de respeitabilidade. Do ponto de vista moral, sei que eu não me comportaria de maneira a pôr em dúvida sua respeitabilidade ou a minha, independentemente da aparência. A aparência não é o que importa para mim se a intenção e o resultado forem bons.

Ela o olhou com seriedade.

– Estou brincando, Henry. Entendo que seu relacionamento familiar esteja tenso. Farei o que puder para ajudá-lo. O que quer que precise que eu diga ou faça, é só pedir.

A repentina sinceridade dela o comoveu. Ele orou para que não houvesse perguntas a responder – que o tempo melhorasse ao nascer do sol e que ele não tivesse mais motivos para perpetuar inverdades.

– Obrigado, Alice.

Ela deu de ombros.

– Essas são as vantagens de uma mulher imoral.

Apesar de seu estado de espírito abatido, ele riu. Ela abriu um grande sorriso, como se estivesse satisfeita por diverti-lo. Isto é, até ele passar com a carruagem pelos terrenos que cercavam a propriedade do pai e as colinas ondulantes surgirem. Na mais alta delas ficava a casa principal, grandiosa e ampla o suficiente para dez famílias, com todas as janelas iluminadas por velas. Que desperdício.

– Pelo prepúcio de Cristo! – exclamou Alice, olhando para a casa como se fosse algo saboroso que ela pudesse comer.

Ele quase engasgou.

– Alice, *por favor*. Não fale assim.

Ela continuou boquiaberta, imperturbável.

– Você mora *aqui*?

Ele balançou a cabeça.

– Eu não.

Os olhos dela tinham ficado grandes e redondos como duas moedas em seu delicado rosto. Obviamente não esperava que ele viesse de uma classe como a aristocracia rural. E, na verdade, ele não viera. O pai adquirira a propriedade quando Henry tinha 11 anos e já estava na escola. O orgulho do vidreiro ao comprar o antigo priorado foi recebido com grande desprezo pelos outros proprietários de terras da região, que riram da casa enorme e moderna que ele construiu no terreno. O fato de Charles Evesham ser mais rico do que todos os outros não fazia diferença naquela época; Henry duvidava que fizesse naquele momento.

Mas seu pai não acreditara que o desprezo de seus superiores duraria tanto. Ele achara que fosse possível comprar respeitabilidade. E talvez tivesse conseguido, pois o irmão de Henry fizera um bom casamento e a mãe planejava levar a irmã dele para Londres no ano seguinte, para ser apresentada à sociedade.

– Que bom que estou usando minhas peles – declarou Alice, sorrindo alegremente para ele.

Apesar de tudo, ele sorriu.

Alice apontou para as torres de uma bela edificação de pedra a oeste da casa principal.

– O que é isso?

– O antigo priorado. É a estrutura original da propriedade.

– E sua família o utiliza para quê?

– Nada em particular. Depósito. Está quase vazio... A capela tem algumas fileiras de assento e um órgão velho e decrépito que minha irmã gosta de fingir que sabe tocar.

Os olhos dela permaneciam fixados na construção.

– É lindo.

E era. Mesmo assim, a visão o enchia de lembranças desagradáveis de seu pai perseguindo o filho e seus amigos quando eles se reuniam lá para adoração, acusando Henry de organizar uma reunião ilegal que faria com que todos fossem presos.

Ele desviou o olhar.

Ao se aproximarem da casa, a grande porta da frente se escancarou e sua irmã, Josephine, saiu correndo sem se cobrir com nenhum agasalho, apenas com um simples vestido. Ela sacudiu os braços e sorriu enquanto descia os degraus, passando por um lacaio de prontidão.

– Você está aqui! – exclamou ela enquanto ele reduzia a velocidade do cabriolé até parar. – Ah, Henry, pensei que nunca chegaria. Estou olhando pela janela há horas, com medo de que a neve pudesse detê-lo.

Ele saltou para o chão e puxou-a para um abraço longo e apertado. Apesar da diferença de idade, ele e Josephine tinham sido próximos quando crianças. Ainda se correspondiam, mas, desde a última vez que a vira, ela havia deixado de ser uma menina e se transformara numa jovem elegante. Entristecia-se por não ter acompanhado seu crescimento.

– Onde está seu casaco? – perguntou ele. – Vai acabar morrendo de frio assim.

Por cima do ombro da irmã, ele reparou que Alice se encolheu ao ouvir a palavra "morrendo", e ele no mesmo instante se repreendeu por falar de mortalidade com tanta insensibilidade quando seu espectro assombrava aqueles a quem ela amava.

Josephine o soltou e voltou o olhar para Alice.

– Por que não contou que viria para casa com uma dama? – cochichou ela. – Não me diga que se casou. Papai vai ter um acesso.

A ideia de estar casado com Alice Hull fez com que suas bochechas ficassem tão coradas a ponto de Henry sentir calor apesar do ar gélido e dos flocos de neve que despencavam das suas sobrancelhas.

– Não – sussurrou ele, em resposta. – Esta é a Sra. Hull – disse numa voz mais audível e calorosa. – Ela pertence à minha igreja. Sua mãe mora nas imediações e está doente. Esperava levá-la para casa a caminho daqui, mas o tempo não colaborou.

Alice baixou a cabeça e aceitou a mão de Henry para descer da carruagem.

– Prazer em conhecê-la, Sra. Hull – saudou-a Josephine, abrindo um grande e animado sorriso para Alice, que retribuiu.

Ele reparou que Alice se mantinha ereta e recatada, sem um vestígio do ar travesso que apresentara enquanto praguejava ao ver o tamanho da casa de seu pai.

Pelo prepúcio de Cristo era algo que ele não ouvira ser pronunciado nem no pior tipo de bordel, e Alice Hull só era grosseira quando tinha a intenção de ser.

O que significava que ela dissera aquilo apenas para provocá-lo.

Por quê?

Estou brincando, respondera. Isso significava que ela gostava dele? Que o considerava um amigo? Ou fazia aquilo porque ainda desconfiava dele?

Por que a resposta parecia tão importante?

(Porque você...)

Josephine agarrou seu braço.

– Entre! A cozinheira preparou pudim de rum para você e fiquei com água na boca o dia inteiro.

Ele se conteve para não mencionar que não se permitia nem o consumo de rum nem de doces.

Em vez disso, com um tremendo nó no estômago, ele seguiu a irmã, subiu os degraus e entrou na casa do pai.

Capítulo dez

Alice sentia a tensão irradiando de Henry enquanto entravam na casa. Ele tentava não demonstrar que estava nervoso. Era um estado que ela conhecia bem por observar os novos sócios na Charlotte Street, mas não era o que esperaria de um homem adulto adentrando a casa da própria família. Isso a deixava um pouco triste, pela forma como ele parecia estar inseguro ali. Ela esperava, pelo bem dele, que sua visita fosse calorosa.

Ela tentou manter uma expressão tranquila no rosto quando os criados pegaram os casacos deles, pois não queria deixar Henry constrangido por manifestar abertamente seu assombro com o extraordinário esplendor da casa.

Mas era difícil, porque o lugar parecia um monumento ao luxo. Os tapetes eram brilhantes e macios sob seus pés. A madeira entalhada com grande esmero reluzia sob centenas de velas de cera colocadas em enormes lustres cintilantes e em delicadas arandelas com gravações. Cada superfície estava enfeitada com vasos de cristal, bacias com pinturas complexas e enfeites extravagantes de vidro. Ela queria sair correndo e explorar, contar os quartos, examinar os retratos com moldura dourada, passar os dedos nas paredes revestidas com tapeçarias, cheirar as flores da estufa e pesar na mão os delicados enfeites de porcelana.

– Meu querido, meu querido – exclamou uma mulher ruiva e alta, atravessando o aposento depressa para saudá-los. Agarrou Henry e o abraçou com evidente deleite. – Ah, meu menino, como estamos felizes que tenha finalmente voltado para casa!

– Estou feliz por estar aqui, mamãe – disse Henry.

O sorriso de pura gratidão no rosto dele quase partiu o coração de Alice. Estava claro que ele havia herdado o porte e o cabelo do lado materno, pois a Sra. Evesham era quase tão alta e larga quanto o filho. Ela o apertou por tanto tempo que, após um momento, ele pareceu encolher um pouco, constrangido com aquela demonstração de afeto da mãe. Foi um gesto que Alice reconheceu por ter feito o mesmo muitas vezes.

Não faça isso, queria dizer a ele. *Seja grato pelo amor dela por você. Pela saúde dela.*

Os olhos de Henry examinaram o corredor amplo e vazio.

– Onde estão os outros? – perguntou ele.

A Sra. Evesham se endireitou, e a alegria pareceu se apagar da sala como uma vela soprada.

– Seu pai e Jonathan estão no escritório tomando conhaque.

– Claro – acrescentou Josephine, com um olhar que indicava que essa era uma prática habitual e que ela achava difícil suportar.

O estômago de Henry roncou alto, fazendo a mãe rir.

– Ah, continua a ser meu Henry faminto – disse ela, cheia de afeto.

Henry se encolheu, claramente pouco afeito ao apelido.

A Sra. Evesham não pareceu perceber.

– Não se preocupe. O jantar será servido em uma hora. Enquanto isso, tenho certeza que vão querer trocar de roupa. Henry, seu quarto está do mesmo jeito que você o deixou. E Josephine, poderia mostrar para a Sra. Hull o quarto que fica junto ao seu? Acredito que ela ficará mais confortável nele do que sozinha na ala de convidados.

– Obrigada – disse Alice. – Sou muito grata por sua hospitalidade.

Não acrescentou que duvidava que houvesse um único aposento naquela casa onde não fosse se sentir confortável, incluindo o armário da copa.

Josephine sorriu calorosamente para Alice, indicando com um gesto que ela a acompanhasse pela grande escadaria.

– Vai preferir trocar de roupa para o jantar – disse ela gentilmente, observando o vestido gasto de Alice. – Meu pai é bastante formal ao sentar-se à mesa.

Droga. Tudo o que ela tinha além das roupas de criada era seu vestido escuro para receber as visitas, mais adequado para um funeral do que para um banquete formal na casa de um homem rico. Não se importava de parecer estranha, mas queria cumprir sua palavra e não causar problemas para Henry.

Gostaria de ter tido tempo para lhe fazer perguntas. Como se vestiria uma viúva metodista de verdade? Como ela se portaria? Com quem ela teria sido casada? Teria sido um homem bonito? A Sra. Hull teria sido sua rainha?

– Ah, estou de luto, sabe, e...

Josephine assentiu.

– Claro. Se não fez as malas para uma visita social, talvez queira pegar emprestada alguma coisa minha? Sou um pouco mais alta – era um eufemismo, pois Josephine compartilhava da altura do irmão –, mas minha criada poderia levantar a bainha em alguns minutos.

– Obrigada, se não for dar trabalho demais.

Josephine riu.

– Trabalho nenhum. Baxter ficará satisfeita por ter outra vítima para seus penteados cruéis. Não diga que não foi avisada.

Alice riu também, embora estivesse surpresa pelos modos da irmã de Henry serem tão joviais e calorosos. Aquilo não combinava com a formalidade da casa nem com seu sotaque educado.

Josephine a conduziu para o interior de um quarto com uma cama enorme, três vezes maior que o pequeno leito dela no sótão na Charlotte Street. Tinha quatro colunas de madeira entalhada e era cercada por cortinas abertas com fitas e babados.

– Estou na porta ao lado se precisar de algo – disse Josephine. – Baxter trará um vestido e eu virei buscá-la para o jantar.

– Sim, por favor. Obrigada, Srta. Evesham.

Josephine sorriu e fechou a porta.

Alice foi até o espelho, que ia do chão ao teto, e examinou seu reflexo.

Parecia uma errante – com uma aparência mais adequada a mendigar na porta do estábulo daquela casa que parecia um palácio do que a dormir nela. Seu vestido estava amarrotado, o cabelo, embaraçado, derramava-se do capuz. Sua mãe teria um ataque se a visse em um estado tão deplorável num lugar tão elegante como aquele. *Alice, garota, prenda o cabelo e aja como uma dama.*

Ficou sem fôlego ao ouvir a voz da mãe com tanta clareza em sua mente. Ela se lembrou das palavras que Henry murmurara através da parede na noite anterior:

Ainda que eu andasse pelo vale da sombra da morte,

*Não temerei mal nenhum,
pois tu estás comigo.*

Fazia anos que ela não orava. Mas a natureza reconfortante daquelas palavras calava fundo em seu coração. Ajoelhou-se diante do fogo e agarrou a pequena harpa que pendia do colar em seu pescoço.

Estou indo, mamãe. Por favor espere por mim.

As palavras pareciam não bastar. Tentou mais uma vez.

Querido Deus:

Era assim que se orava corretamente? Era como escrever uma carta?

Sei que não tenho sido uma correspondente fiel, e é egoísmo da minha parte retomar nossa relação apenas para pedir um favor, mas, por favor, se receber esta mensagem, deixe-a viver. Me dê tempo para dizer adeus.

Deus não deu sinal de ouvi-la, mas a porta se abriu e uma mulher entrou carregando um belo vestido azul bordado com flores de lavanda.

– É a Sra. Hull? – perguntou ela.

Alice assentiu.

A criada fez uma reverência.

– Baxter, senhora. A senhorita me disse para marcar a bainha nesse vestido. Vamos tirar sua roupa.

Alice não era vestida por outra pessoa desde criança e não sabia o que fazer. Mas os dedos de Baxter eram tão ágeis que, antes que ela percebesse, estava sem seu vestido gasto e usava um tecido tão macio quanto nuvens que cheiravam a gente rica.

– Agora, seu cabelo – disse Baxter. – Este visual escorrido não combina com sua cabecinha.

Alice não sabia se ria ou chorava com essa observação. O cabelo não era sua glória suprema, especialmente depois de um dia na chuva e na neve.

– Não há muito a ser feito. Meu cabelo é liso por natureza.

– Não quando estou cuidando dele, não é? – disse Baxter, com uma piscadela.

A mulher sentou Alice diante de uma bela mesa de ouro e começou a fazer coisas violentas e dolorosas em seu couro cabeludo, algo entre massagem e tortura. Baxter usou o pente para arrumar os fios em espirais que ela prendeu no lugar com grampos, movendo-os rapidamente do bolso do avental para a boca e em seguida para a cabeça cada vez mais sensível de Alice.

– Pronto – disse ela, dando um passo atrás, para que Alice pudesse se olhar no espelho.

– Minha nossa! – exclamou Alice ao ver seu reflexo.

O vestido não era imodesto, mas tinha um decote muito mais baixo do que os vestidos de gola alta que compunham seu guarda-roupa na Charlotte Street. O azul-escuro realçava seus olhos, tornando-os mais violetas do que castanhos. Mas o cabelo era o verdadeiro milagre. Baxter juntara a parte do meio para fazer um coque alto e elaborado que se erguia elegantemente acima da linha do cabelo e, se não a fazia parecer mais alta, sem dúvida a deixava majestosa.

Baxter piscou, alisou o vestido de Alice para que caísse mais graciosamente sobre seus ombros e saiu tão rápido quanto havia chegado.

Alice não pôde deixar de lançar um sorriso malicioso para seu reflexo. Parecia uma senhorita. Talvez *aquele* fosse o sinal do Deus de Henry Evesham, pois sua mãe gargalharia de pura alegria se a visse daquele jeito.

Josephine veio buscá-la e conduziu-a escada abaixo até uma sala formal onde a família estava reunida.

– Prepare-se para as festividades – disse ela, num sussurro seco.

Apesar do ambiente suntuoso e das velas tremeluzentes, o clima na sala era sombrio. Um cavalheiro magro e impecavelmente vestido, usando uma peruca empoada, parecia estar no comando, e ao lado dele encontrava-se um homem que poderia ser seu irmão gêmeo se não fosse várias décadas mais jovem e não usasse uma peruca um pouco mais alta. Eles conversavam em voz baixa com Henry, que precisava se curvar bem para ficar na altura dos outros dois. Não parecia estar se divertindo.

Ao vê-la, ele se afastou, olhando-a com uma expressão quase perplexa. Ela ficou tensa, preocupada por já ter feito algo errado que pudesse expor a mentira dos dois.

– Ora, Sra. Hull – disse ele, transformando a expressão perplexa em um sorriso torto de menino que o deixou extremamente bonito, parecendo-se em nada com um ministro religioso. – Azul combina com a senhora.

Ele nunca tinha olhado para ela assim, como se fosse apenas um homem e ela, apenas uma mulher.

– O senhor também está bem.

Mas ele sempre estava bem.

Ele sorriu – um sorriso rápido e privado –, mais para si do que para ela.

Josephine olhou para ele e depois para ela, e Alice parou – esquecera que a garota estava bem ao seu lado. Evidentemente, Henry também tinha esquecido, pois recuou depressa, adotando uma postura mais formal.

– Deixe-me apresentá-la à minha família – disse, levando-a até os dois homens. – Sra. Hull, este é meu irmão mais velho, Sr. Jonathan Evesham, e meu pai, Sr. Charles Evesham.

Ela fez uma reverência, deu boa-noite e ficou aliviada quando os dois homens logo retomaram a conversa depois de uma breve reverência educada e desdenhosa.

Ela voltou a atenção para uma coleção de vasos de porcelana clara colocados na mesa mais próxima, pintados com flores roxas que se pareciam com aquelas bordadas em seu vestido.

– Tão bonito – disse ela, dirigindo-se a Josephine, para que Henry se sentisse livre para retomar a conversa com o pai em vez de se preocupar em deixá-la à vontade.

– Muito obrigada – agradeceu Josephine com um sorriso enorme. – Eu mesma os pintei.

– Já vi algo parecido numa lojinha em Mayfair, mas os seus são muito melhores. Que talento.

Josephine parecia imensamente satisfeita.

– Papai os fabrica para mim em sua fábrica. Tenho a intenção de vendê-los, mas ele acredita que nunca encontrarei um marido se parecer que tenho interesse no comércio.

– Os homens têm noções tão estranhas. – Alice suspirou.

Ficou gelada, porque talvez não fosse a coisa certa a ser dita por uma viúva decente.

Josephine apenas revirou os olhos.

– Verdade.

– Ora, o lorde-tenente chegou! – exclamou uma mulher do outro lado da sala.

Alice se virou e viu que a voz pertencia ao desenho de uma mulher rica num jornal. Ou melhor, uma mulher que parecia exatamente o desenho de uma senhora elegante, com cabelos escuros brilhantes arrumados de forma tão elaborada acima da cabeça que fazia o trabalho realizado por Baxter nas madeixas de Alice parecer rudimentar. Ela usava um lindo vestido de seda em um tom castanho que combinava com seu cabelo e joias de âmbar incrustadas em ouro amarelo, de forma que, quando se movia, parecia que as cores do outono rodopiavam pelo ambiente.

– Olivia, já foi apresentada ao Sr. Henry Evesham? – indagou a mulher a alguém atrás de seu ombro. – Ele não estava no nosso casamento.

Uma segunda mulher aproximou-se rapidamente da primeira e era igualmente impressionante, embora seu cabelo fosse loiro e seu vestido exibisse um rosa escuro e saturado adornado com finas penas farfalhantes.

Do ponto de vista teórico, Alice sabia que mulheres assim existiam, mas raramente encontrava tais criaturas na natureza. As mulheres ricas que possuíam chaves na Charlotte Street não iam ao estabelecimento com aqueles trajes. Ela tentou não ficar encarando, apesar de querer fazer isso desesperadamente.

Henry parecia perplexo por ser o centro das atenções dessas duas senhoras, embora o restante da família parecesse não achar nada de mais. Alice viu Henry ser apresentado à loira, Srta. Olivia Bradley-Hough, de Bath, a qual ela concluiu ser prima da outra mulher, que era casada com o irmão de Henry e a quem a família chamava de Isabel.

Josephine apresentou Alice às senhoras, que a saudaram com sorrisos graciosos. O Sr. Evesham mais velho sinalizou para os criados, que abriram uma porta que dava em uma grande e comprida sala de jantar. Lá dentro, a mesa estava repleta de pratos, como Alice nunca tinha visto. A arrumação da mesa era encantadora, com a louça sobre pratos de prata reluzentes em pilhas altas que pareciam estremecer na expectativa de serem degustadas.

Alice sentiu o longo dia de frio e preocupação desmanchar-se diante de tamanho banquete.

Aquilo ia ser divertido.

Mostraram-lhe um lugar entre Henry e o Sr. Evesham mais velho, que sentava-se à cabeceira da mesa. Josephine posicionou-se à sua frente e a Srta. Bradley-Hough ficou diante de Henry, ao lado de Jonathan Evesham, que seria um belo homem se não fosse por uma expressão tensa que o fazia parecer permanentemente irritado.

Assim que todos se sentaram, surgiu um séquito de criados, graciosos como bailarinos, segurando bandejas de comida que ofereciam aos convidados. Um lacaio circulou, enchendo as taças com vinho. Quando chegou a Henry, o jovem educadamente o dispensou com um aceno e um suave "não, obrigado".

– Ora, nada de vinho, Sr. Evesham! – disse a Srta. Bradley-Hough, rindo. – Como é sensato. Os cavalheiros de Bath cuidam sempre de seus cálices no jantar. Isso leva minha mãe à loucura, tentando manter a adega abastecida.

– Ela deveria receber mais metodistas – brincou Henry. – Formamos um grupo abstêmio, bom de conter gastos. Se ela quiser dar o exemplo, tenho certeza de que podemos providenciar um avivamento.

A Srta. Bradley-Hough riu, mas Alice notou que o pai de Henry ficara carrancudo com o diálogo.

Outro criado apareceu com uma mousse de peixe e também foi dispensado por Henry, que não se serviu de nada. Ele encheu o prato com batatas ao molho de creme e verduras. Quando uma bandeja com filés de porco na manteiga passou, ele mais uma vez dispensou com um gesto. Fez o mesmo com um grande e belo pernil de cordeiro que cheirava divinamente.

A cada prato que ele recusava, seu pai ficava visivelmente mais irritado.

– Pegue um pouco de cordeiro, Henry – ordenou ao filho em um tom baixo o suficiente para evitar ser ouvido pela Srta. Bradley-Hough, suspeitou Alice.

– Não, obrigado – respondeu Henry num tom agradável, aceitando em vez disso um prato com geleia de frutas.

– Um homem não pode subsistir à base de batatas e geleia – sibilou o pai.

Henry pareceu desconcertado.

– Prefiro não comer carne, como o senhor sabe – disse ele, com calma.

– Vai ficar doente – ladrou o pai.

Sua voz carecia da suavidade educada dos filhos e da esposa. Seu sotaque lembrava a ela do ferreiro de Fleetwend, o Sr. Flaiff, que havia sido criado na pobreza, em Bristol.

Henry riu – uma espécie de riso forçado que não continha qualquer traço de humor.

– Há anos que não como a carne das criaturas de Deus e ainda não estou definhando.

– De fato – disse o irmão com ar malicioso, debruçando-se sobre Josephine para ouvir melhor a conversa. – Desse jeito ele já tem o porte de uma carreta de boi. Se comesse direito, imagino que não passaria pela porta.

Os lábios de Henry abriram um sorriso ácido.

– É bem verdade – respondeu num tom equilibrado.

– Bem, nunca conheci um cavalheiro que se alimenta apenas de verduras! – comentou a Srta. Bradley-Hough, sem dúvida querendo desanuviar a discordância, um ato de delicadeza que Alice achou admirável. – Também é vegetariana, Sra. Hull?

Alice olhou para a porção generosa de cordeiro tenro, avermelhado, que ela amontoara em seu prato e torceu para que uma dieta sem carne não fosse alguma característica da seita de Henry que exporia a mentira deles sobre ela ser um membro de seu círculo de adoração.

– Evidentemente não – disse Alice à Srta. Bradley-Hough, espetando confiantemente um pedaço da carne com o garfo e colocando-o na boca com prazer.

Ao lado dela, Henry riu, agradecido.

Na verdade, ela não conseguia se imaginar recusando uma comida tão suntuosa. Ficou chocada quando os pratos foram retirados, todo um novo conjunto foi trazido à mesa, e o processo se repetiu.

Enquanto os pratos eram arrumados, as duas primas conversavam sobre isso e aquilo – evidentemente ambas tinham crescido em Bath, e Alice percebeu que eram muito populares por lá. Isabel Evesham parecia estar fazendo o possível para promover uma amizade entre Henry e a Srta. Bradley-Hough. Estranhamente, o marido de Isabel parecia estar fazendo o possível para bloquear os esforços da esposa – para a óbvia agitação de seu pai. Enquanto isso, Josephine e a Sra. Evesham contavam para Alice sobre os preparativos para a cerimônia de batismo, como se nada daquilo estivesse acontecendo.

Observar a família Evesham à mesa era como assistir ao desdobramento de um jogo sem saber muito bem qual seria seu objetivo.

– Conte-nos sobre seu trabalho em Londres, Henry – pediu Isabel. – Parece tão importante.

Henry deteve o garfo no ar. A família inteira parou de falar.

– Sim, como vai seu pequeno rebanho atualmente? – perguntou Jonathan. Vinha bebendo bastante durante a refeição e suas palavras se tornavam mais indistintas e menos inteligentes a cada gole. – Ainda provocando acessos histéricos nas esposas dos fazendeiros pelas ruas?

– Não com a frequência que eu gostaria – respondeu Henry com suavidade. – Meu trabalho para a Câmara dos Lordes deixa pouco tempo para a pregação.

Jonathan se virou para a Srta. Bradley-Hough.

– Olivia, meu irmão sempre teve jeito com as mulheres. Veja, ele as faz desmaiar. Afirma que são movidas pelo espírito do Senhor, mas – Jonathan fez uma pausa para tomar um gole de clarete – sempre falei que elas desmaiavam de tédio pela duração de seus sermões.

Ele riu da própria piada, sorrindo para a prima de sua esposa como se tivesse certeza de que ela também acharia muita graça. A Srta. Bradley-Hough olhou nervosamente para o prato. O rosto de Henry permaneceu imexível numa expressão de tédio sarcástico.

Alice havia perdido o apetite.

Imagine ficar sem ver sua família durante anos, apenas para ser submetido a zombarias bêbadas uma hora depois de sua chegada. E zombaria vinda sem qualquer provocação. A mãe de Alice podia ser crítica, mas pelo menos não se comportava assim por *esporte*.

– Os sermões do lorde-tenente são muito solicitados em Londres, no entanto – interrompeu Alice, encarando Jonathan Evesham fixamente e empregando o tom ártico que aperfeiçoara sob a tutela de Elena Brearley. – Pessoas se reúnem, vindas de toda a cidade, para ouvi-lo nas tardes de sexta-feira. Foi por isso que ele se tornou um representante da Câmara dos Lordes.

– Ele se tornou um representante – retrucou Jonathan – porque negocia histórias obscenas sob o disfarce de virtude cristã.

Ao ouvir a palavra "obsceno", a Srta. Bradley-Hough teve um leve sobressalto na cadeira, o que fez seu cotovelo atingir um prato que passava, de pato com molho marrom. Alice viu com horror quando a bandeja virou, desenhando um arco colossal no ar, e fez chover uma cascata de molho pegajoso com aroma de laranja na frente do lindo vestido rosa da Srta. Bradley-Hough.

O grito que ela soltou, pensou Alice, foi um desfecho bastante adequado para a refeição.

Isabel deu um pulo e correu em volta da mesa para ajudar a prima enquanto um tropel de criados corria de um lado para outro, tentando estancar o pior dos danos. O caótico séquito saiu correndo da sala, deixando duas cadeiras vazias e o restante da família Evesham, que parecia atordoada.

– Jonathan, o que deu em você? – silvou a mãe, numa das pontas da mesa. – Falando nessas coisas na frente de uma dama da estirpe da Srta. Bradley-Hough. – Ela olhou para Alice. – E da nossa convidada, a Sra. Hull.

Jonathan fez um gesto amplo com a mão e revirou os olhos.

– É apenas a verdade. Imagine, ele poderia ter sido um bispo. Em vez disso, ele negocia histeria e fogo do inferno, mas condena a própria família por vender porcelana.

– Eu não condeno ninguém – disse Henry acaloradamente. – Apenas sugeri que não vendessem para comerciantes rumo a Barbados, porque...

– Ah, por favor – soltou Jonathan Evesham. – Pode nos poupar de seu moralismo. Guarde para seus sermões.

Alice percebeu que Henry se continha à força. Suas omoplatas destacavam-se por baixo do casaco feito sob medida e por mãos hábeis, como se pudessem romper o tecido.

O Sr. Evesham mais velho ergueu a mão.

– Chega, Jonathan.

– Sem vinho, sem carne, sem esposa, sem vida – continuou Jonathan alegremente, estalando os lábios de satisfação com seu pequeno poema. – Por outro lado, suponho que tenha sua escolha entre mulheres perdidas com quem passar as noites solitárias.

– Que completo disparate – explodiu Alice.

Henry encontrou o olhar dela e sutilmente balançou a cabeça, como se dissesse *Não se envolva*, mas seus dedos apertaram o copo de leite com tanta força que ela se perguntou como ele não se espatifou. Ela sentia tanta raiva por ele que teve vontade de pular e empurrar o irmão até o que restava da poça com o molho do pato. Em vez disso, ela canalizou esse impulso para abaixar a voz e assumir um tom indiferente e depreciativo que aperfeiçoara atendendo a porta de Elena Brearley.

– É verdade, senhor, que o Sr. Evesham é altamente influente em Londres por sua capacidade de fornecer consolo a quem sofre — disse ela. - Mas ele também causa muito medo nos corações dos idiotas bêbados por conta do poder bastante significativo à sua disposição. Alguns podem argumentar que tal combinação é aterrorizante o suficiente para inspirar respeito, mas também é preciso ser inteligente o suficiente para ver isso.

Capítulo onze

Quem diria? Uma mulher destemida e de língua afiada, treinada por uma especialista em castigar homens que se consideravam superiores, acabou se revelando um acessório eficaz a ser levado para um jantar em família. Ah, a onda de pura e radiante afeição que Henry sentiu por Alice enquanto ela olhava com fúria para seu irmão, como se Jonathan não fosse melhor do que uma pulga.

A família inteira encarava Alice, como se não soubesse se deveria sentir raiva ou medo dela.

Claramente sem esperança de um retorno à civilidade, a mãe levantou-se antes que o conflito verbal ficasse mais acalorado, ou que outro convidado acabasse coberto de galinha assada.

– Senhoras, vamos deixar os cavalheiros com o conhaque e nos retirar para a sala de estar?

– Vou me juntar às mulheres – disse Henry, levantando-se. Ele voltou o olhar para o irmão. – Afinal, como Jonathan apontou, eu não bebo.

– Fique – ordenou o pai. – Temos assuntos para discutir.

A mãe fez um sinal para que Josephine e Alice a seguissem para fora da sala. Alice lançou um olhar questionador a Henry. Ele deu um sorriso reconfortante para ela, comovido, se não até um pouco envergonhado, por ela estar preocupada por deixá-lo num aposento com sua própria família. Imagine só, era ele que temia que *ela* pudesse rebaixá-lo na estima de sua família. Ele deveria ter se preocupado que o comportamento crasso de sua família o rebaixasse junto a ela.

Sem dúvida, isso já tinha ocorrido.

Assim que as mulheres se retiraram, o pai se virou para o irmão com a raiva estampada no rosto.

– Jonathan, se tivesse algum bom senso, não difamaria seu irmão na frente de Olivia depois de tudo que fiz para consertar a confusão que você causou.

Henry se perguntou o que Jonathan teria feito.

(Ele esperava, que Deus o perdoasse, que fosse algo impronunciável de tão terrível.)

– Olivia deveria saber que Henry se associa com prostitutas se vai se casar com ele – rebateu Jonathan, antes que Henry pudesse perguntar qualquer coisa.

Casar com ele?

Ah.

Agora ele compreendia por que estava ali.

Não era para um batizado.

Era para pagar a dívida eterna.

A última chance de provar seu valor para o império familiar.

Ele deveria ter presumido que havia um propósito cínico por trás do convite. Seu pai estava ansioso por formar uma aliança com os Bradley-Houghs havia uma década, pois eram os donos de seu maior concorrente no sudoeste da Inglaterra. Essa revelação não deveria dilacerá-lo. Mas ele percebeu que a expressão estoica que conseguira manter no rosto ia murchando. Se sentiu destruído.

– Então foi por isso que fui convocado – disse ao pai, tentando não soar tão desanimado quanto estava.

Seu pai revirou os olhos para o céu, como se imaginar qualquer coisa diferente fosse uma tolice.

– Claro que foi por isso que eu o convoquei.

– Não vai funcionar – disse Jonathan ao pai, pegando o vinho. – Olivia não vai querer um cavalo castrado.

O irmão sorriu, desfrutando da própria percepção.

Foi preciso reunir cada pedaço de cada promessa que Henry já havia feito a si ou a Deus ou ao reverendo Keeper para não se levantar e sufocar o irmão com aquela peruca ridícula de três camadas.

Em vez disso, ele dobrou o guardanapo com calma e se levantou da mesa.

– Senhor – disse em voz baixa, dirigindo-se ao pai –, virei discutir o assunto com o senhor pela manhã. – Ele olhou com firmeza para Jonathan. – Em particular.

– Sente-se, Henry – ordenou o pai. – Vamos resolver isso aqui e agora.

— Não, senhor – respondeu ele, conseguindo de alguma forma manter o tom educado.

Estava zangado demais para ter essa conversa com um mínimo de respeito filial e não queria dizer algo de que pudesse se arrepender. E certamente não diria mais nenhuma palavra na frente de Jonathan.

Ele fez uma reverência.

— Boa noite, senhor.

— Ele nunca valeu um centavo que o senhor investiu nele – disse Jonathan antes mesmo de Henry chegar à porta.

Henry saiu para o corredor e fechou a porta atrás de si, para não ter que ouvir a resposta do pai. Ficou imóvel, tentando respirar.

Fora tão ingênuo por imaginar que poderia ser diferente. Diante do alívio por ser bem-vindo de volta, ele havia baixado a guarda.

Doía ser lembrado disso. Ele queria ir para o quarto e trancar a porta para que ninguém pudesse olhá-lo e ver que ele se iludira pensando que sua presença era *desejada* ali.

Alice saiu do reservado no final do corredor e viu que ele se encontrava na outra ponta. Parou, inclinou a cabeça e sorriu para ele como se fosse sua melhor amiga.

Porque sentia pena dele.

Ele forçou um sorriso no rosto. Não suportava que ela o considerasse digno de pena.

Mas, quando ele começou a caminhar ao lado dela, a expressão da jovem tornou-se maliciosa em vez de simpática. Ela ficou na ponta dos pés para se aproximar do ouvido dele.

— Agora entendo por que tem tanto medo de Satanás – sussurrou ela. – É porque você tem o próprio demônio embriagado como irmão.

Ele colocou os nós dos dedos nos lábios para não rir alto, mas ainda assim emitiu um ronco. Obrigado, Senhor, por Alice Hull. Por sua língua afiada e sua presença encorajadora.

Alice esboçou um sorriso travesso, satisfeita com a alegria dele.

— Eu juro, reverendo – prosseguiu ela. – Não encontrarei nada tão perverso quanto gente como *ele* na Charlotte Street.

Josephine enfiou a cabeça para fora da porta da sala de estar de sua mãe e acenou para eles.

– Henry, venha! Mamãe quer música.

Ele ofereceu seu braço a Alice para acompanhá-la.

– Peço desculpas por a senhorita ter tido que testemunhar aquela demonstração – disse ele, recuperando a compostura.

Ela passou o braço pelo dele.

– Não se preocupe comigo. Comi um pouco de carne de cervo tão saborosa que vou contar sobre ela até para meus herdeiros. Só lamento que seu irmão tenha arruinado minha sobremesa.

– Foi muita gentileza sua vir em minha defesa. Obrigado.

Ela apertou bem de leve seu antebraço.

– Bem, eu lhe devia uma. Pela noite passada.

Ela apertou os lábios em uma linha tensa, demonstrando o quanto aquilo lhe custava.

– Foi um conforto para mim – acrescentou ela, olhando para o chão.

Ela também não queria sua piedade.

Ah, eles eram um par e tanto. Ele queria dizer mais, prolongar aquele momento de amigável intimidade com sua aliada improvável (pois era disso que se tratava, não era? Com certeza não podia ser mais...)

A irmã voltou a chamar seu nome. Ele interrompeu o pensamento e abriu a porta.

Pelo menos a sala de sua mãe era agradável numa noite de inverno. As paredes estavam cobertas com retratos de parentes do lado materno da família – pessoas robustas e ruivas, que se pareciam com ele – e a mobília era confortável, menos grandiosa e formal do que as peças que o pai apreciava. Sempre tinha sido seu aposento favorito na casa.

A mãe se adiantou, ofereceu uma cadeira a Alice e pôs a mão no ombro dele.

– Henry, querido, pode cantar para nós? Senti falta de nossos serões musicais.

Era seu modo de lhe pedir desculpas pela cena no jantar. Ele retribuiu o sorriso e assentiu, embora cantar fosse a última coisa que quisesse fazer. Não queria preocupar a mãe. A situação dela não era confortável.

– Claro – respondeu ele. – Mas só se Josephine tocar para mim.

Josephine deu um salto e se encaminhou direto para o piano, onde começou a folhear um livro de música secular.

– Na verdade, escrevi um novo hino... – disse ele. – É ao som de...

– Ah, não, um hino não! – resmungou a irmã, brincalhona. – Acho que todos merecemos um pouco de frivolidade depois daquela *bela* refeição.

Ela franziu as sobrancelhas para ele, pôs as mãos nas teclas e tocou os primeiros acordes de uma animada canção popular que os dois adoravam cantar quando pequenos.

Alice sorriu ao reconhecer a música.

– *Bom dia, linda donzela.* Eu cantava essa música quando era pequena, com minhas irmãs.

– Então precisa cantar a parte da donzela! – disse Josephine, encantada. – Sou bem melhor tocando do que cantando, como Henry pode confirmar.

Henry tinha pensado em se opor à frivolidade da canção, a qual um homem como ele sem dúvida deveria desaprovar, mas Alice parecia feliz, e ele sabia que ela gostava de música pelo tanto que cantarolava. Por que não ter um pouco de leveza depois de um dia tão difícil?

– Ah, muito bem.

Ele ficou no meio da sala esperando a deixa. Josephine fez um gesto para que Alice ficasse ao lado dele. Antes que ele pudesse mudar de ideia diante da perspectiva de cantarem um *para* o outro, a irmã começou a tocar os compassos do primeiro verso.

Bem, qual era o problema de se divertir um pouco depois de tudo o que eles tinham suportado? Voltou-se para Alice e fingiu tirar o chapéu enquanto cantava a primeira estrofe.

Bom dia, bela donzela
Para onde vais, linda menina?

Ele fez uma reverência exagerada para Alice, para diversão de sua mãe, que aplaudiu a cena.

Vagando por campos formosos,
onde ninguém atina,
És por demais audaciosa,
Vagando por campos formosos,
pois os caminhos são perigosos,
Encantadora donzela

A mãe riu e aplaudiu enquanto Alice o encarava num misto de diversão e descrença por ele interpretar o papel do agricultor pomposo enquanto cantava. Mas, quando veio o verso seguinte, ela fez uma reverência recatada, abriu a boca e soltou uma das mais belas vozes de contralto que ele já ouvira.

Sou uma encantadora donzela
Sim, senhor, respondeu a bela,
Sem maldade nem preocupação
Pois a nenhum homem dei meu coração

Ela estendeu a mão, sem aliança, como se aquela nudez fosse motivo para se gabar.

Minha diversão é vaguear
Por campos tão formosos
E o ar agradável respirar

Josephine fez uma pausa dramática, e Alice parou também, franzindo os olhos para cantar o último verso com desdém animado.

Desconhecido orgulhoso

A mãe dele jogou a cabeça para trás e gargalhou. Sem disposição para ser superado, Henry empertigou-se para dar a resposta do agricultor.

Filho de um fazendeiro eu sou,
Seu vizinho do lado
Grande riqueza eu tenho guardado,
Por meu trabalho honrado,
Se depender de mim
Logo estaremos casados

A irmã parou mais uma vez a música, e ele se lembrou, um pouco tarde demais, do verso final. Mesmo assim, pôs a mão no coração, olhou Alice nos olhos e soltou a última estrofe.

Pois estou apaixonado,
Por ti, encantadora donzela

Alice revirou os olhos comicamente e bateu o pé.

A esposa de um fazendeiro
Trabalha tarde e cedo
Como um servo trabalhador.
Então acredite em mim
Não pretendo ser
Um servo preso a ti.
Para fazer teu trabalho penoso,
Tu, estranho orgulhoso

Ela cantou com tamanha empáfia que parecia que ele havia mesmo pedido sua mão em casamento. Josephine tocou as últimas notas ruidosamente, e a mãe se levantou para aplaudir.

A mãe riu tanto que lágrimas brotaram de seus olhos.

– Ah, Sra. Hull – disse a mãe de Henry –, a senhora é realmente uma donzela encantadora. E, Henry, passou tempo demais desde que fizemos isso.

Ele concordou. Essa tradição – cantar na sala de estar com a mãe e a irmã – sempre tornara mais suportáveis os aspectos menos agradáveis de sua vida familiar. Mais ainda quando o irmão não entrava furtivamente na sala para zombar deles.

– Vai tocar mais uma, Jo? – perguntou a mãe.

Josephine pensou por um momento, depois tocou os primeiros compassos de uma simples canção infantil. Henry sorriu. Era uma música que ele ajudara Josephine a compor quando ela era muito pequena, como um presente para o dia das mães.

– Minha mãe me embalou quando eu era bebê – começou Josephine, cantando com doçura, embora não muito bem. – E cantava canções de ninar para acalmar meu choro.

Ela fez uma pausa e, depois, um gesto para que ele se juntasse a ela na harmonia.

Era gentil quando eu tinha medo,
Ah, mamãe, minha querida

Ao lado dele, a mãe enxugou os olhos e procurou sua mão.

– Ah, Henry – murmurou ela. – Estou tão feliz que tenha vindo para casa.

Ele se inclinou e beijou sua bochecha macia e arredondada. De esguelha, ele viu um borrão azul se agitando.

Alice, saindo da sala correndo.

Josephine parou de tocar abruptamente.

– Ah, nossa. Há algo de errado?

Sim, com toda certeza algo estava errado. Com ele. Era um *estúpido insensível*.

– A mãe dela está gravemente enferma – disse ele, já se preparando para segui-la. – Eu deveria ter percebido que a música iria perturbá-la. Com licença.

Ele saiu com pressa da sala e seguiu pelo corredor. Alice já estava na escada. Ele a chamou.

Ela se virou, os olhos brilhando.

– Me perdoe – disse ela numa voz rouca. – Não tive a intenção de perturbar sua família só para...

Ele subiu até o patamar onde ela estava e pegou sua mão.

– Sinto muito. Eu não estava pensando.

Ela balançou a cabeça.

– Estou sendo tão tola. É apenas uma música.

Ele se aproximou, pois odiava como ela se repreendia por algo natural como a dor. Ergueu o queixo dela e viu que não chorava. Ela não deixaria cair as lágrimas que tão claramente enchiam seus olhos.

Ela era tão durona, essa pessoa pequena e estranha, que batia na altura de seu peito.

– Alice, vou levá-la para casa, para junto de sua mãe – afirmou ele. – Eu prometo.

Ela fechou os olhos e assentiu, pressionando os nós dos dedos nos lábios.

Silenciosamente, os dois permaneceram no corredor escuro. Silenciosamente, ele testemunhou o esforço dela para não derramar nenhuma lágrima. Era o tipo de tristeza que estava além delas. Não havia nada que pudesse dizer para ajudá-la.

Exceto, talvez, uma bênção.

– Alice – ele murmurou. – Ore comigo.

– Já disse – falou ela com a respiração entrecortada. – Não sou do tipo que ora.

– A oração é apenas estar sozinho com seus pensamentos e com Deus. Não é preciso ser afeito a isso.

Ela não disse nada, mas ficou ali, procurando os olhos dele.

– Posso? – perguntou ele.

Ela não se opôs, então ele pegou as mãos dela e baixou a cabeça.

– Senhor, por favor, conceda paz e conforto à mãe de Alice. Faça-a saber que sua filha reluz de amor por ela e está fazendo tudo o que pode para voltar e ficar do seu lado. Por favor, abençoe-a com Seu conforto e Sua graça. Deixe-a saber que é amada e querida. E abençoe-nos, Senhor, com um tempo melhor, para que possamos chegar em breve. Amém.

Durante a oração, Alice se inclinara para mais perto dele, de forma que sua cabeça quase descansava no peito dele.

Ele ficou muito quieto, preocupado que ela tivesse se curvado tanto por ter se aborrecido. Mas então, em uma voz fraca, ela disse:

– Amém.

Ajudai esta criança, Senhor, implorou ele. *Ajudai-a a encontrar consolo. Ajudai-me a levá-la para casa. Ajudai-me a levá-la de volta para o Senhor.*

E perdoai-me. Perdoai-me porque, apesar da solenidade deste momento, apesar da urgência da minha oração a Vós, apesar da tristeza desta mulher que colocastes no meu caminho apenas para que eu pudesse acolhê-la e conduzi-la para Vossa graça, a proximidade dela me provoca.

– Obrigada – sussurrou ela.

Na penumbra do patamar, com apenas uma única lamparina bruxuleante, ele não conseguia distinguir sua expressão.

– Durma um pouco – disse ele, forçando-se a soltar a mão dela e se afastar. – Com um pouco de sorte, a neve vai parar e vou poder levá-la para Fleetwend pela manhã.

Ela assentiu.

– Boa noite, Henry.

Ele a observou subir as escadas e desaparecer no corredor.

E, enquanto a observava naquele vestido azul, tudo o que conseguia pensar era que o que ele queria numa esposa não se encontrava nas Olivia Bradley-Houghs do mundo.

(O que ele queria se encontrava nas Alice Hulls.)

Capítulo doze

Alice fechou a porta do quarto, censurando-se pela cena que fizera. Era evidente que Henry já tinha muito com que se preocupar sem que ela adicionasse um acesso de histeria no meio de sua família.

Porém ela *não* se arrependeu de ter as mãos dele sobre as dela.

Ele tinha mãos tão boas e fortes. Quadradas, grandes e quentes aplicando a quantidade certa de pressão. Suaves apesar do tamanho. Ternas, até.

E havia o resto de seu corpo.

Ela não deveria ter se apoiado nele daquele jeito – bem na escada, onde qualquer um poderia ter visto. Mas por um momento se esquecera de quem ele era e de onde os dois estavam.

Ele era apenas um homem, um homem gentil. E ela queria estar em seus braços.

Uma batida soou na porta. Ela torceu para que fosse ele. Se fosse, talvez ela pudesse lhe pedir que orasse com ela novamente, mesmo que apenas para extrair um pouco mais do conforto de seus belos braços.

Mas era Baxter.

– Precisa de ajuda com o seu vestido, senhora? – perguntou ela, adentrando o recinto sem aguardar pela resposta.

Alice era perfeitamente capaz de se despir, mas era bom ter os cuidados eficientes de Baxter, distraindo-a de pensamentos tristes. Isso a lembrava de quando ajudava as irmãs a se vestirem nas manhãs frias em sua casa em Fleetwend.

Estou indo, tentou lhes mandar a mensagem mentalmente. *Estarei aí em breve e cuidarei de vocês.*

De alguma forma.

A resposta óbvia era se casar com William Thatcher. William tinha sido aprendiz do pai dela e assumira os negócios do homem de fabricação de harmônios. A mãe dela o considerava um filho, as irmãs o adoravam, e ele havia deixado claro que Alice, com sua habilidade musical e conhecimento do comércio de instrumentos, seria a esposa perfeita.

Mas não muito diferente da donzela na música que ela havia cantado naquela noite, ela sabia como seria a vida. E não queria aquilo.

Alice deixara Henry pensar que ela ficara abalada apenas pelo doce tributo da irmã dele ao amor materno, mas a música não a teria deixado tão perturbada se não fosse pela canção anterior. Ela interpretara a donzela com autoconfiança porque era como se sentia. Sempre se sentira assim.

Quando Baxter saiu, Alice se arrastou para a enorme cama e fechou os olhos. Mas o sono não veio. Os pensamentos sempre se voltavam para a terrível interrogação a respeito do que faria quando retornasse para casa.

O que encontraria por lá.

Ou o que não encontraria.

Não queria pensar naquilo. Não pensaria. Recusava-se.

Levantou-se e encontrou o diário que estava lendo na noite anterior. Abriu numa página aleatória e se acalmou com passagens maçantes que detalhavam a vida do autor.

Ele tinha uma pequena horta no terreno atrás da sua acomodação e registrava minuciosamente tudo o que semeava e como as plantas cresciam. Estava muito orgulhoso das alfaces, ao que parecia, e irritado com as ervilhas, que eram atormentadas por uma infestação de lagartas verdes famintas, às quais ele ardentemente desejava a morte, e da mesma forma fervorosa pedia perdão a Deus por odiá-las. Ela ria à medida que, dia a dia, suas críticas ásperas contra as pestes se tornavam mais virulentas, e as desculpas ao Criador, cada vez menos sinceras.

Ficou claro que ele era profundamente religioso, pois escreveu longas passagens que ela viu apenas de relance, nas quais se perguntava sobre o significado de algum versículo da escritura, ou escrevia seus pensamentos sobre o que ela entendeu se tratar de debates que ele mantivera com amigos em relação ao caminho adequado para a salvação. A fé, ele insistia, era mais importante do que as boas obras, mas as boas obras permaneciam intrinsecamente ligadas à fé.

Sentia-se mais interessada pelas muitas páginas de rigorosa contabilidade doméstica. O homem parecia receber uma boa quantia em dinheiro, mas não tinha criados nem cavalos. Economizava para algum propósito uma quantia que crescia a cada mês e doava o resto para a caridade.

Quanto mais ela lia, mais começava a conjecturar sobre ele. Era uma figura frustrante, o autor do diário, sempre negando a si mesmo luxos inofensivos (cortes de cabelo regulares, uma sobremesa deliciosa) e sempre se culpando por não acolher com alegria essa abnegação.

A autoindulgência alimenta os apetites e desvia a atenção do serviço do Senhor, escreveu em vários lugares, sublinhando as palavras com tanta força que havia lanhos feitos por sua pena no papel.

Coma o bolo, ela queria gritar para ele. *Aproveite aquela hora a mais de sono no domingo. A morte pode chegar a qualquer momento.*

Ao menos suas severas repreensões a si mesmo foram eficazes em exauri-la. Ela bocejou, os olhos finalmente ficando pesados. Mas, quando estava prestes a fechar o livro, avistou a palavra *seio*.

Ela quase riu alto. *Ah, não, meu pobre autor do diário, tão sério. Espiou uma mulher atraente?*

O trecho começava depois de uma atualização sobre o jardim (nabos crescendo esplendidamente; caracóis comendo a alface; perdoe-me, eu os matei com veneno). Mas, então, o mais intrigante foi a cuidadosa caligrafia do autor do diário, que ia se tornando um pouco mais irregular, sua tinta rabiscando mais o papel, deixando pequenas manchas aqui e ali, como se estivesse escrevendo num frenesi.

Sou um estorvo para mim mesmo. Esta manhã, na sociedade, Lydia Byron passou por mim enquanto eu fazia minha doação, e eu... Quase não consigo colocar as palavras no papel. Toquei em seu seio. Não foi intencional, é claro – um acidente, que nós dois fingimos não ter acontecido, pois seria ultrajante falar sobre tal coisa na casa do Senhor –, mas não posso expurgar esse incidente da minha mente. Fui dominado o dia todo pela lembrança daquela explosão acidental de carne – tão suave sob minha mão. A lembrança disso provoca uma excitação indesejável que estou tentado a aliviar pecaminosamente, e a evidência disso exige que eu use meu casaco dentro de casa em nome da decência, embora esteja quente hoje, e o calor aumente minha aflição. Deus, conceda-me, por favor, a frieza de mente e a força de vontade para erradicar essa lembrança de meu corpo, pois corro perigo de hora em hora, tão tentado a me entregar àquela sensação pecaminosa.

Alice mordeu o lábio. Pobre autor.

Pelo bem dele, ela esperava que ele tivesse sucumbido à tentação e se aliviado.

Sua descrição do desejo, tão torturado e reprovador, a lembrou de como ela se sentia nos anos antes de ter conhecido Elena Brearley.

Também sentia um tipo doentio de culpa quando, ainda menina, desejava coisas que disseram que ela não deveria querer. Sua mãe estava sempre a pegando – com o aluno de música de seu pai no mato ou no celeiro com o menino contratado para cuidar dos animais ou no cemitério na colina atrás do chalé deles com o filho do padeiro, que sempre cheirava a pão. Ao contrário do que acontecia quando Alice vagava, ou dizia coisas ousadas, ou ria na hora errada, sua mãe não a castigava por esses lapsos. Em vez disso, ela a pegava com um olhar de medo. *Nada abaixo da saia ou vai acabar com um bebê na barriga.*

Foi maravilhoso, ao chegar na casa de Elena, combinar seus anseios ao conhecimento da carne. Na Charlotte Street, o desejo não era considerado uma deficiência de caráter. Ela observara que êxtases eram possíveis, do lugar-comum ao exótico. Como um toque podia transformar aristocratas em garotos que se contorciam. Como fantasias inventadas podiam transformar mulheres com rostos impassíveis em felinos ronronantes. Ela aprendera com a patroa como os bebês eram gerados exatamente e como ela poderia evitar um, sem sacrificar o desejo de ser tocada. Elena não se importava se ela trouxesse amantes para seu quarto no sótão nas noites em que não estava trabalhando, desde que eles subissem pela escada dos fundos e não importunassem os sócios. Com esses homens, ela trocou favores. Aprendeu a canalizar desejos em prazer.

Ela torcia para que o autor do diário tivesse conhecido uma mulher e percebesse que não precisava se torturar com a culpa. Ela começou imediatamente a folhear o diário para ver como ele havia progredido. Mais para o fim, avistou as palavras "crise de luxúria".

Ergueu uma sobrancelha.

– Que malvado de sua parte, autor.

Andei dezesseis quilômetros hoje, abalado por um sonho em que me vi revivendo mais uma vez a crise de luxúria que me colocou neste caminho de purificação. No sonho, me demorei depois do culto, trabalhando num hino. Sarah entrou com um trapo e um balde e ficou feliz em me ver – atribuindo a mim seu emprego como serviçal doméstica. Ela correu e me abraçou enquanto eu estava sentado no banco do piano. Era efusiva e não me soltava, pendurada em mim, e, embora eu soubesse que deveria me afastar, me demorei muito porque, devo confessar, a sensação era muito boa.

Sendo seu antigo ofício o que é e como faz pouco tempo que o abandonou, ela é muito livre com seus favores e me beijou. Fiquei paralisado de choque, sabendo que deveria me levantar, mas incapaz de me mover, o que ela atribuiu ao entusiasmo. Sua mão foi para a minha masculinidade, que se robusteceu por causa da sua proximidade de modo que ela podia perceber.

– Deixe-me confortá-lo – disse ela. – Estou muito grata por tudo que fez por mim.

Na realidade, é claro, eu recuperava o bom senso a tempo, recusava e fugia.

Mas, no sonho, eu a deixei fazer o que eu imaginara naquele dia – o que eu realmente queria.

– Poderia lavar meus pés?

E no sonho ela pegou o balde e soltou o cabelo, como no Evangelho de Lucas, e me despiu com ternura. Usou o cabelo para me lavar, como a prostituta fez com Cristo. Suas mãos subiram mais e mais alto, em direção à minha vergonha...

Então acordei em agonia de prazer, incapaz de evitar o que, durante o sono, havia passado do ponto de parar.

Agora, tenho que enfrentar que minha excitação não venha apenas de seu toque terno nem de seu rosto atraente, mas do fato de que meu desejo era baseado nas Escrituras, por ter sido intensificado porque estávamos na igreja... aquele lugar que deveria ser mais afastado do pecado.

Não posso contar ao reverendo sobre isso, porque ele vai pensar que sou depravado, então escrevo aqui, para me responsabilizar e pedir perdão ao Senhor.

Aquele diário estava se tornando muito divertido, de fato. Agora entendia por que o encontrara na casa de chicoteamento. Devia pertencer a um sócio com fantasias religiosas, que o deixara para trás por engano. Ficou conjecturando se teria aberto a porta para ele ou se o ajudara em alguma de suas sessões. Como devia ser sua aparência? Será que era bonito?

Decidiu imaginar que ele se parecia com Henry Evesham. Um homem de proporções atraentes: alto, robusto e convidativo. Exatamente o tipo que ela gostaria de ver explorando seus desejos mais proibidos. Ou, pelo menos, de receber em seu quarto, sozinha.

Será que Henry *sabia* que era tão atraente? Perguntou-se como ele reagiria se ela dissesse que o desejava, se colocasse as mãos nas dele e as levasse até a pele dela.

Ela enfiou a mão por baixo da camisola, fechou os olhos e roçou os dedos nos seios, então mais abaixo, no sexo. Permitiu que seus pensamentos vagassem pelas planícies do corpo de Henry.

Ele seria doce. *Um virgem.* Ávido, mas sem saber o que fazer. Cauteloso para não machucá-la com seu tamanho. Tão delicado que ela teria que puxá-lo para cima dela e mostrar a ele exatamente como uma mulher miúda podia ser pouco delicada.

Imaginou como o rosto dele mudaria quando ela levasse os dois para mais perto do prazer. Como olharia para ela com um desespero maravilhoso. Ela gozou rápido, em instantes, com um arquejo silencioso. Em seguida, exausta, esgotada, finalmente tranquila, dormiu.

E, de repente, acordou.

Não sabia que horas eram – ainda estava escuro.

Sentiu o coração na garganta.

Mamãe. Mamãe.

Meu Deus, o que faria?

Tentou respirar, mas não conseguiu, pois estava sufocada com um medo intenso e asfixiante. Por que o mundo seria tão cruel a ponto de levar sua mãe se já havia levado seu pai? E por que agora, quando ela precisava de mais tempo?

O que faria?

O quarto era pequeno demais. Não conseguia respirar. Estava sufocando.

Afastou as cobertas e se levantou, os pés tocando o chão gelado. Pela janela, a noite era escura, infindável, rodopiante com a neve.

Lá fora.

Precisava sair e respirar.

Tateou no escuro para se vestir e saiu do quarto na ponta dos pés, levando as botinas na mão para não despertar a casa. Ela apanhou uma lamparina acesa em uma mesa no corredor e arrastou-se pelo vasto interior até encontrar o quarto onde os agasalhos eram guardados, no andar de baixo. Colocou o arminho, calçou as botinas, saiu pela porta e mergulhou na noite.

Estava no jardim vazio junto à cozinha. Arfou, inalando o ar gelado e úmido do inverno, como se estivesse dando goles em uma água muito gelada.

Ao longe, viu o contorno do antigo priorado sob a luz da lua, coberto pela neve.

Sabia do que precisava.

Correu.

Capítulo treze

Henry despertou às quatro, como todos os dias, constatando a vergonha de seu estado impuro.

Sua masculinidade estava robusta e erguida. Havia uma umidade denunciadora entre a barriga e a camisa, sinal de que seus desejos pecaminosos haviam vazado durante o sono.

Passara horas acordado, virando-se e revirando-se enquanto seu corpo vibrava com o quase abraço de Alice. Quando finalmente dormiu, sonhou com ela. Com a jovem escancarando portas pesadas numa casa escura, descrevendo uma lista interminável de maneiras de pecar. Com as mãos lambuzadas de óleo, acariciando-o. Com uma mulher com olhos de pomba ajoelhada num aposento que cheirava como uma igreja. Com uma garota com um vestido azul que destacava seus quadris, balançando o dedo, jurando que sabia que não deveria se casar com ele.

Era daí que viera a estranha ideia, aquela que o acometera na escada? A ideia absurda de que queria se casar com uma mulher como Alice Hull?

O matrimônio estava em sua cabeça, é claro. O plano que o reverendo Keeper havia proposto a ele – construir um circuito de sacerdócio com a ajuda de seus conhecidos que lhe permitiria dar continuidade ao trabalho de caridade em Londres, expandindo-o para outras cidades, como Manchester e Birmingham – viera com uma condição: Henry deveria encontrar uma mulher que compartilhasse de sua fé para se juntar a ele como companheira. Não era apropriado que um solteiro exercesse o sacerdócio junto a prostitutas e mulheres da vida, dissera o reverendo. As tentações seriam abundantes demais. Além disso, as premências pecaminosas de Henry cederiam se ele tivesse um canal adequado e saudável para extravasar sua luxúria. A escritura era clara naquele aspecto: *era melhor casar do que arder*.

Mas isso não explicava por que a pele de Henry se arrepiara com aquela ideia perversa, impossível e completamente estranha de se casar com uma jovem que era inadequada de todas as formas possíveis.

(Por ela ser inteligente e corajosa e às vezes estranhamente doce? Porque você a deseja? Pelo fato de que o coração e os quadris não se preocupam com o que é ou não possível?)

Saiu da cama e foi envolvido pelo frio no quarto. Usou a bacia de água para se limpar, esforçando-se para não se demorar na sua masculinidade intumescida, onde poderia se sentir tentado a apreciar suas próprias abluções.

Talvez sua mente fosse fraca, mas não se rebaixaria a ponto de deixar o corpo fraquejar.

Os desejos do corpo foram concedidos por Deus para serem desfrutados por marido e mulher. Ceder a eles em quaisquer circunstâncias diferentes seria permitir uma enxurrada de outras concessões que afastavam um homem de suas devoções.

Quando começou a visitar antros de fornicação, ele tentou enxergar as evidências do comércio – a nudez, as palavras profanas, as imagens e os aromas do sexo – com objetividade e distanciamento, como um naturalista que precisa visitar a caverna de um urso para entender seus hábitos.

Mas era mais difícil convocar a objetividade durante o sono.

E as mulheres não exerciam o mesmo efeito sobre ele que os ursos.

Passara a dormir sem coberta nem fogo, com as janelas abertas, na esperança de que seu corpo sentisse frio demais para manifestar preocupações carnais enquanto dormia. Mas, desde a semana anterior, quando Alice o conduzira pela casa de chicoteamento murmurando todo tipo de desvario, não havia ar gelado da manhã que mitigasse as visões que assombravam seu sono. Os sonhos o deixavam tão envergonhado quanto intumescido, de um modo pecaminoso e depravado.

Foi para o chão e começou os exercícios matinais, que sempre ajudavam a acalmar a mente. Fez flexões com o peso do corpo sobre os bíceps, mais e mais vezes, até os músculos estremecerem. Deitou-se de costas e ergueu o abdome até a altura dos joelhos cem vezes. Prosseguiu com a sequência habitual, torturando os músculos até exaurir os braços, as pernas e o ventre.

A ardência nos músculos exorcizava as tentações físicas.

Se aquilo não o tornava puro, pelo menos o deixava dolorido.

Examinou suas proporções no espelho enquanto se vestia. Não tinha um espelho em seus aposentos em Londres, pois aquilo nutria a vaidade, mas ali não conseguiu deixar de inspecionar seu reflexo.

Era chocante como havia ficado forte.

Os ombros eram largos, os braços eram grossos com veias que saltavam por conta de todo o esforço que ele realizava. Mantinha-se esguio – o jejum o impedia de portar excesso de carnes sobre os músculos –, mas cada centímetro seu fazia jus às zombarias de sempre do pai e do irmão.

Palerma. Animal.

Seu tamanho confirmava a condenação deles, porém sua mente consciente fazia objeções, dizia que os insultos não tinham base na realidade, que aquele corpo lhe fora dado por Deus.

Ele observou suas mãos grandes amarrando o cachecol em volta do pescoço e desejou fervorosamente que houvesse menos de si mesmo para vestir. Era tolice pensar em Alice, pois uma mulher tão miúda sem dúvida o olharia com horror, temendo ser sufocada.

Estava frio demais para uma caminhada – então ele trabalharia. Espalhou suas anotações pela escrivaninha. Já havia compilado todas as descobertas de suas entrevistas em arquivos organizados, classificados por tema. Tinha evidências da preponderância da prostituição, das áreas da cidade mais afetadas, informações sobre cafetões, clientes, alcoviteiros, bordéis, pontos de encontro de homens com outros homens. Tinha sugestões dadas por médicos sobre a prevalência e o tratamento de doenças venéreas, relatos de magistrados sobre a frequência da manutenção ilícita de bordéis e prostituição pública. E, principalmente, ele tinha histórias – tantas histórias – dos que viviam daquele negócio.

Quando deu início ao trabalho, tinha a expectativa de que seria necessário estabelecer leis mais rígidas e punições mais severas para limpar as ruas de Londres, mas, quanto mais investigava, menos convencido ficava de que os castigos pudessem mudar a situação de modo significativo. Era mais provável que os aspectos mais desagradáveis – as mulheres doentes e feridas, a fornicação pública, o grande número de filhos ilegítimos que representavam custos crescentes para os conselhos – fossem amenizados caso fossem exigidas licenças dos bordéis, emitidas de forma a reduzir a violência e a alcovitagem. A arrecadação poderia ser usada para fornecer preservativos e criar hospitais que manteriam as prostitutas mais saudáveis, com menos ônus para a cidade e para as instituições de caridade.

Mas isso provocaria ultraje e ele não podia dizer que não compartilhava de tal sentimento.

Se ainda escrevesse para o *Santos & Sátiros,* ele mesmo faria uma oposição retumbante a tais medidas.

O dilema central era intransigente. Por mais claros que fossem os detalhes, ele não conseguia se resignar a utilizar os poderes de que dispunha para defender mudanças que reduziriam as consequências do pecado.

Olhou pela janela para a neve rodopiante e orou.

Ah, Senhor, qual é o caminho mais virtuoso? O que devo fazer? Guiai-me.

Viu alguma coisa brilhar do lado de fora, perto da cozinha.

Estreitou os olhos.

Em meio à bruma dos flocos de neve que caíam, ele vislumbrou o débil fulgor de uma lamparina. Apertou o rosto contra o vidro e discerniu vagamente a silhueta de um manto majestoso. Era Alice, correndo em direção ao portão que se abria para o jardim.

Para onde ia?

Alguma coisa séria devia ter acontecido.

Pôs uma vela numa lamparina e desceu correndo as escadas. Saiu pela primeira porta, sem parar para pegar um casaco.

Quando chegou ao portão, não viu sinal de Alice. Seguiu suas pequenas pegadas atravessando o jardim, passando pelo estábulo e indo mais adiante, em direção ao antigo priorado.

As pegadas terminavam na porta da edificação de pedra. Ele entrou e ergueu a lamparina.

– Alice? – chamou.

Houve um grande estrondo, como se um encanamento arrebentasse. Seguiu-se então um gemido tempestuoso e retumbante.

E aí, o priorado foi engolfado por uma onda sonora tão poderosa que ele sentiu o piso de pedra vibrar.

Música de órgão.

Não era uma canção que ele reconhecesse – parecia improvisada, um contraponto feroz de quedas dramáticas e pequenas elevações fluindo em rapsódia, como se convocasse um fantasma.

Um arrepio percorreu sua espinha.

– Alice? – chamou outra vez.

O órgão sobrepôs-se à sua voz enquanto ele caminhava em direção à capela. As antigas paredes de pedra ecoaram seus uivos. Era como se estivesse atravessando uma tempestade de sons.

Ele abriu a porta da capela. No fundo, acima da nave do coro, os tubos de estanho do órgão refletiam o luar que entrava por um vitral. Alice estava curvada sobre o teclado, o corpinho miúdo ainda menor diante dos grandiosos tubos. Movimentava-se com fluidez enquanto tocava, como se ela e o instrumento estivessem fundidos e transformados numa única criatura.

Ele se aproximou em silêncio, fascinado pelas mãos que se moviam depressa sobre as teclas e pela feitiçaria que eram capazes de provocar.

Capítulo catorze

De algum modo, Alice soubera que se sentiria melhor ali. Seu corpo fora atraído àquele lugar, percebendo do que ela precisava como se fosse um animal ferido.

Fechou os olhos e se entregou para a música, tocando pelo tato e pelo instinto, sem se preocupar com o som que fazia. Despejou toda sua tristeza nas teclas do órgão, todo seu medo, seu ultraje diante daquela vida e de suas decepções esmagadoras. Não sabia o que tocava, apenas sabia que precisava tocar.

Tocou pela mãe, pelo pai, pelas irmãs. Tocou por Elena e pela esperança que ela lhe dera, e pela vida que tanto queria retomar e que sabia que nunca poderia. Tocou por Henry Evesham, por seu irmão cretino e por seu pai cruel. Tocou até não ser mais uma mulher triste, pequena, mas um crescendo sonoro maior do que qualquer coisa a que pudesse aspirar, tão poderosa que fazia tremer as paredes de pedra.

– Alice!

Ela ficou paralisada e abriu os olhos.

Henry Evesham a fitava como se ela estivesse possuída.

– O que...

Ele olhava das mãos dela no teclado para os olhos, e de volta às mãos, suspensas sobre as teclas, sem se mexer.

Ela se manteve imóvel, preparada para as palavras que estavam por vir, como um soco. Desafiando-o a dizê-las e sabendo que ele o faria. Estava preparada para fazer um escândalo, para berrar que ele estava errado. *Não me faça parar. Vou morrer se me fizer parar. Arrancarei meu cabelo e baterei no meu peito.*

– Isso foi...

Pecaminoso. Imodesto. Imoral.

– ... fabuloso – sussurrou ele.

Ele não olhava para ela como se a julgasse. Ele a olhava com admiração. O rosto dele tremeluzia sob a luz da lamparina ao se aproximar. Ela percebeu que a expressão dele era suave, tomada por um prazer descomplicado. Sentiu a presença dele como se fosse um toque.

Alice ficou grata por estar sentada, caso contrário poderia desmaiar.

– Você é uma instrumentista excepcional – murmurou ele. – Uma das melhores que já ouvi. Um talento nato.

Ela não era um talento nato. Tivera aulas, treinara escalas desde que se entendia por gente, recebera instrução durante horas, todos os dias, durante a maior parte de sua vida. Não conseguia se lembrar de uma época em que não estivesse tocando.

Ela se obrigou a falar.

– Ah, não sou, não. Toco desde bem pequena.

Ele balançou a cabeça, os olhos reluzentes.

– Tem um dom verdadeiro, Alice.

Ela o fitou, sem palavras, incapaz de acreditar que seu rosto manifestava admiração e não ultraje. Sentiu-se tão aliviada por não ter sido repreendida que começou a tremer.

Ela não imaginara o quanto sentia falta daquilo. Tocar órgão, para ela, era parecido com o modo como Henry descrevia a oração. *Ficar a sós com seus pensamentos e com Deus.*

Era aquilo que o vigário Helmsley havia tirado dela com suas palavras de desdém. *É um pecado que uma mulher como você faça música na casa de Deus. Deveria se sentir envergonhada.*

– Deve estar congelando – disse Henry, em voz baixa.

Ele se abaixou e pegou a capa, que havia caído no chão. Ajeitou-a sobre os ombros dela e a alisou, passando um pouco de calor.

– Obrigada – sussurrou ela.

O gesto simples a emocionou. Não se lembrava da última vez que tinha se sentido tão bem cuidada.

– Poderia tocar para mim algo que eu conheça? – perguntou ele. – Talvez um salmo?

Diante do entusiasmo tímido daquele pedido, ela se sentiu subitamente nervosa. Tantos anos haviam se passado desde a última vez que tocara para uma plateia. Numa outra era. Numa outra vida.

– O órgão está desafinado – disse ela. – Os tubos não gostam do frio. Mas vou tentar.

Ela se voltou para o instrumento. Tocou devagar, a princípio, tentando se lembrar das páginas do Livro dos Salmos, de Crowley, um volume muito gasto, na oficina do pai. Tocou a abertura, atingiu uma nota desafinada, encolheu-se. Mas, em poucos compassos, o ouvido passou a guiá-la, trabalhando com a memória dos dedos e do pé. Então ela encontrou a música – *verdadeiramente* encontrou – e de repente a melodia emanava dela.

Henry riu ao reconhecer.

– É o salmo 24.

No passado, era uma peça que ela costumava apresentar quando viajava pelo interior com o pai, todos os verões, fazendo demonstrações de seus instrumentos em grandes mansões e em pequenas igrejas, na esperança de fazer uma venda.

Henry cantarolou com prazer, depois começou a cantar as palavras. Sua bela voz de tenor fazia harmonia com as notas dela.

Do Senhor é a terra e tudo o que nela existe,
O mundo e os que nele vivem;
Pois foi ele quem fundou-a sobre os mares
E firmou-a sobre as águas

Ela subiu uma oitava, improvisando na harmonia. Exibindo-se.

Sentia a presença do pai, sorrindo enquanto ela encantava uma multidão. Sentia a mãe, pronunciando as palavras, distraída, enquanto preparava o jantar e Alice praticava.

E por um momento, ao fazer música com Henry Evesham num priorado abandonado no meio de uma tempestade de neve, enquanto sua vida desmoronava, ela se sentiu em paz.

Capítulo quinze

Quando as últimas notas do salmo deixaram de ecoar nas antigas paredes de pedra, Alice se voltou para encará-lo. Sob a luz da lamparina, seus olhos se prenderam nos dele, luminosos. Henry sorriu e Alice devolveu o sorriso. Por um momento, os dois ficaram ali, mudos e sorridentes, unidos numa conspiração da alegria.

— Alice, você poderia tocar para um rei. Poderia tocar para o próprio Senhor.

Ela riu, tímida.

— Obrigada. Eu gosto. Faz tanto tempo que fiquei surpresa por ainda lembrar como se toca.

— Como aprendeu a tocar assim?

— Meu pai me ensinou. Ele era organeiro — disse ela, com a voz rouca. — Comecei a estudar música ainda muito cedo e, quando demonstrei ter talento, ele passou a me levar em suas viagens para fazer demonstrações para os clientes. Sempre me pareceu a coisa mais natural... a coisa que eu mais gostava.

— Por que parou?

Ela sorriu com tristeza.

— Quando ele morreu, fomos obrigadas a vender os instrumentos que tínhamos em casa. Não havia mais o que tocar. Imaginei que poderia substituir meu pai como organista em nossa igreja, mas o vigário não julgou apropriado.

Ela olhou-o de relance, querendo ver se ele concordava.

— Sinto muito — disse ele. — Não consigo imaginar um elogio maior à divindade do que o modo como você toca. Já pensou em dar aula ou em se apresentar?

Ela deu de ombros.

– Mamãe não queria que eu tocasse mais... achava que me tornava esquisita, me fazia passar tempo demais com meus pensamentos, sempre saindo por aí cantarolando, ignorando as tarefas domésticas para testar uma composição, tocando os mesmos acordes sem parar até deixar todos em casa enlouquecidos. Ela vendeu os instrumentos e foi isso.

A voz dela saiu muito fraca e muito baixa.

– Você deve ter ficado arrasada.

Ela suspirou.

– Foi uma perda. Mas nada foi o mesmo depois que papai se foi. Precisávamos tanto de dinheiro que não houve tempo para pensar demais na sua origem. Encontrei outro trabalho.

Na casa de chicoteamento, era o que ela queria dizer. Ele nunca tinha pensado muito no passado de Alice, mas aquela história explicava muitas coisas. Seu jeito sonhador, a bela voz, o modo como cantarolava distraída. A maneira de se expressar misturando palavreado vulgar e floreios indicava alguma instrução. Ela havia feito referências à pobreza de sua família, mas ele não percebera que seu mundo desmoronara. Ela perdera seu lugar nele.

Porque uma coisa era certa: sentada diante daquele órgão, ela parecia segura de si. Ele gostaria de poder dar o instrumento a ela. Se não estivesse embutido na parede, faria isso.

– Sente muita falta? – perguntou ele.

Para Henry, ter tanto talento e não usá-lo era uma tragédia.

Ela ficou séria e seu olhar se tornou sombrio e distante, como se inspecionasse, de um penhasco, uma cidade em chamas.

– Tenho saudade do meu pai. E agora, com minha mãe doente... A música parece fazer parte da mesma perda.

Henry queria se curvar e segurá-la, aquela garota solitária.

Ele sabia que não deveria. Mas talvez pudesse oferecer algo capaz de alegrá-la.

– Alice, estou pensando aqui. A menos que a neve pare e possamos viajar, talvez eu chame alguns velhos amigos para o priorado hoje, para uma reunião. Você tocaria um hino para nós? – Ele fez uma pausa, sentindo-se subitamente tímido. – Eu os componho, sabe...

Ela deu um sorriso maroto.

— Bem que achei que você tinha talento musical. Ontem à noite, quando cantou... Dava para perceber que tem um bom ouvido.

Era um absurdo comparar seu talento simples aos óbvios dons musicais dela, mas Henry ficou lisonjeado por ela ter notado, pois tinha orgulho de sua voz.

— Não é nada comparado ao seu, Alice. Mas eu gosto. Você tocaria?

— Claro. Mas achei que você ficaria incomodado por eu tocar numa capela. Fico surpresa por ter sugerido.

Ele não acompanhou muito bem o raciocínio dela. Não tinha sido claro ao dizer que todos eram bem-vindos à igreja? Será que ela ainda achava que ele a julgava?

Apenas balançou a cabeça com firmeza.

— Alice, seria uma *honra* se você tocasse para nós.

O sorriso dela se alargou, puro e feliz. E fez com que ele também sorrisse, um sorriso que vinha bem do fundo do peito.

— Muito bem – disse ela. – Seria um prazer. É o mínimo que posso fazer depois de ter recebido tanta ajuda sua.

Ele mordeu o canto do lábio, pois não sentia que a ajudara *de verdade*.

Ainda não.

Era óbvio que havia mais a ser feito se ela sentia que não era bem-vinda tocando música numa igreja. Mas não era o que ela queria dizer e ele tinha prometido não fazer proselitismo.

— Eu me sinto mal por não ter sido capaz de deixá-la com sua família tão depressa quanto eu esperava. Não consigo parar de pensar que, se você tivesse seguido num veículo mais robusto, talvez...

Ela acenou, descartando a ideia.

— Não. Você não tem culpa. – Alice lhe lançou um olhar quase brincalhão. – Imagino que nem mesmo um altivo lorde-tenente seja capaz de controlar as condições climáticas. A não ser, claro, que você tenha uma oração para esse fim.

Ela piscou.

Aquele gesto fez algo estalar em seu peito, como os botões pulando de uma calça apertada demais.

— Eu *tenho* uma oração para esse fim – respondeu ele de uma forma que, se fosse sincero, só poderia ser descrita como um flerte. – Tenho uma oração para quase tudo. Sou um orador muito prolífico.

Ela assentiu com ar sério.

– Já percebi, Henry Evesham.

– Ela apenas ainda não foi respondida – acrescentou ele, esperando prolongar o momento.

Ela bufou.

– E elas costumam ser atendidas?

Ah, Alice.

Ele encontrou seu olhar.

– Sim.

Ela desviou o olhar. Parecia que uma muralha se erguia diante de seu rosto sempre que ele falava com sinceridade sobre a própria fé.

Não desista. Ele sentia que as palavras vinham bem do fundo, como se o Senhor falasse com ele.

Assim, Henry deu leveza à voz.

– Vamos chegar lá, Alice. Vamos, sim. Eu prometo.

Ela assentiu e bocejou sem querer. Ele se lembrou de que ainda não havia amanhecido.

– Vamos voltar para a casa? – sugeriu Henry. – Você deveria tentar dormir.

– Você também.

– Ah, não. Nunca durmo além das quatro.

– Nunca? – perguntou ela enquanto os dois atravessavam o antigo salão de pedra e encontravam a noite nevada.

Ele ponderou.

– A não ser que eu esteja com febre.

Ela o olhou por cima do ombro com uma expressão estranha no rosto.

– O que foi?

Alice balançou a cabeça e desviou o olhar.

– Às vezes você me lembra alguém.

Ele se perguntou de quem se trataria.

Esperava que fosse alguém de quem ela gostasse.

Lá fora a noite se acinzentara com um pressentimento do alvorecer. Caminharam em silêncio. Ele parou para destrancar o portão que dava acesso a área da cozinha e se afastou para que Alice pudesse subir os degraus de pedra. Ela foi devagar, tomando cuidado com o gelo, mas, assim que chegou ao degrau mais alto, uma lufada de ar saiu de seus pulmões e ela escorregou para trás. Ele pegou no braço dela e a ajudou a se endireitar junto a seu corpo. Ela sentiu...

(Não pense nisso. Não pense nisso.)

– Perdão – balbuciou Alice.

– Você está bem?

Ela assentiu, e ele se afastou, abrindo espaço entre os dois o mais depressa que pôde. Subiu no degrau superior e esticou-se na direção dela.

– Aqui, segure minha mão para não escorregar.

As mãos dos dois se encontraram. Nenhum deles usava luvas e as peles estavam tão frias que a palma da mão dela pareceu-lhe um pedaço de mármore.

– Agora – disse Henry, segurando-a com força. – Cuidado com o segundo degrau.

Ele a conduziu para a segurança.

– Pronto.

Alice não soltou a mão dele. Os dois ficaram parados por um momento, a respiração saindo como nuvenzinhas de vapor no ar frio.

– Tem neve no seu cabelo – disse ela.

Ele balançou a cabeça.

– Não me ocorreu pegar um chapéu.

Alice soltou a mão dele e estendeu-a para tirar alguns flocos de neve das sobrancelhas dele. Henry abaixou a cabeça para deixar que ela fizesse isso. A mão dela parou, foi para baixo, pousou no pescoço dele, abaixo da orelha. Os dedos dela estavam tão gelados que cada centímetro de pele que ela tocava provocava um calafrio nele.

Mas ele não a impediu. A sensação era tão boa que ele não conseguia... não desejaria... interrompê-la.

Alice se ergueu na ponta dos pés e roçou os lábios no rosto dele.

– Obrigada – murmurou. – Por ter vindo atrás de mim.

Henry permaneceu imóvel, paralisado, abalado pelo calor da respiração leve de Alice em sua pele fria. Os olhos dela encontraram os dele com uma pergunta – uma pergunta para a qual ele não tinha a resposta.

(Sim. Sim.)

E então os lábios dela foram encontrar os dele.

Henry deu um passo para trás.

(Desviou-se.)

Seu movimento abrupto fez com que Alice voltasse a perder o equilíbrio. Ela tombou para o lado. Segurou-se num arbusto coberto de neve, ofegante.

Ah, ele era um asno. Um completo *asno*.

– Sinto muito – arfou Henry, o corpo inteiro parecendo mergulhado num barril de água quente. – Eu...

– Não, não – disse ela levemente, endireitando-se, os modos ríspidos. – Eu não deveria... Ah, com todos os diabos, maldito fogo do *inferno*.

Virou-se e saiu correndo para dentro da casa, deixando-o no jardim gelado sem saber se tinha sido abençoado ou amaldiçoado.

Capítulo dezesseis

Pelas *chamas eternas de Hades*, onde estava a *maldita* escadaria daquela casa *ridiculamente grande*?

Na pressa de se afastar de Henry, Alice havia apagado a lamparina, o que a deixara tateando pelos cômodos escuros, com lágrimas nos olhos e o coração na garganta.

Escada. Havia encontrado a escada. Ah, graças ao bondoso Jesus.

Subiu correndo, quase sem enxergar, tropeçando na capa, e dobrou no corredor na direção onde esperava encontrar seu quarto.

O que fizera? Tinha realmente tentado beijar o *lorde-tenente Evesham*?

Havia esquecido por um momento quem ele era e o que era. Tinha apenas sentido a atração entre os dois.

Se ele não tivesse abaixado a cabeça quando ela tirara a neve de sua sobrancelha... Ela conhecia a fome como conhecia a música. Não tinha dúvida de que ele queria sentir suas mãos. Mas *querer* o toque – até necessitar dele – e *acolhê-lo* eram duas coisas diferentes.

Duvidava que ele a olhasse nos olhos outra vez, que dirá ficar a sós com ela, na viagem para Fleetwend.

Uma porta se abriu diante dela e uma voz masculina praguejou.

Ela ficou paralisada.

A luz de uma vela avançou em sua direção e por trás dela se encontrava Jonathan Evesham usando um camisolão e uma touca de dormir.

– Está tudo bem, Sra. Hull?

– Ah, sim, tudo bem, obrigada – gaguejou. – Estava procurando o reservado e parece que me perdi.

Ele ergueu a vela. Alice sentiu a luz débil iluminando seu cabelo úmido, a capa de arminho, as botas de frio.

— Vestida com suas peles?

Ela não conseguia ver o rosto dele, mas ouvia o sarcasmo na voz.

Ah, *pela bile das feiticeiras*. O que ele acharia que ela estava fazendo? Nada que fosse refletir bem na sua reputação de viúva metodista. Rezou para que Henry não se materializasse atrás dela e piorasse ainda mais aquela situação.

— Eu estava gelada — explicou, estremecendo para sublinhar o efeito. — Ando um pouco adoentada desde a morte do meu marido. Foi o choque.

— Meus sentimentos por sua perda — disse ele, sem demonstrar qualquer sentimento. — Foi recente?

— Foi — disse ela, apertando-se. — No Natal. Poderia me indicar onde fica o reservado?

Ele gesticulou para uma porta no fim do corredor.

— É bem ali.

Ela avançou, cambaleante, mas ele pigarreou.

— Precisa de luz?

— Ah, sim, obrigada.

Ela estendeu a lamparina na direção dele e ele ergueu o vidro e a acendeu com sua vela.

Ele afastou-se, para que ela pudesse passar, mas Alice sentiu que era observada com atenção enquanto percorria o corredor até o reservado. Ela fechou a porta e se apoiou na parede, amaldiçoando-se. Ficou ali por cinco minutos, caso Jonathan estivesse esperando para ver se ela mentira.

Quando voltou ao corredor, não havia mais ninguém. Ela correu até seu quarto e fechou a porta, trêmula. Tirou as botas e deitou-se debaixo das cobertas, com capa e tudo. Fechou os olhos e se abraçou. *Não deixe que aconteça nada. Por favor. Por favor.*

Despertou horas depois com uma batida na porta. Levantou-se, tonta, e a abriu.

Henry se encontrava ali, rígido e inseguro. Ela estremeceu, perguntando a si mesma se ele havia sido interrogado pelo irmão sobre o paradeiro dela durante a madrugada ou se simplesmente parecia abalado por ter sido molestado por ela.

Ele observou como ela estava vestida — o cabelo desarrumado, a marca do travesseiro no rosto —, e seus ombros relaxaram.

— Você está bem, Alice? — perguntou ele em voz baixa.

A preocupação dele a fez se sentir pior. Queria contar sobre o irmão dele, mas não podia arriscar que alguém a ouvisse se houvesse outras pessoas pelo corredor.

Encarou-o.

– Estou bem. E você?

Um dos cantos dos lábios dele estremeceu. Aquele tremor ligeiro e sutil, mais uma indicação do que um sorriso de fato, alegrou Alice.

– Suficientemente bem.

Ele olhou nos olhos dela e depois para os próprios sapatos.

Estava nervoso? No que pensava?

– Saí para visitar uns amigos que moram na propriedade e eles vão se reunir no priorado às duas horas da tarde. Se ainda estiver disposta a tocar o órgão, eu apreciaria muitíssimo.

Ela assentiu com todas as forças.

– Sim, é claro.

Querendo dizer *Me perdoe*.

Querendo dizer *Sinto muito, foi um erro*.

Ele ofereceu a ela um livro de música.

– Um hinário para você. Aí dentro há uma lista das canções a serem tocadas.

Ele gesticulou para um papel que despontava entre as páginas.

Alice retirou o papel de dentro do livro. Ele havia anotado o nome de cinco hinos junto com a página onde se encontravam. A escrita dele era ordenada e clara.

Era uma letra que ela *conhecia*.

Estivera lendo escritos naquela caligrafia na noite anterior.

O autor do diário era *Henry Evesham*.

Alice agarrou a maçaneta da porta e rezou para que ela a aguentasse.

– Obrigada – disse com a boca seca.

Henry assentiu, franzindo a testa como se quisesse perguntar a ela o que havia de errado. Seu rosto se fundiu na mente de Alice com aquele, tão parecido, que ela vinha imaginando para o pobre autor do diário, sofredor, abnegado, rabugento, tedioso e lúbrico, com cujos pensamentos ela se familiarizara com tanta intimidade.

– Tem certeza de que está bem? – perguntou ele.

Alice assentiu porque não conseguia falar.

Henry deu um passo para trás, hesitante.

– Encontre-me no grande salão, lá embaixo, à uma e meia?

Ela voltou a assentir. Henry fez uma reverência e se afastou da porta.

Alice trancou-a e se apoiou nela, cambaleante.

Dois dias antes, ela odiava Henry. Agora queria abrir a porta, sair correndo, agarrá-lo pelos ombros e contar o que sabia. Henry era quase duas cabeças mais alto do que ela, mas Alice queria embalá-lo como se fosse uma criança e dizer que ele era muito duro consigo, que não precisava sofrer tanto, que a vida não precisava ser tão terrível. Queria levá-lo até a cozinha e alimentá-lo com bolos de creme enquanto fazia uma massagem nas costas dele. E também queria chutá-lo na canela por fingir não ter dúvidas, por fingir estar acima dos desejos humanos, por fingir não ver o que o autor do diário via com tanta clareza.

Mas, meu Deus, se ele soubesse que ela estava com seu diário...

Ele se sentiria humilhado.

E as coisas que ele *pensaria* dela. Uma onda de bile subiu-lhe pela garganta. Ela engoliu em seco, respirando pelo nariz. Fique calma. Fique calma, sua tonta.

Talvez tivesse apenas imaginado aquilo. Foi até a mesa de cabeceira, onde deixara o diário, e abriu numa página aleatória.

Hoje o reverendo Keeper pregou sobre o casamento e leu os Cânticos de Salomão. Comoveu-me, mas não de uma forma que honre a Deus nem as minhas intenções.

A leitura me deixou com inveja do poeta e de sua mulher de olhos de pomba.

Não se deve ler a Bíblia em estado de depravação, mas foi o que fiz. Fui para casa e li e, Deus me perdoe, eu ardi.

Ah, Henry... Era sua caligrafia. Porém, mais do que isso, era sua personalidade.

Alice se lembrou de como ele ficara rígido e severo quando ela o levou para conhecer a casa de chicoteamento. Ela achava que ele estivera tenso pela condenação.

Ela havia interpretado mal a quem ele destinava aquele juízo.

Não era para ela.

Era para *si mesmo*.

Lentamente, ela fechou o livro.

Não podia contar a ele que estava com aquilo. Seria mais gentil, com certeza, devolvê-lo a Elena, que poderia dizer que o livro tinha sido encontrado por um criado em algum canto esquecido.

Decidiu não voltar a ler. Enfiou o livro na bolsa e se obrigou a voltar sua atenção para o cancioneiro dado por Henry, para as notações musicais no livro de hinos.

Mas só conseguia pensar em duas palavras.

Eu ardi.

Capítulo dezessete

Henry permaneceu diante da porta de Alice, incapaz de afastar a sensação de ter arruinado algo.

Ela mal tinha sido capaz de *olhar* para ele. Bastava vê-lo para que se sentisse seriamente magoada a ponto de parecer prestes a desmaiar.

Ele queria bater na porta outra vez.

Pedir desculpas.

Explicar-se.

Dizer: "Eu não quis magoá-la. Apenas não sei o que eu me tornaria se aceitasse seu carinho com tanta espontaneidade quanto você o ofereceu."

(Um hipócrita.)

Mas não podia bater outra vez, porque estava muito claro que ela queria que ele fosse embora. E, naturalmente, ele não precisava dizer as palavras em voz alta para que ela soubesse que não poderia haver nada entre os dois.

Mas odiava a ideia de ter magoado Alice.

(Ele gostaria que pudesse ser diferente. Gostaria de poder bater na porta e se desculpar dando a ela o beijo que evitara na noite anterior. Ele queria. Ah, como queria!)

Desceu as escadas, infeliz, e se dirigiu para o escritório do pai, para onde havia sido convocado por uma carta colocada na bandeja do desjejum, exigindo "uma audiência para discutir seu casamento vindouro", escrita no papel de correspondência formal.

– Henry, aí está você – saudou o pai, bruscamente. – Está atrasado.

Henry olhou de relance para o relógio. Tinha se passado um minuto da hora marcada.

– Minhas desculpas, senhor.

O pai apontou uma cadeira de encosto duro diante de sua ampla mesa.

– Sente-se.

Ah, então ele planejava permanecer à mesa e se dirigir a Henry como um patrão, em vez de, digamos, dignar-se a se sentar no sofá perto do fogo com o filho a quem não via por meia década. Esplêndido.

(Honra. Teu. pai.)

– Não vou perder tempo com amenidades – disse o pai, cruzando as mãos sobre a mesa. – Chamei-o aqui porque estou arruinado.

Os pensamentos reprimidos – culpa, Alice, desejo, dor, beijo – pararam abruptamente de girar em sua cabeça.

– Arruinado, senhor?

Seu pai recostou-se na cadeira, ajeitou a peruca prateada e assentiu secamente.

– Eu esperava expandir a produção... Jonathan está ansioso para ampliar os negócios... E alguns empreendimentos se mostraram mais arriscados do que prevíamos.

O pai de Henry era um empresário cauteloso e reconhecidamente mão de vaca. Qualquer que tenha sido o infortúnio era quase certo que tivesse sido obra do irmão de Henry. E, ainda assim, o pai agia com rispidez e despreocupação. Tinha demonstrado mais raiva quando Henry recusara o cordeiro na hora do jantar.

– Existem dívidas – declarou o pai.

Ele encarou Henry, perfurando-o com o olhar.

Henry não disse nada, esperando para ouvir como tudo aquilo se relacionava com ele.

– Se eu não conseguir levantar vinte mil libras até o final do trimestre, terei que vender a fábrica.

Henry ficou surpreso. Era uma fortuna.

– Talvez possa vender esta casa – sugeriu.

– Já está hipotecada – respondeu o pai, seco. – Tenho duas opções. Posso vender para Bradley-Hough, que me dará metade do valor do negócio e passará a estampar seu nome no meu legado. Ou então meu filho pode se casar com a filha dele. Que, veja bem, tem um dote que é o dobro do valor de que eu preciso.

O pai raramente se dirigia a ele com tanta franqueza. Uma parte dele, pequena e maltratada, despertou, lisonjeada por ter sido convocada a salvar o negócio da família, mesmo que isso custasse a própria vida.

Mas, desde o momento em que o sentimento despontara, ele sabia que aquilo era lamentável e digno de pena.

Ele devia respeito ao pai. Isso não.

– Senhor, preocupo-me com sua situação – disse ele, lentamente. – Mas minhas circunstâncias são tais que duvido muito que a Srta. Bradley-Hough me veja como um pretendente bem-vindo. Eu moro em cômodos de aluguel, não tenho empregados...

– A Srta. Bradley-Hough pode se dar ao luxo de manter vocês dois. Ela é a única herdeira da fortuna do pai e, além disso, tem o dote. E, em troca do empréstimo do capital, pagarei a você um dividendo considerável, mais juros. Você será um homem rico, Henry. Mais rico do que eu jamais fui.

Ele nunca quisera ser rico. Pouco se importava com dinheiro.

– E se o senhor vender para Bradley-Hough? Vai cobrir suas dívidas?

Por um breve minuto o pai pareceu envelhecido.

– Por pouco. Mas vou perder o empreendimento que passei a vida inteira construindo. Você, que teve tudo dado de bandeja, não entenderia. – A expressão dele endureceu. – E saberei que foi meu filho que provocou essa perda.

Henry fechou os olhos. Não era justo. Ele era grato por sua educação em boas escolas públicas que o pai insistira que ele frequentasse, mas não tinha tirado nem uma moeda sequer da família desde que se formara em Oxford. Tinha assumido o posto no *Santos & Sátiros* exatamente porque sabia que o pai se recusaria a sustentá-lo depois que decidira não entrar para o clero.

– Senhor, sinto-me condoído por suas circunstâncias – disse ele, devagar. – Mas não posso prometer contrair um casamento inadequado.

O pai de Henry bateu com o punho na mesa.

– Inadequado! Você age como se fosse um fardo o casamento com uma ótima mulher que fará de você um homem rico. Se não gostar da garota, deixe-a em Bath e vá fazer seus ridículos avivamentos. Estou pedindo que seja sensato pelo menos uma vez na vida. Para que faça o que esta família exige de você.

– O casamento é um voto sagrado, feito perante Deus – disse Henry, com calma. – Não o contrairei por motivos veniais.

O pai fechou os olhos, como se aquela frase lhe desse uma dor de estômago.

Henry se incomodava por ser a causa daquilo. Compreendia o que o pai perderia.

Era isso que o Senhor quisera dizer ao ordenar "honra teu pai"? Que, se um dos pais de um indivíduo sofria, o indivíduo também sofria, por menor que fosse a afeição entre os dois?

Henry decidiu oferecer a pouca misericórdia de que dispunha.

– Vou conversar com a Srta. Bradley-Hough. Se descobrir que ela e eu podemos ser compatíveis, vou considerar o que o senhor me pede.

(Porém, não seremos compatíveis, e não farei o que o senhor pede.)

O pai abriu os olhos para fitá-lo. Eles pareciam mais frios do que o dia de neve lá fora.

– Aborde a garota como quiser, Henry. Mas, se não sair desta casa comprometido com ela, não se preocupe em voltar. Nunca mais.

Henry levantou-se. Fez uma reverência. Deixou o aposento.

Caminhou devagar pelo grande corredor, sentindo-se entorpecido.

Alice e Josephine o aguardavam, prontas para sair para o priorado. Ele pôs a mão no cabelo para alisá-lo, passou a língua nos dentes. Tentou reviver suas faculdades, prejudicadas pela falta de sono, pela proximidade de Alice, pela severidade do pai e por aquilo com que ele acabara de concordar, por mais que tivesse sido dissimulado.

Alice nada disse, mantendo os olhos no chão, cautelosa. Ele queria saber desesperadamente o que ela pensava dele.

– Parece bastante abatido – disse Josephine, animada.

– Acabei de ter uma reunião com nosso pai.

Jo estremeceu.

– Ah.

Ele se perguntou se a irmã sabia do motivo de sua convocação. Estariam todos juntos naquilo? O batismo do bebê tinha sido apenas um pretexto para fazê-lo voltar para casa? A mãe e a irmã também queriam que ele se casasse com a Srta. Bradley-Hough, para salvar suas vidas confortáveis naquela casa grandiosa?

Era uma crueldade sequer pensar naquilo, mas ele não sabia em quem confiar.

A única pessoa em quem confiava era Alice.

Ficou em silêncio durante a caminhada até o priorado. Entreouviu a tagarelice de Josephine com Alice sobre os preparativos para sua temporada de apresentação à sociedade. Ao que parecia, nenhuma despesa estava sendo poupada. Não podia ressentir-se com a empolgação da irmã em relação a bailes e vestidos, mas se perguntava se o pai estaria gastando tamanha fortuna para apresentar a filha como uma dama com dinheiro emprestado sabia-se lá de quem.

– Ah, tantas pessoas vieram apesar da neve! – disse Josephine, olhando para a multidão reunida diante do priorado.

Ele sorriu ao ver os velhos amigos, comovido por terem viajado na neve para cultuar com ele com tão pouca antecedência.

Seu ânimo melhorou no mesmo instante.

Aquelas pessoas – muitas delas inquilinas do pai, que ele conhecera num avivamento durante uma temporada em casa, na época da universidade – foram alguns de seus primeiros companheiros peregrinos na jornada rumo a uma fé mais evangélica. Estavam todas mais velhas agora. Algumas, que antes carregavam bebês, agora apareciam com grandes ninhadas de crianças. Outras vieram com maridos e outras agora eram viúvas, com cabelos mais grisalhos, os rostos enrugados.

Todos o saudaram com mais alegria do que sua própria família. E entre eles, Henry se sentiu melhor do que havia se sentido em dias.

Quando todos se acomodaram nos bancos, ele caminhou até o altar e olhou para o órgão. Alice estava sentada ali, esperando seu sinal.

– Pronta? – murmurou.

Ela assentiu.

Ele ergueu os braços.

– Meus irmãos e minhas irmãs – disse ele, projetando a voz de modo que pudesse ser ouvido até mesmo no fundo da capela. – Embora esteja gelado lá fora, meu coração está aquecido com a sua companhia e com a luz do amor de Deus.

Ele sorriu aos murmúrios de "Amém" e abriu seu hinário.

– Entoemos juntos um hino.

Ao assentir para Alice, a sala se encheu de música. Ela não tivera tempo de ensaiar e não podia conhecer aquelas canções, pois a maioria fora escrita por ele ou por seus amigos, mas ela as executou com perfeição. Ele sorriu enquanto os rostos ao seu redor se iluminavam de surpresa e de alegria. Uma por uma, as vozes se ergueram e encontraram a dele em harmonia. Ele deixou que a música elevasse seu espírito a Deus.

No meio daquele coro, percebeu uma bela voz de contralto, límpida e verdadeira.

A voz de Alice.

Ela improvisou uma harmonia própria, encantando os melhores cantores da multidão, que começaram a acrescentar seus próprios floreios à melodia da jovem. Havia uma emoção intensa na maneira como ela cantava o hino que fez Henry ter certeza de que ela tivera fé no passado. Perguntou a si mesmo quando ela teria se afastado de Deus. E por quê.

Ele ansiava que Alice pudesse compartilhar da paz que ele percebia na expressão de seus companheiros de fé. Lembrar-lhe o amor de Deus por ela. Amor que permanecia ali, mesmo quando a família era menos constante.

Estava com a parábola do filho pródigo na cabeça. Abriu a Bíblia e leu a história do Livro de Lucas, sobre o pai que recebia de volta o filho.

– Quando criança, eu costumava pensar que essa história tratava da reconciliação com a família – disse ele aos amigos. – Só mais adiante, mais velho, percebi que tratava da fé. A verdade é que nem sempre é possível confiar que as pessoas que amamos nos acolherão no lar. Mas a infinita misericórdia de Deus é eternamente renovável. Por mais que nos afastemos, por mais distante que vaguemos, por maiores que sejam nossos pecados, Ele sempre fica exultante por nos receber de volta em sua graça.

Vários de seus amigos assentiram nos bancos mais próximos, com os olhos reluzentes. Talvez aquele momento fosse tudo o que ele precisava daquele lugar. Não era a admiração de sua família, mas uma nova ligação com aquele sentimento de alegria e felicidade que ele experimentara ali pela primeira vez, entre aquelas pessoas: o êxtase milagroso e infinito quando uma pessoa sentia – quando *sentia* de verdade – o radiante amor de Deus.

Ele fechou a Bíblia e procurou os rostos queridos e familiares.

– Vós que aqui estais sabeis o que eu sei – prosseguiu ele. – A salvação não pode ser ensinada. Deve ser pedida e aceita. Deve-se confiar nela da maneira como confiamos em nossas pernas para nos sustentar após uma queda. Isso é a graça. É a certeza no corpo e na alma da medida abrangente do perdão infinito de Deus.

O ambiente ecoou com améns.

E embora, dominado pela emoção, ele tivesse se esquecido de dar a Alice a deixa para tocar o hino de encerramento, a sala se encheu de música mais uma vez.

Capítulo dezoito

A mais estranha das sensações arrebatou Alice ao ouvir a pregação de Henry. Sentiu-se emocionada.

Para ela, a fé nunca parecera distinta da igreja, e a igreja nunca parecera muito mais do que um ritual tedioso, que exigia sapatos desconfortáveis. Era uma lista de obrigações e uma lista ainda mais longa de proibições. Outro código triste e restritivo, ditado por autoridades do sexo masculino, que oferecia pouco mais do que exigências que ela deveria cumprir se não quisesse enfrentar consequências terríveis.

Ela não havia considerado que a fé poderia preencher, em vez de limitar. Que Deus poderia erguer, em vez de confinar. Mas, ao observar Henry e os amigos abaixarem a cabeça em oração, viu a tranquilidade no rosto de todos.

Como era comovente ver Henry Evesham conduzindo-os àquele estado de paz.

Ela havia se equivocado quanto ao que ele acreditava – ou talvez tivesse apenas presumido erroneamente que sabia, a partir de inferências dos escritos dele no *Santos & Sátiros*. O tom ardente e santarrão daqueles ensaios e versos quase nada tinha em comum com as palavras que ele dissera ali, para aquele pequeno grupo. Eram também diferentes das preocupações do autor do diário, que desejava se aperfeiçoar e se censurava por ter fracassado.

Ela se pôs a imaginar quantas vezes Henry se permitira ser *aquele* homem, que insistia que o pecado podia ser perdoado, cujos olhos se enchiam de lágrimas ao falar de misericórdia.

Mas não tivera então alguns vislumbres dele? Ele não se maravilhara com uma mulher tocando música em uma capela abandonada? Orações sussurradas para ela através de uma parede? Baixando a cabeça, desejando o afeto dela num jardim nevado, no meio da noite?

Alice observou enquanto ele se despedia de seus companheiros de adoração. Um grupo de crianças com a mãe estava entre os últimos a se aproximar dele. Ele se abaixou com atenção, falando aos pequenos fiéis com solenidade e bom humor. Tão bondoso. Tão gentil.

– Ele é bom com as crianças – comentou Josephine, caminhando ao lado dela. – Será um pai adorável.

– Sem dúvida – concordou Alice.

– Esperamos que ele se case em breve. Suponho que você não saiba se ele está cortejando alguém em Londres. Talvez um membro de sua congregação?

Josephine fez a pergunta em tom casual, mas algo pareceu estranho para Alice. O que ela poderia dizer? Henry gostaria que ela repetisse o que ele dissera na carruagem? Ela sabia tão pouco sobre ele e ao mesmo tempo sabia demais. Sabia do horror que ele sentira ao tocar acidentalmente o seio de uma mulher, de sua agitação com o *Cântico dos cânticos*. Da maneira como rasgara a página sublinhando aquelas palavras reveladoras, *eu ardi*.

Evidentemente confundindo a agitação de Alice com hesitação, Josephine corou.

– Perdoe-me, eu não deveria pressioná-la para contar mexericos. Mamãe e eu sempre ficamos desesperadas por notícias da vida de Henry em Londres, pois é muito raro que ele escreva sobre algo pessoal. Ele sabe que papai não o aprova e desconfio que isso faz com que relute em nos contar sobre sua vida.

Ah, ela se identificava com aquilo. Suas cartas para a mãe eram uma espécie de sinfonia do nada dito, com detalhes cotidianos formando um retrato tão opaco que daria no mesmo se ela enviasse uma janela suja.

– Não sei se ele pretende se casar – falou Alice, sem querer revelar nada que ele preferisse que não soubessem. – Mas não tenho conhecimento de nenhuma corte.

Josephine olhou-a com intensidade.

– Meu pai tem a esperança de que esta visita possa produzir boas notícias entre ele e a Srta. Bradley-Hough.

Ah, céus! Foi por isso que Henry ficou tão desconfortável quando ela quase o beijou? Ela não havia cogitado que ele pudesse ter sentimentos por outra. Uma nova onda de mortificação a atingiu.

Henry foi na direção das duas, parecendo feliz e revigorado.

– Obrigado por terem vindo, senhoras. E pela música, Alice. Meus amigos ficaram encantados.

– Foi um prazer – disse Alice, encarando-o pela primeira vez desde a noite anterior.

Ele sustentou o olhar dela e sorriu. Alice tentou não imaginar o que aquilo significava.

– Vamos voltar para o jantar? – perguntou ele.

Lá fora, a neve havia parado. Era uma noite de inverno calma e fria, o chão coberto de branco.

– Está clareando – observou Henry, sorrindo mais uma vez para ela, como se a noite anterior nunca tivesse acontecido. – Se continuar assim, eu a levarei para casa pela manhã.

– Obrigada.

Não sabia o que dizer.

Sentiu-se grata quando Josephine mudou de assunto e passou a falar de seus vizinhos próximos, pois pôde seguir seu caminho em silêncio. Na casa, Josephine perguntou se ela gostaria de pegar outro vestido emprestado, mas Alice recusou.

– Estou bem cansada. Acho que vou dispensar a refeição noturna. Poderia transmitir minhas desculpas à sua mãe?

Era absurdo, mas ela não queria assistir às conversas de Henry com a Srta. Bradley-Hough, imaginando se ele planejava se casar com ela. Ela já se sentia bem triste.

Dirigiu-se para seus aposentos, desejando pela fuga que o sono traria.

– Sra. Hull – chamou Henry, assim que ela alcançou a escadaria.

Alice parou e se virou. Ele dava passos largos e rápidos para chegar até ela. Sorriu ao alcançá-la.

– Queria apenas combinar de nos encontrarmos na sala de desjejum às sete. Vamos partir cedo.

Ela assentiu.

Ele parecia querer dizer mais, mas hesitou e depois se virou para partir.

– Queria dizer o quanto apreciei isso – balbuciou Alice para as costas dele.

Henry se virou, a pergunta estampada no rosto.

– Isso o quê?

Minha nossa, ela esperava que Henry não pensasse que ela se referia à noite anterior. O jardim.

– Sua sociedade – disse ela, depressa. – Obrigada por me convidar. Faz muito tempo desde a última vez em que entrei numa igreja. Nunca imaginei que poderia ser assim. Tão pacífico.

O rosto dele se iluminou.

– Fico muito, muito feliz.

Ele fez uma breve pausa, mordeu o lábio, o que o fazia parecer mais jovem, mais doce e... Era provável que ele estivesse prestes a noivar e era um religioso, e ela era travessa e teve de desviar os olhos.

– Espero que não se importe se eu me repetir – prosseguiu ele –, mas você seria genuinamente bem-vinda à minha congregação em Londres, quando voltar.

Ela riu, sem pensar.

No mesmo instante se arrependeu, pois lhe desagradava a nota de amargura que ouvia na própria voz. Mas sentia-se insegura sobre como dizer que seria provável que não voltasse a Londres.

– Obrigada. Mas, como já disse, estou além da salvação.

Henry a olhou por um bom tempo sem dizer nada.

– Alice, a misericórdia de Deus não é condicional. Sua profissão não é um impedimento se quiser ser salva.

Ela balançou a cabeça.

– Tem pouco a ver com minha profissão.

Ele a fitou com muita delicadeza, como se seus olhos verdes a acariciassem.

– Por que não deseja ir para a igreja? O que aconteceu?

Alice olhou para o chão, ignorando a parte de si que, outra vez, queria mais e mais.

– Ah, tudo e nada. Não vou aborrecê-lo com minha história.

– É preciso muita coisa para *me* aborrecer, Sra. Hull. Sou bastante enfadonho por natureza.

– Está muito longe de ser enfadonho – objetou Alice, finalmente devolvendo o olhar.

Seu tom de voz parecia um pouquinho mais sentimental do que ela pretendera.

– Estou cansada – acrescentou, depressa. – Eu o vejo pela manhã.

Ele assentiu.

– Vou fazer minha Oração ao Tempo antes de me deitar e espero que possamos retomar nosso caminho amanhã.

– Obrigada – disse ela, mas subiu a escada torcendo para que a Oração ao Tempo não funcionasse.

Deveria se sentir aliviada porque as condições climáticas tinham melhorado, mas a falta de neve apenas acentuava seu terror.

Queria que a neve caísse indefinidamente.

Queria poder ficar ali, presa naquele lugar congelado onde a mãe vivia, onde os problemas da casa pertenciam aos outros, onde podia sorver as palavras de Henry Evesham em particular como se fossem clarete, saboreando as complexidades de sua alma sombria e luminosa.

Como era relaxante fingir que aquela era sua vida, aquela tela em branco suspensa num mundo sem futuro nem passado.

Era uma traição pensar daquele modo, mas Alice não queria voltar para casa.

Capítulo dezenove

Durante o jantar, Henry tentou não ficar ressentido com a Srta. Bradley-Hough por ela não ser Alice.

Não era culpa da Srta. Bradley-Hough que, depois de uma curta viagem até Fleetwend pela manhã, Henry provavelmente nunca mais fosse voltar a ver Alice. Nem era culpa dela se ele só conseguia pensar em se esgueirar dali e subir até o quarto de Alice para segurar suas mãos e orar com ela.

(Para segurar suas mãos.)

Mas ele precisava ficar ali, pois sentia os olhos do pai em si, monitorando a possível corte como um sentinela. Obediente, Henry começou a fazer perguntas sobre a vida da jovem.

A Srta. Bradley-Hough era genuinamente adorável. Descreveu com charme sua vida em sociedade em Bath, que parecia luxuosa e agradável, embora sem propósito. Por sua vez, ele lhe contou sobre seu trabalho, investigando o vício e fazendo caridade para prostitutas. Ela mantinha tão bem a pose que por pouco – por muito pouco – não conseguiu esconder seu espanto por trás dos modos graciosos.

– Henry está quase concluindo seus deveres para com a Câmara dos Lordes – interrompeu o pai. – Em breve passará a se dedicar a outro trabalho.

A Srta. Bradley-Hough pareceu aliviada por Henry.

– Deve se sentir ansiosíssimo para deixar para trás coisas tão desagradáveis – disse ela, demonstrando perfeita compaixão.

– Não – disse ele, devagar. – Vou sentir falta. Gosto bastante de reunir fatos, de me encontrar com pessoas diferentes e escrever minhas impressões.

E, ao dizê-lo, ele percebeu que era verdade.

– Mas voltará para a igreja? – insistiu ela.

Ele hesitou.

– Meus planos ainda não estão decididos. Espero estender meu trabalho de caridade para outras cidades. Aplicar minhas descobertas. Ainda preciso decidir se o farei pelo sacerdócio ou por outros meios.

O pai olhou-o com fúria.

Henry sorriu para a Srta. Bradley-Hough como se não tivesse reparado.

– Independentemente do meu trabalho, espero me casar em breve, encontrar uma companheira que esteja ansiosa para assumir essa missão a meu lado.

A Srta. Bradley-Hough assentiu.

– Sim, sem dúvida esse trabalho seria muito mais tranquilo com a ajuda de uma mulher de caráter nobre e profunda fé. – Ela fez uma pausa e deu um sorriso bondoso. – Espero que a encontre em breve.

Houve um momento de tamanha compreensão entre os dois que ele poderia ter dado um beijo nela.

Em vez disso, sorriu para a jovem do mesmo modo caloroso.

– De fato. Também espero.

Olhou de relance para o pai, que destrinchava a carne com fúria, as bochechas quase roxas de raiva. Bem, ele poderia ficar furioso o quanto quisesse, mas não poderia negar que estava claro que a Srta. Bradley-Hough não tinha intenção alguma de se casar com Henry.

Assim que o jantar terminou, ele pediu licença para dar uma boa caminhada ao ar livre. Andou sob o céu límpido pensando no prazer de fazer outra viagem com Alice. Uma última chance de conversar com ela. De convencê-la a visitar a casa de reuniões em Londres. (De ficar a sós com ela, somente os dois, num espaço tão pequeno que seria possível sentir o calor dela e ouvir sua respiração.)

Começou a cantarolar a melodia travessa que Alice cantarolara no cabriolé, sorrindo sozinho. Ainda cantarolava ao entrar e parar na biblioteca onde havia deixado sua Bíblia. Jonathan jazia num sofá com um grande cálice de conhaque apoiado no peito.

Ele inclinou a cabeça como se quisesse ouvir melhor Henry e começou a dar gargalhadas tão altas que a bebida quase caiu no chão.

(Não tenha pensamentos maus...) *Bêbado miserável.*

– Onde aprendeu *essa* música? – perguntou Jonathan, dando um gole entre risadinhas.

Henry pegou a Bíblia na mesa.

– Era algo que a Sra. Hull cantarolava na carruagem para passar o tempo.

Jonathan bufou.

– Ah, claro, eu deveria ter imaginado.

Henry parou e virou-se, furioso por Jonathan falar de Alice naquele tom presunçoso.

– O que está querendo dizer? – perguntou, incisivo.

Jonathan espreguiçou-se, parecendo muito satisfeito consigo mesmo.

– Quando ela perdeu o marido, a sua Sra. Hull?

Henry franziu os olhos, ainda sem acompanhar o raciocínio.

– No último outono, infelizmente.

Jonathan ergueu uma sobrancelha.

– Ah. *Entendo*.

– O que você entende exatamente?

Jonathan deu outro gole. Estalou os lábios.

– É que é bem estranho que *você* tenha dado uma carona para uma mulher como ela, sozinho. Que a tenha trazido até aqui.

As palavras do irmão pareciam engroladas, e Henry sabia que era melhor não estender a conversa, mas não conseguiu se conter.

– Como assim, uma mulher como ela?

Jonathan fez um gesto grosseiro.

– Você sempre gostou das miúdas.

Henry relaxou. Era apenas Jonathan tentando provocá-lo, e ele não estragaria sua noite se deixando envolver em acusações veladas, baseadas em nada além do desejo do irmão mais velho de antagonizá-lo.

– Foi um simples ato de bondade. Algo estranho a *você*.

Ele virou as costas para o irmão e seguiu para o quarto, cantarolando a música mais alto ao se afastar.

Capítulo vinte

Alice se arrastou sozinha até a sala de desjejum. A neve havia parado. Ela voltaria para casa.

Parecia-lhe que o mundo inteiro era um desenho cinza. Mesmo a grande variedade de bolos e frutas de estufa servidos no bufê de café da manhã não era suficiente para animá-la. Pegou um único ovo cozido. E depois, como estava sozinha, embrulhou alguns bolos num guardanapo para levar para as irmãs e os colocou no bolso.

Henry entrou na sala enquanto ela se sentava à mesa. Ele abriu um sorriso tão grande que por um momento ela voltou a ver as cores. Ele já a olhara com tanto carinho? Era porque sabia que se livraria dela depois daquele dia?

– Podemos viajar até Fleetwend agora que a neve parou – disse ele, jovial. – Vou preparar os cavalos assim que fizer meu desjejum.

Ela se obrigou a sorrir.

– Obrigada.

O embrulho de bolos parecia estranhamente pesado junto à sua coxa, como se o peso do destino a esmagasse.

O pai de Henry entrou na sala e imediatamente fez uma careta para o criado que entregava a Henry uma tigela de mingau. Grunhiu uma saudação para Alice e depois apontou para a tigela do filho.

– Onde arranjou essa gosma infernal? Sem dúvida não estocamos isso na cozinha.

– Trouxe um pouco da minha casa para não precisar incomodar sua criadagem, senhor – respondeu ele, num tom agradável.

Alice admirou-se por ele conseguir ser tão educado com o pai, apesar de o homem ser um tirano mal-humorado que lhe dispensava um tratamento pior do que aquele recebido por ossos escavados por lobos num cemitério há muito abandonado.

O pai observou enquanto ele mastigava, o que Henry fez devagar, com deliberação, como se o sujeito não o encarasse como se cada colherada fosse um insulto.

– É fascinante que ele permaneça tão grande quando é tão subnutrido – disse o Sr. Evesham pai para Alice, num tom arrastado, servindo-se de um prato de linguiças. – Não é verdade, Sra. Hull?

Henry ficou paralisado, como se tivesse acabado de receber uma bofetada.

Alice se virou para o pai de Henry, imaginando que seus olhos eram agulhas que poderiam perfurar as pupilas dele.

– Espero que não me tome como muito atrevida, Sr. Evesham, se eu disser que a grande força e altura do lorde-tenente são consideradas muito agradáveis entre as jovens em Londres. Ele vai se sentir constrangido ao ouvir isso, mas elas o acham muito bonito e estão sempre fazendo o possível para chamar sua atenção. Suspeito que ele terá muitas opções se decidir se casar.

Henry e o pai olharam para ela com expressões idênticas de incredulidade.

Ela deu de ombros e foi cuidar de seu ovo. Henry tinha sido um bom amigo para ela. Mesmo que estivesse noivo de uma boa senhora e que ela nunca mais voltasse a vê-lo depois daquele dia, poderia ser sua amiga. O tipo de amiga que comia o que sobrava do ovo devagar, bem devagar, para que ele não tivesse que ficar sozinho com aquele pai canalha.

O Sr. Evesham se recuperou.

– Por falar em casamento – disse ele ao filho –, farei o que for preciso para reparar os danos que você causou com a Srta. Bradley-Hough no jantar. Terá de desistir dessa ideia tola de pregar para as prostitutas, é claro.

Henry ergueu os olhos.

– Tola, senhor? – perguntou ele, mantendo um tom neutro.

– O pai dela quer vê-la casada em um ano. É sua única herdeira. Se apenas fizer o que arranjamos tão prestimosamente, você será um homem rico, Henry. Olivia o aceitará de bom grado, não importa o que diga. O pai dela me deu sua palavra.

– Voltamos a falar no assunto quando eu retornar – disse Henry num tom que deixava claro que a conversa acabaria mal.

Então ele *não estava* noivo. E obviamente não queria noivar. Um sorriso desabrochou no rosto de Alice, e ela cobriu a boca com o guardanapo, para que nenhum dos dois homens pudesse ver que ela estava sorrindo como uma tola. De repente, a manhã pareceu luminosa, e ela sentiu fome. Fez um sinal para o criado e pegou três linguiças gordas e perfumadas da bandeja de prata.

Delicioso.

O Sr. Evesham tinha franzido de tal modo suas prodigiosas sobrancelhas ao olhar para o filho que as duas pareciam centopeias perturbadas, contorcendo-se no sal.

– Voltar de onde? – quis saber. – Não pode estar pensando em viajar nessas condições.

– As condições estão perfeitamente adequadas para uma viagem. Está claro, ensolarado e as estradas estarão vazias por causa da neve. Vamos completar o percurso num tempo excelente. A Sra. Hull se encontrará com a mãe antes do almoço e voltarei para o jantar.

Ele voltou sua atenção para Alice.

– Sra. Hull, vou preparar os cavalos para nossa jornada. Chame um lacaio para ajudá-la a carregar suas coisas para o primeiro andar. Partiremos às oito.

Ela assentiu e deu uma mordida na linguiça, apreciando a gordura que explodia em sua boca.

– Henry, a neve vai voltar – disse o pai. – Se partir agora, vai ficar ilhado.

– Vamos nos arriscar. A mãe da Sra. Hull está doente e não há uma nuvem no céu.

O pai de Henry bateu com a faca e o garfo na mesa, chacoalhando os copos.

– Henry, não seja tolo. O tempo vai mudar. Sinto no meu pulso.

– Não sou tolo – retrucou Henry, esticando-se em toda a sua altura. – Nem estou disposto a atrasar mais a viagem da Sra. Hull por conta de superstições pagãs relativas a seu pulso.

– Bem, não vou atrás de você quando estiver preso no meio de uma tempestade, seu garoto tolo.

– Imaginei que não iria – disse Henry. – Bom dia, senhor.

Ele se retirou do aposento antes que o pai pudesse dizer mais uma palavra. Alice avançou na última linguiça do prato e saiu correndo atrás dele.

– Que grande *babaquara* – resmungou ela, ao alcançá-lo.

Apesar do palavreado, ele riu.

Mas Alice percebeu que ele ainda estava aborrecido quando se afastaram do priorado Bowery, alguns minutos depois. Henry parecia investir um grande esforço para manter um ar imperturbável, fixando um sorriso no rosto e prendendo-o ali com tanta força que ela achava que sua boca devia doer. Mas os dedos o denunciavam. Ele torcia as rédeas como se tentasse estrangular o couro.

– Você está bem? – arriscou ela.

– Estou muito bem – murmurou. – Está um dia adorável para um passeio.

– Estava me referindo a seu pai.

Ele suspirou.

– Sinto muito. Ele foi grosseiro por falar daquele modo, sem rodeios, diante de convidados.

– Ele é um canalha podre por falar com *você* daquele jeito, com ou sem convidados.

Henry olhou para ela contrariado e divertido ao mesmo tempo.

– O que devo fazer sem você para praguejar por mim, Alice Hull?

– Passe você mesmo uma descompostura no maldito!

Ele riu, balançando a cabeça.

– Obrigada por suas palavras em minha defesa. – Ele fez uma pausa, e ela percebeu que ele estava corando. – Em relação... às damas. Não devo encorajar a mentira, mas não fingirei que essa inverdade em particular não foi bem-vinda.

Ah, Henry Evesham, seu grande e querido estúpido.

– Se o que falei não era precisamente verdadeiro nos detalhes, com certeza é verdadeiro no geral, Henry. Vi como as jovens o olhavam durante a pregação ontem. A admiração religiosa não pode responder sozinha por tantos suspiros.

Ele corou e ela gostou muitíssimo daquilo. Agora que sabia que ele era o autor do diário, o pobre sujeito que via tantas falhas em si, ela sentia vontade de enchê-lo de elogios. E agora que também sabia que ele não estava prometido a outra mulher, sentia que podia fazer exatamente o que queria.

– Você é muito atraente, Henry. E eu entendo bastante dessas coisas, como você sabe.

Ele corou ainda mais. Ela queria passar os dedos pelo cabelo que caía por cima das orelhas dele – sabia, por causa do diário, que ele raramente ia ao barbeiro por medida de economia –, mas em vez disso falou para ele algo que desejava dizer antes mesmo de partirem.

– E seu pai é um bruto, Henry.

Os olhos dele dispararam para as árvores, para o horizonte, contemplaram tudo, menos ela.

– Não diga isso, Alice.

– Ele é cruel com você por pura diversão. E ele está errado. Você merece mais do que ser maltratado por um homem como ele. Você é gentil.

Por fim, os olhos dele pousaram nos dela, e ela viu que havia lágrimas brilhando neles.

Sentiu um aperto no peito.

– Ah, Henry...

Tomou a mão dele e a apertou. Esperava que ele a recolhesse.

Mas ele não fez isso.

– Para mim, é humilhante que você tenha testemunhado o temperamento dele, Alice, mas sinto-me grato por sua delicadeza. Não sei como poderia retribuí-la.

– Já retribuiu. Detesto enchê-lo de lisonjas, mas você tem sido um herói perfeito no que me diz respeito.

Ele apertou a mão dela e abriu um grande sorriso.

– Um herói perfeito. É surpreendentemente vaidoso da minha parte, mas gosto bastante disso.

E então, percebendo que flertava com ela e segurava sua mão, ele a soltou e seu rosto se tornou rígido.

Era adorável como ele tinha tão pouca prática naqueles jogos. No entanto, ela duvidava que aqueles modos o levassem muito longe com mulheres menos esquisitas do que ela. Decidiu que faria o que pudesse para lhe dar lições. Um pequeno agradecimento pela ajuda dele, para que o pobre homem conseguisse encontrar uma esposa.

Além do mais, ela gostava de flertar com ele e não sabia quando teria outra oportunidade de se divertir.

Inclinou a cabeça com recato e abriu um sorriso convidativo e feminino.

– Você passou dias conduzindo a carruagem, não importando o clima que fizesse, para tentar me levar para casa. E me proporcionou muito alento em momentos ruins. – Ela suavizou a voz, lembrando-se do rosto dele durante aquela oração na escada. – Uma garota pode se acostumar com a ideia de ter você por perto.

Ele se encolheu, mas Alice percebeu que ele havia gostado.

Voltou-se para ela, tímido, e disse:

– Alice, se continuar me lisonjeando assim, talvez eu decida mantê-la cativa em vez de levá-la para casa.

Por favor, não há nada que eu queira mais.

– Não é lisonja. É a *verdade*. Sem você eu não teria sequer a esperança de me despedir de minha mãe.

De repente, todo o seu espírito coquete a abandonou. Não tivera a intenção de dizer aquelas palavras – elas saíram sem querer. Era a primeira vez que dizia, em voz alta, aquilo que a aguardava em Fleetwend: sua mãe querida e difícil estava morrendo. A pessoa que a amava furiosa e incondicionalmente estava desaparecendo.

Apesar de todas as desavenças entre as duas, ela não conseguia imaginar a vida sem aquele amor. Era como uma fornalha que ardia, ardia, e o carvão nunca esgotava. Mesmo sem conseguir sentir aquele calor na pele, Alice sempre soubera que ele estaria ali quando ela voltasse para perto dele.

De certo modo, aquilo a tornara corajosa. Ela sabia que a força daquele amor bastaria para superar qualquer coisa que Alice fizesse e que decepcionasse a mãe.

Era tão intenso, e ela agira como se fosse existir para sempre.

– Não se preocupe, Alice – disse Henry, em voz baixa, interpretando erroneamente o súbito silêncio. – Chegaremos em breve. Dentro de duas horas, no máximo.

– Não fui boa para ela, Henry – sussurrou Alice. – Eu a tratei como se fosse um incômodo.

Ele a olhou com profunda compaixão.

– Não se condene. É evidente o quanto você a ama. E tem as próximas horas para pensar no que gostaria de dizer a ela. Já vi muitos paroquianos que perdem a oportunidade de se despedir.

– Não me condeno – confessou ela. E pronunciou as palavras que a perturbavam havia muitos dias. – De certa forma, sinto que não estou triste o suficiente. Estou com raiva por isso ter acontecido. Por mim. Não quero ir para casa.

Era um sentimento chocante. As palavras pareciam amargas em sua boca. Ela não conseguia olhar para ele, sabendo o que pensaria dela por expor tais pensamentos.

Henry estendeu a mão e tocou na dela.

– É mais comum do que você imagina, sentir raiva. – O tom era gentil e nem um pouco crítico. – Já estive em muitos funerais, em muitas cabeceiras. Não existe sentimento certo ou errado diante da perda.

Sem dúvida, o dela – uma devastadora pena de si mesma aliada a um ressentimento pelo que seria sua vida – não era o certo. Com toda a certeza Henry ficaria chocado se pudesse enxergar o que havia no coração dela.

Alice estava feliz por não possuir um diário que ele pudesse encontrar.

– Acho que talvez eu seja uma pessoa má de verdade, Henry – confessou. – *De verdade*.

Ele franziu a testa.

– Por quê?

Ela gostava tanto dele por fazer aquela pergunta simples. Por não descartar sua preocupação, mas investigá-la. Seria um alívio derramar os pensamentos sombrios e obscuros que ricocheteavam em sua mente. Contar a ele seu pavor diante da perspectiva de seu futuro. Os sonhos que ela ousara acalentar e que deveria abandonar.

Mas não eram sonhos que ele apoiaria. Será que ele não a aconselharia a fazer o que já havia decidido? A abandonar as frivolidades do coração em nome do dever, da família, da devoção? Se ele soubesse a natureza das coisas que ela queria, isso iria macular a opinião que ele tinha dela e, naquele momento, ela se sentia grata por aquela amizade.

Era mais fácil deixá-lo pensar que estava apenas sofrendo uma perda iminente.

E ela estava.

Só que o que ela tinha a perder era bem mais do que ele imaginava.

Alice tentou formular uma resposta vaga que não revelasse mais do que ela dissera, mas algo gelado atingiu sua bochecha, depois seu cílio e depois sua mão.

– Maldição! – exclamou ela.

Henry estremeceu, mas não fez comentários sobre o xingamento.

– Sinto muito. Falei demais. Você não pediu meu conselho.

– Não é isso, Henry – disse ela. – Está nevando.

Ele olhou para o céu, que estava mais cinza, mas ainda sem nuvens distintas.

– Não, não está. Não brinque.

– Não estou brincando.

Ele estendeu a mão. Ela observou um único floco de neve flutuar preguiçosamente até pousar na luva dele e derreter, deixando uma mancha escura no couro.

– Viu? – gemeu ela.

– Apenas algumas rajadas se tivermos sorte – disse ele. – Nada com que se preocupar.

Mas sua mandíbula tensionou e ele voltou sua atenção para as rédeas.

À medida que avançavam, o céu foi ficando mais sinistro, e os flocos se tornaram mais regulares, até começarem a cair cheios e úmidos.

Em alguns minutos, se tornaram uma tempestade. O vento aumentou, erguendo a neve depositada em montes ao longo da estrada. A princípio era algo bonito, rodopiando no ar, misturando-se à neve fresca que caía do céu. Mas, conforme o vento ficava mais forte, eles mal conseguiam ver um metro e meio à frente. Henry diminuiu o ritmo dos cavalos de um galope para um trote e depois para um rastejar.

Ele abaixou a cabeça.

Quando voltou a erguê-la, havia uma sombra em seus olhos que Alice nunca vira.

– Ele estava certo.

– Como disse?

– Meu pai. Ele estava certo.

Henry parecia tão angustiado que ela queria insistir que não era verdade, embora não houvesse como negar que, naquele pequeno aspecto, o homem tinha razão.

– Precisamos buscar abrigo – disse Henry, num tom que a fez ter vontade de apertá-lo contra o peito.

Havia um quê de resignação e de vergonha. Era como se o pai estivesse ali, empoleirado entre eles no cabriolé, regozijando-se.

– Vou parar na próxima casa que encontrarmos.

Ela teve que invocar a serenidade para informá-lo de que isso não seria possível.

– Não estamos perto de nenhuma casa – disse Alice, com cuidado.

Estavam perto o bastante de seu vilarejo para que ela soubesse exatamente onde se encontravam. A estrada corria ao longo de um rio que marcava os limites de várias grandes propriedades, não havendo nada além de floresta e plantações por muitos quilômetros. No ritmo atual, poderiam levar horas até encontrar uma habitação. E sair da estrada das carruagens em busca de uma trilha em meio à floresta seria inútil, pois o elegante cabriolé, com um único eixo, não sobreviveria às estradas acidentadas com a visibilidade tão limitada.

– Há um antigo moinho junto do riacho, logo à frente. Podemos nos abrigar lá até que a neve pare.

Henry se inclinou para a frente, apertando os olhos, e eles seguiram sem parar, num ritmo cada vez mais lento. Ela sentia as rodas deslizando no chão congelado e rezou para que não quebrassem.

Finalmente, quando os cílios dela pareciam ter virado minúsculos pingentes de gelo, quando até Henry começou a tremer de frio, ela viu o contorno vago da roda de um moinho d'água.

– Ali – disse, apontando ao longe. – O moinho.

Henry parou na beira da estrada.

Eles tropeçaram num banco de neve que se formara sobre a cerca viva até que ela encontrou um vão mais baixo onde deveria haver um caminho. Chutou até desalojar a neve pesada e encontrou uma trava.

Não saía fumaça da chaminé nem havia luzes tremelicando nas janelas do moinho.

– Está vazio – gritou para Henry.

E voltou para ajudá-lo a desatrelar os cavalos.

Ele conduziu o par de éguas pelo portão, persuadindo-as com uma voz suave em direção a um pequeno galpão encostado na casa do moinho. Enquanto Henry as amarrava, Alice retirou as bolsas deles do cabriolé e tentou entrar. Mas a porta estava trancada. Ela deu a volta para ver se tinha outra entrada, mas havia apenas uma janela ao lado da porta, que não se moveu quando ela tentou abri-la.

– A porta está trancada e a janela congelou – grunhiu ela.

Henry veio por trás dela e tentou afrouxar o vidro. Mesmo com sua força, a janela não se moveu.

Alice o olhou com ansiedade, sentindo um gemido subir pela garganta diante da possibilidade cada vez maior de serem obrigados a passar o futuro próximo amontoados no galpão com os cavalos.

– Afaste-se – disse ele.

Tirou o cachecol e o enrolou na mão enluvada. Então fechou o punho e acertou a janela.

Uma erupção de vidro e neve explodiu ao redor deles. Ele repetiu o gesto mais uma, duas, três vezes, como se estivesse esmurrando um homem até a morte. A cada vez, ela não conseguia conter um grito, imaginando a carne dele sendo rasgada pelo vidro quebrado.

Ele acertou as vidraças pontiagudas com o cotovelo, grunhindo com o esforço e, se ela não estava enganada, com raiva. Ele bateu no vidro até que houvesse espaço suficiente para que um homem pequeno passasse pela janela.

Henry não era um homem pequeno.

– Espere, deixe-me ir – gritou ela, quando ele se içou e começou a forçar os ombros largos pelo espaço irregular.

– Não, você vai se machucar – disse ele, cerrando os dentes com o esforço que fazia para entrar.

Por um instante, Henry desapareceu.

E então lá estava ele diante da porta aberta, o cabelo ruivo desgrenhado, a manga do casaco rasgada e um filete de sangue escorrendo do couro cabeludo.

– Bem-vinda, minha senhora – saudou-a, com uma profunda reverência cortês.

Alice não achou graça, pois ele estava sangrando.

– Henry, você está ferido.

– Bati a cabeça – confirmou ele. – Nada tão terrível. Não tão ruim quanto minha *mão*.

Ele ergueu a mão direita. Apesar do cachecol, a luva tinha sido estraçalhada pelo vidro.

– Ah, não! Você se cortou?

– Felizmente, se me cortei, estou com muito frio para sentir.

Ele piscou para ela.

Aparentemente, era isso que Henry Evesham precisava para assumir um ar brincalhão: uma tempestade de gelo mortal e feridas.

Apesar do frio e do medo pelo que os esperava, ela riu.

Ele riu também, deixando cair os ombros e encostando-se na porta.

– Parece que atraímos o perigo quando nos aventuramos juntos.

– Estamos, de fato, bem condenados.

Mas, agora que ela sabia que ele não estava ferido e que os dois não congelariam, não pôde reprimir um lampejo de alegria pelo destino deles.

Talvez viajassem pelo interior da Inglaterra para sempre, cortejando o desastre, um fazendo o outro sorrir pelas coisas mais estranhas. Ela conseguia imaginar vidas piores.

Como o casamento com William Thatcher.

Afastou aquele pensamento e entrou para dar uma olhada na casa do moinho. Havia uma lareira no fundo do aposento confortável e, *obrigada ao destino por esse pequeno milagre*: uma cesta de gravetos e uma pilha de lenha. Se pudessem acender uma fogueira, talvez não congelassem.

– Eu tenho uma pederneira em minha bolsa – disse Henry.

Ele tentou remexer na bolsa de couro para pegar o objeto com a mão ilesa, mas teve dificuldade por ser destro.

– Deixe comigo – disse ela.

Alice encontrou a pedra na bolsa e se agachou em frente à lareira, organizando os galhos em uma pirâmide e acendendo uma chama. Ela soprou até que a minúscula chama se transformasse numa fogueira débil e pequena. Henry se ajoelhou ao lado dela, tremendo.

Tudo o que ela queria era tocá-lo.

– Precisamos fazer algo a respeito de sua mão – disse Alice com firmeza.

– Aqui, deixe-me tirar suas luvas para que eu possa ver as feridas.

Capítulo vinte e um

Henry se manteve imóvel enquanto Alice tentava separar o couro de suas mãos, parando de vez em quando para retirar minúsculos cacos de vidro. Normalmente, ele ficaria rígido e nervoso por uma mulher tocá-lo com tanta intimidade, mas estava ficando tão acostumado com a proximidade de Alice que às vezes deixava de registrar o encontro das mãos como um pecado. Além do mais, os cortes começaram a arder tanto que ele mal conseguia pensar em algo além da dor.
(Mentiroso.)
Alice, sem querer, empurrou um minúsculo caco de vidro mais fundo na palma da mão de Henry. Ele sugou o ar e puxou a mão, aninhando-a contra o peito.
– Melhor ficar com as luvas por enquanto – disse ele.
Alice olhou para ele com um misto de frustração e afeto, como se Henry fosse uma criança desobediente.
– Não, você não vai fazer nada disso. – Com delicadeza, ela puxou as mãos dele de volta para seu colo. – Feridas sem cuidado propiciam a doença. Eu gostaria de ter um pouco de conhaque para aliviar sua dor.
– Eu não beberia mesmo que tivesse – murmurou ele, para se distrair.
– Eu sei. – Ela suspirou. – Você é um homem santo e cansativo.
Ela disse aquelas palavras com um sorriso irônico que melhorou o humor de Henry. Os modos dela o fizeram se sentir bem-cuidado de uma maneira que ele não estava acostumado. Foi como um bálsamo depois da zombaria agressiva de seu pai. O pai, que devia estar naquele mesmo instante olhando para a janela e sorrindo, esfregando seu famoso pulso infalível.
O pensamento fez Henry ter vontade de quebrar outra janela.
– Não se mova – falou Alice, levantando-se.

Ela foi buscar uma panela velha presa à parede com um prego e saiu. Quando voltou, a panela estava cheia de neve. Ela a colocou junto do fogo fraco, então voltou ao trabalho de libertá-lo das luvas, devagar, com cuidado.

Quando terminou, ela segurou as mãos dele, virando-as para observar os ferimentos. A esquerda tinha apenas um ou dois arranhões, mas a direita estava cheia de pequenos cortes e manchada de sangue.

– Meu pai vai ficar tão presunçoso.

Ele não queria ter dito aquilo em voz alta, mas Alice o olhou com um brilho malévolo nos olhos.

– Seu pai é uma cobra pestilenta, cuja opinião nada importa.

– Alice! – exclamou ele, sem conseguir conter o riso com a fluência de seu palavreado, mas sentindo-se obrigado a demonstrar desaprovação.

– O quê? Você me disse que eu devo ser sincera – disse ela, com um ar de reverência, embora exibisse um sorriso.

Ela foi até o fogo e pegou a panela. A neve tinha derretido e se transformado numa pasta gelada.

– Mergulhe – instruiu ela, olhando para as mãos dele.

Ele obedeceu, imergindo a carne ferida na água gelada.

Quando ele as retirou, Alice usou a manga do vestido para limpar as manchas de sangue que haviam restado.

Os pensamentos dele voltaram-se para aquela noite depois do culto, quando a criada se ofereceu para lavá-lo. Voltaram-se para o sonho com Alice executando algo parecido.

Apesar da friagem em suas mãos lanhadas e da inocência no modo como Alice cuidava dos ferimentos, ele corou.

Ele não deveria permitir que a jovem fizesse aquilo se ele ia corromper o gesto dela, de natureza cristã, com desejos pecaminosos. Ele se afastou.

– Vai estragar seu vestido – disse ele, dando uma explicação não de todo convincente.

– Melhor do que a sua mão – afirmou ela, puxando a mão de volta.

Alice se inclinou sobre ele para enxugar com cuidado o pior corte. Estava tão próxima que ele sentia o cheiro de seu cabelo. Ele queria se abaixar e enterrar o rosto nele. Segurá-la, colocá-la no colo e absorver aquele perfume em sua pele.

Evidentemente considerando-o bem o suficiente para sobreviver ou talvez sentindo que, se ela se demorasse, ele poderia pular sobre ela e nunca mais soltá-la, Alice se levantou.

– Pronto.

Ela caminhou até a lareira e acrescentou duas grandes toras ao fogo, resmungando enquanto tentava obrigar as brasas fracas a consumirem a madeira.

– Posso ajudar? – perguntou ele.

– Venha para cá e sopre um pouco – disse ela.

Seu sotaque, em meio ao frio e à tensão, soava mais como o de uma camponesa. Ele achou encantador, porque sabia que isso significava que ela não estava sendo cautelosa com as palavras.

Ele se ajoelhou para soprar as brasas, orando a Deus para que o fogo pegasse, pois ele nunca havia sentido tanto frio em toda a sua vida.

Alice levou a panela para fora e voltou com neve limpa.

– Vou derreter para os cavalos – explicou ela.

Henry sentiu um aperto no coração ao pensar nos pobres cavalos. Tinha sido um tolo por arrastá-los para uma tempestade de gelo, um tolo maior ainda por arrastar Alice. E o pior de tudo era que seu pai estava *certo*. Se sobrevivessem àquele pesadelo – e, se Deus quiser, assim seria –, ele temia sua volta para casa. A felicidade do pai por se mostrar mais esperto que o filho irresponsável doeria mais do que a mão lanhada.

Quando a neve derreteu na panela, ele fez menção de pegá-la, na expectativa de poupar Alice de outra viagem para fora. Ela o empurrou para longe.

– Nem pense em usar essas mãos atormentadas, Henry Evesham – disse ela. – Não depois de todo o trabalho que tive para salvá-las.

Então ele se sentou, sentindo-se inútil e, ao mesmo tempo, estranhamente ansioso.

As palavras do irmão vieram a ele de modo espontâneo. *Você sempre gostou das miúdas.*

Era mesmo aquilo? Era por isso que se sentia tão curiosamente leve, apesar de estar preso na neve e com dores intensas?

(Sim. Formular a ideia como se fosse uma pergunta não o isentaria de sua desonestidade intelectual.)

Quando Alice voltou, estava coberta de neve da cabeça até a barra do vestido. Parecia uma fada congelada do inverno.

– O quê? – perguntou ela, estreitando os olhos ao ver o sorriso no rosto dele.

– Você parece...

(Encantadora.)

– Congelada como a periquita de uma bruxa? – sugeriu ela.

– Alice!

Ela sorriu ao tirar um lenço do bolso, que ao se abrir revelou o conteúdo de um prato de bolos que ele vira pela última vez no café da manhã.

– Eu os peguei – admitiu Alice, tímida. – Achei que minhas irmãs gostariam de experimentar algo tão bom.

Ele sorriu.

– Foi gentil da sua parte.

– E agora ele aprova o furto – disse ela, para as paredes, num tom mordaz. – Eu o corrompi completamente. – Ofereceu-lhe um bolo. – Vai dar uma mordida no açúcar do diabo ou vai passar fome esta noite, reverendo?

Henry revirou os olhos, agarrou o bolo com a mão boa e mordeu. Fechou os olhos quando o açúcar atingiu sua língua.

Ele adorava doces. Adorava de verdade.

– Deus seja louvado – murmurou ele.

Ela esticou o braço e retirou um pouco de açúcar que tinha ficado no lábio inferior dele. O corpo inteiro de Henry se contraiu ao toque dela. Alice baixou os olhos, fingindo não reparar que ele havia arquejado.

Mas ela estava estranhamente sorridente.

Juntos, comeram bolo enquanto observavam a luz do dia esmorecer pelas janelas.

Um camundongo passou correndo, perturbando o silêncio pacífico. Henry deu um pulo e foi atrás dele.

– Ah, deixe-o – pediu Alice, recostando-se satisfeita. – Adoro camundongos.

Ele ficou boquiaberto.

– Você *adora* camundongos?

Alice sorriu com doçura para o roedor fugitivo.

– Adoro. São tão pequenos, curiosos e inteligentes.

– Até mastigarem as paredes e deixarem sujeira nas prateleiras.

– Parece que estou ouvindo minha mãe – gemeu ela. – Quando eu era pequena, atraí um camundongo para uma caixa com queijo e tentei mantê-lo no meu quarto. Mamãe me bateu com tanta força quando descobriu que cheguei a ver estrelas. Expulsou-o e alimentou o gato do estábulo. Foi o que fez.

Ela contava a história como se fosse engraçada, mas pareceu brutal para Henry.

– Deve ter sido perturbador para uma criança.

Ela abriu um sorriso maroto.

– Sim, eu tinha 14 anos.

Ele sorriu, imaginando uma garota quase crescida, mas ainda com um espírito fantasioso a ponto de desejar um roedor como animal de estimação.

– Devo capturar um camundongo para você cuidar agora?

Ela riu.

– Não, mas obrigada pela oferta tão encantadora. Tenho certeza de que o camundongo não achou nada inspiradora a vida naquela caixa no meu armário. As criaturas selvagens devem ser livres.

Alice se levantou, vasculhou a sacola e voltou para o cantinho junto ao fogo carregando uma pilha de roupas amassadas. Estava tiritando. Talvez pretendesse se cobrir com mais camadas para afastar o frio.

Em vez disso, estendeu-as no chão, improvisando um colchão.

– Pronto. Podemos dormir aqui. Não vai ser confortável, mas será melhor do que deitar no chão frio.

Nós? Ela não poderia estar achando que ele pretendia dividir um leito com ela, improvisado ou não.

– Descanse. Ficarei perto do fogo e tomarei conta dele durante a noite.

– Aqui está mais quente. E há espaço para dois.

Não haveria se fosse mantida entre eles qualquer decência.

– Ainda não estou cansado. Durma. Você teve muito trabalho enquanto fiquei sentado aqui.

Alice não discutiu, apenas fechou os olhos.

Henry obrigou-se a vigiar o fogo, porque seria muito constrangedor se ela o pegasse contemplando-a. Desejou que houvesse luz suficiente para a leitura, pois a Bíblia estava na sua sacola e bem que poderia se beneficiar de uma dose de suporte da escritura. Mas a fogueira estava fraca demais para iluminar qualquer coisa além do círculo mais próximo. Por isso, ele se dedicou ao fogo, recusando-se a olhar para Alice, que ressonava suavemente. Quando a chama baixou, ele olhou o cesto com as toras e ficou alarmado ao descobrir que restavam poucas. Vagou pelo aposento escuro em busca de mais lenha, mas não encontrou nada.

Ele deixou arder o que sobrara, mas, com o vento uivante que entrava pela janela quebrada, o calor era pouco.

O moinho permanecia gelado. Sem o fogo, seria insuportável.

Alice se mexeu.

– Henry? – chamou, sonolenta. – Estou com muito frio. Alimente o fogo.

– Estamos sem madeira – admitiu ele.

– Então venha para cá antes que esfrie mais. Vamos congelar.

– Não posso dividir um leito com você, Alice. Não está certo.

Ele a ouviu soltando o ar, que parecia a mistura de palavras sem sentido e xingamentos.

Alice se curvou e cutucou o joelho dele.

– Henry. Evesham – disse ela, tiritando. – Não vou morrer congelada por causa de uma noção idiota de decência.

– Suspeito que não congelará até a morte – corrigiu-a. – Apenas ficará com muito, muito frio.

– *Henry* – sibilou ela. – *Venha. Aqui.*

Ele foi até a cama improvisada e se ajoelhou ao lado dela. Era errado, mas estava com muito, muito frio e muito, muito cansado.

– Tire o casaco e use-o como cobertor – disse ela. – Assim fica mais quente.

Henry tirou o casaco, tremendo.

Alice levantou a beira da própria capa.

– Aqui, junte-se a mim para se aquecer. Vamos dividir.

Henry queria chorar ao pensar em como o arminho parecia macio e morno, em como o corpo dela devia ser tão macio e morno embaixo dele.

O que significava que ele deveria resistir.

– Sinto muito, Alice – disse ele, jogando o casaco sobre o próprio corpo, virando-se para o outro lado e fechando os olhos.

Mas o sono não veio. Estava com tanto frio que os dedos das mãos e dos pés doíam; a friagem parecia uma dor que se espalhava pelo interior de seu corpo. A seu lado, os dentes de Alice tiritavam alto. Toda vez que uma rajada de vento com neve entrava pela janela, ela estremecia com violência e praguejava.

Teria ela razão? Estaria ele permitindo que o decoro passasse à frente do dever cristão mais amplo de proteger a vida e a saúde? Talvez sim, ou talvez sentisse frio demais para se importar.

(Era a segunda opção.)

– Deus me perdoe – balbuciou. – Venha cá, Alice Hull.

Ele levantou o casaco e ela correu para debaixo dele, acomodando-se sob seu braço.

Tão suave, macio, quente, o corpo de Alice. Ela se curvou contra ele como um caracol que se encaixa na concha, perfeitamente acomodada nos maiores contornos do corpo dele. Ele colocou a capa de arminho sobre a camada de lã, e como já haviam passado do ponto da decência, ele a puxou para si com toda a força, para ajudar a aquecê-la.

Ela se enterrou nele com toda firmeza.

– Podia ter feito isso uma hora atrás, seu miserável.

– Não me lembre das minhas convicções fracassadas ou posso mudar de ideia.

(Ele não mudaria de ideia. Tê-la em seus braços era muito, muito melhor do que congelar sozinho no chão.)

Henry fechou os olhos e ela se remexeu sonolenta junto a ele.

Mas ele não adormeceu. Agora que não sentia tanto frio, sentia dor, o prazer de estar tão perto dela não parecia puramente reconfortante.

Parecia perigoso.

Tudo o que ele conseguia sentir, pensar ou ver era ela – o peito dela subindo e descendo enquanto respirava, os arrepios de frio ocasionais que a sacudiam quando o vento soprava pela janela quebrada, o cheiro de fumaça que emanava de seu cabelo.

Não estava mais cansado.

Sua exaustão, percebeu com medo crescente, tinha sido substituída por uma sensação bem mais problemática: uma agitação junto à virilha.

Cretino.

Tentou se afastar de Alice, colocar alguma distância entre eles, mas ela gemeu em protesto e voltou a se aconchegar.

Com horror, ele sentiu que seu sexo engrossava.

Criatura da sarjeta, infeliz amaldiçoado pelo diabo. Era o que ele imaginava que ela diria se percebesse.

Como podia se encontrar em tal estado naquele frio tão intenso?

Voltou a se afastar, rezando para que ela estivesse num sono profundo demais para perceber a rigidez que expunha sua vergonha. Mas, cada vez que se afastava, ela resmungava, estremecia e diminuía a distância.

Na quarta ou quinta vez que ele tentou se afastar, Alice estendeu a mão para trás e, com os dedinhos ossudos, prendeu a perna dele sobre suas ancas. Tinha uma força surpreendente para uma pessoa tão pequena.

– Henry – disse ela, cansada –, sei que você está duro. Não me importo. É a reação natural de um jovem ao se deitar com uma mulher, especialmente quando se trata de um jovem que talvez não esteja acostumado com tal prática. Estou com muito frio e prefiro muito mais ser cutucada a morrer congelada.

Ele não sabia o que dizer.

Uma parte dele ficou aliviada por ela simplesmente ter abordado o problema. Outra parte queria sair do ninho que haviam construído, correr para o frio e congelar até a morte num monte de neve.

Ele se manteve tenso, mal ousando respirar, pois na verdade sua respiração estava acelerada com aquela onda de desejo, e ele não queria que ela percebesse como suas condições eram de fato péssimas.

Ele orou para que seu pênis diminuísse, como nunca havia orado por nada antes.

Em vez disso, o maldito ganhou vida, pulsando dentro da calça, vazando. O rastro que deixou molhava sua barriga – uma fria repreensão.

Na terceira vez que se contraiu contra ela, Henry não conseguiu ficar em silêncio.

– Sinto muito – sussurrou ele, mal conseguindo pronunciar as palavras de tanto constrangimento. – Eu não tinha a intenção, é que está só... acontecendo.

– Henry – suspirou ela, apertando o ombro dele, o que em nada ajudou. – Nada do que queira me dizer a respeito de pintos me surpreenderia. Passo meus dias limpando os resíduos que deixam no chão. Eu os vejo crescer diante de todo tipo de coisa. Não se preocupe. Apenas me abrace e tente não congelar.

Mas ele não conseguia, pois seu órgão miserável e faminto pulsava rudemente com a mão dela dando tapinhas inocentes em suas costas e ao pensar na familiaridade que ela tinha com o estado em que ele se encontrava.

Ela riu baixinho e mexeu as nádegas para acomodar melhor o espaço tão insistentemente reivindicado pela ereção dele, fazendo-o gemer sem querer.

Ele ia morrer de vergonha ou luxúria, não sabia bem.

Alice deu um suspiro que, curiosamente, parecia de compaixão.

– Se precisa cuidar de si mesmo para ficar confortável, eu não me importo. Não vou ficar olhando.

Henry prendeu a respiração. Ela estava sugerindo que...

– Não! – exclamou ele numa voz estrangulada.

Ela inalou, como se entendesse.

– Sim, suponho que você precise de sua mão para fazer isso.

Antes que ele pudesse responder, Alice colocou a mão sobre a barriga dele, tocando-o levemente por cima da camisa.

– Eu poderia satisfazê-lo, se ajudasse – disse ela, mais gentil do que sedutora. – Quem sabe, então, você não consiga dormir?

O cérebro de Henry se desmanchou numa nuvem de fumaça, enchendo sua cabeça de cinzas. Ele não era nada além do latejar na altura dos quadris, os nervos que reagiam com a leve pressão dos dedos dela sobre o algodão que separava a pele dos dois.

Ele se jogou para trás.

– Tenha misericórdia, Alice – balbuciou ele –, não fale de tais coisas.

Ele seria amaldiçoado pela lembrança daquela agonia durante meses. Anos.

– Estou pensando apenas no seu conforto – disse ela com sinceridade, como se aquele tipo de situação fosse inteiramente corriqueiro.

– Alice! Por favor, não fale nisso. Sou celibatário. Eu já disse.

Ela ficou em silêncio, permitindo que ele se concentrasse com mais intensidade na sua imensa humilhação.

– Quer dizer que você nem mesmo *se toca*? – sussurrou ela, depois de uma longa pausa.

– Não!

– *Nunca?*

– E você? – retrucou ele, infeliz, para acabar com a conversa, querendo desaparecer.

Ela riu baixinho.

– Todas as noites.

A pergunta dele não tinha sido séria. Nem tinha conhecimento de que as mulheres faziam essas coisas. Seu pênis se agitou violentamente diante daquela ideia e, para seu horror, um som saiu de sua garganta, algo como um gemido.

– Ah, pobre homem. – Ela riu. – Não é de se admirar que seu pênis esteja se debatendo como um gorgulho moribundo. Você deve estar em agonia. Como não enlouqueceu?

– Por favor, não vamos discutir isso – disse ele, pois seu membro estava de fato agora em tal estado que, se ela se aproximasse mais, ele poderia explodir, e, se isso acontecesse, ele nunca mais seria capaz de olhar para ela.

(No entanto, uma parte maligna e traiçoeira dele *queria* discutir isso. Uma parte vulgar e pecaminosa dele *adorava* a ideia de Alice Hull fazer tal coisa – se tocar. Ele queria saber como e quando ela fazia aquilo e no que pensava e...)

Ele a queria tanto. Tanto. Maldição.

– Pois bem, reverendo – disse ela. – Mas odeio ver você sofrendo por minha causa.

– Claro que eu não a desonraria desse modo – resmungou ele com o que restava da sua voz destroçada. – Nem a mim mesmo.

– Desonrar? Acho que, quando alguém deseja dar ou receber tal favor, pode ser uma grande honra.

– O que quer dizer? – perguntou ele, genuinamente perplexo.

– Quero dizer que considero lisonjeiro ser desejado. Ou atendido quando se está num estado de necessidade. É o máximo que nós, pessoas comuns, conseguimos nos aproximar da realeza. Não há razão para temer essas coisas, Henry.

– Você... faz isso? Trocar... favores?

– Hum-rum – respondeu ela, numa afirmação sonolenta. – Há muitos favores adoráveis que não trazem problemas para uma garota. Eu poderia falar sobre eles se quiser.

Ele mudou de posição e pressionou o pênis no chão para manter a sanidade.

– Alguns toques, carinhos entre as pernas – disse ela com a voz ligeiramente ofegante. – Beijar aquelas partes desejosas. Não pode ser um pecado tão grave assim, acho. Apenas uma diversão inofensiva que deixa a pessoa se sentindo uma princesa.

A voz dela estava tão rouca que ele se perguntou se ela estaria se tocando naquele momento. Com esse pensamento, as coxas dele começaram a estremecer. Ah, não. *Ah, não.* Um gemido baixo explodiu de sua garganta quando, sem sequer um toque de qualquer uma de suas mãos, sua semente começou a fluir.

– Que Deus me perdoe – sussurrou ele, tapando a boca.

Ele tremeu, incapaz de parar a emissão, incapaz de silenciar a respiração trêmula.

Ele estava gozando, com ela bem do seu lado, o ombro sob seu braço, e com certeza sabia o que estava acontecendo.

– Sabe, Henry – disse ela numa voz terna e sonolenta. – Eu costumava pensar que a luxúria era uma praga. Eu costumava ficar acordada com ela, noite após noite, imaginando o que havia de errado comigo, mas descobri que não há nenhum problema em aliviar-se. Sempre faz com que eu me sinta bem melhor.

Ela sabia que ele entrara em erupção bem a seu lado, *tocando-a*, e dizia a ele para não se preocupar. Henry não respondeu nada, limpando-se furtivamente com a camisa, da melhor maneira possível, odiando-se por de fato se sentir melhor, uma vez que a agonia acabara.

– Enfim, Henry Evesham – sussurrou Alice. – Não o corromperei mais com minha língua perversa. Mas talvez eu tivesse gostado de aproveitar a oportunidade.

Ele não respondeu, porque recitava orações mentalmente.

Perguntava ao salvador por que as confissões de Alice Hull sobre seus maiores segredos seriam coisa do demônio quando pareciam tanto uma graça.

Capítulo vinte e dois

— Alice.

Alice despertou no chão duro e frio, numa manhã luminosa, com Henry Evesham murmurando seu nome. Ela gemeu e manteve os olhos bem fechados por causa da luz. Sentiu que Henry se aproximava dela, agachando-se.

Me toque.

Os dedos dele resvalaram no seu ombro. *Sim.*

– Alice?

Ela entreabriu os olhos o suficiente para ver o rosto dele e erguer os braços. *Venha aqui e me aqueça.*

Mas ele se afastou sem tomar conhecimento do convite, mexendo-se como se não houvesse nada de diferente entre eles.

Como se nada tivesse sido sussurrado e atiçado na noite anterior.

De repente, ela se sentiu desagradavelmente desperta.

– Hora de levantar – tagarelou Henry, mexendo nas bolsas. – Está com fome? Achei uma tora seca que vai servir para o fogo. Vou fazer mingau.

Alice se sentou e esfregou os olhos. Ele fez um ruído triunfante e voltou brandindo uma única colher de prata.

– Temos apenas uma. Mas é melhor do que comer com as mãos.

Alice se encolheu dentro da capa, respirando nas palmas para se aquecer enquanto ele despejava aveia numa panela de neve derretida e agitava a mistura sobre a chama ínfima. Quando estava cozido, Henry veio e deu a ela a panela cheia de uma papa bege e a única colher.

– Para a dama.

Ele sentou-se diante dela. Alice enfiou a colher no mingau e pôs na boca. Tentou não estremecer. Estava muito quente e muito sem graça.

– Delicioso – disse ela, tentando forçar a gororoba sem gosto garganta abaixo.

Henry riu ao ver a expressão dela.

– Normalmente faço com leite e um pouco de sal.

– Não é de se admirar que você recuse pãezinhos com especiarias e arenque defumado quando dispõe de iguarias como essa.

Ela se obrigou a tomar mais uma colherada e depois empurrou a panela no chão na direção dele.

– É todo seu. Obrigada.

Ele comeu uma colherada e estremeceu.

– Não é o melhor que já fiz, admito.

– Melhor do que morrer de fome – concedeu ela. – Mas apenas um pouco melhor.

Henry deu mais algumas colheradas, então empurrou a panela e olhou nos olhos dela.

– Alice, sinto muito por ontem à noite.

Ah, então ele iria *reconhecer* o que acontecera.

Ela balançou a cabeça.

– Não há nada pelo que se desculpar.

– Ah, eu acho que há sim. – Ele suspirou. – Você é... Quero dizer, quando estou perto de você me sinto... – Henry olhou para o rosto de Alice e depois desceu o olhar para as suas mãos. – Sinto demais para o meu próprio bem, ao que parece.

O desejo em seus olhos fez com que ela quisesse chorar. Fez com que ela quisesse tomá-lo em seus braços.

Mas Henry não professava o tipo de sentimento que solicitava *mais* afeição. Falava num tom que deixava claro que o desejo que sentia por ela era uma tentação indesejada à qual ele sucumbira.

Alice compreendia. Também não queria *desejá-lo*. O abismo entre as formas de pensar deles era profundo demais para ser transposto de maneira satisfatória. Ela desejava um homem que quisesse seu afeto e seu desejo. Não queria um amante cujo juízo – dela ou de si – ela tivesse que temer no dia seguinte.

Mesmo assim, ela queria que ele soubesse que não estava sozinho. Ela não era nem remotamente inocente. Cada palavra que dissera no escuro para ele tinha sido deliberada. Cada inspiração dele, cada tremor do corpo dele, ela sentira como se também fossem dela.

– Henry, se falei com excessiva ousadia ontem à noite, então também sinto muito. Eu me deixei envolver pelo momento e talvez eu tenha imaginado... Sabe, você também me faz sentir um bocado.

Esperava que ele entendesse, com seu jeito modesto, que o que ela realmente queria dizer era: *Eu queria você. Meu corpo não revela sua necessidade de modo tão inconfundível quanto o seu, mas, se o fizesse, você entenderia que, mesmo agora, eu a sinto intensamente.*

Ela percebeu que ele compreendia, pois sua boca se abriu e depois fechou. Um vermelho intenso surgiu no centro de cada bochecha, e ele olhou para baixo.

– Não foi sua culpa, dada a minha excitação. Eu venho... lutando contra coisas, desejos e eu... – Ele baixou a voz. – Estou lisonjeado por você sentir o mesmo.

Sei de tudo, Henry, ela queria dizer. *Como é arder*. A única diferença entre eles era que ela não acreditava mais nos méritos de se deixar arder. A vida era curta e, muitas vezes, brutal. Sofrer deliberadamente – privar-se de prazeres fáceis e inofensivos – era perda de tempo.

Ela se esticou e tomou-lhe a mão ilesa.

– Não há vergonha nisso, Henry Evesham, em estar vivo. Em querer coisas.

– Obrigado – disse ele suavemente. – Se as coisas fossem diferentes... bem, você é adorável, Alice.

Ah, ela sentiria falta dele. Ela sentiria tanta falta dele que a tristeza quase a deixou sem ar.

Acostume-se. Existem muitas coisas que você deseja, mas sem as quais terá que viver.

Ela levantou-se depressa.

– Vou arrumar minhas coisas para seguirmos viagem.

Ela começou a recolher as roupas que tinha colocado no chão para dormirem, enrolando-as, para não ter que olhá-lo. Quando se virou, ele havia pegado a bolsa dela e a abrira para que ela pudesse devolver os vestidos.

– Um momento – disse ela, tentando formar uma bola menor, para que coubessem.

Os olhos de Henry se desviaram para o interior da bolsa e sua expressão mudou. Ela seguiu seu olhar e percebeu o que ele via.

Um livro encadernado em couro marrom.

Alice sentiu o coração se apertar. A única coisa que conseguiu pensar foi em fingir que não percebera o que ele vira e esperar que ele presumiria estar errado. Mas ele enfiou a mão na bolsa e tirou o livro.

– Henry – disse ela, depressa, mas ele já havia aberto o volume para confirmar suas suspeitas e naquele momento fitava a própria escrita.

Ele ergueu os olhos, chocado.

– Alice, o que...

Ele balançou a cabeça como se estivesse procurando as palavras.

Ela não fazia a mínima ideia do que dizer. Como poderia explicar?

– Eu não... – balbuciou. – Veja bem... eu... quer dizer...

– Você está com meu diário – declarou ele como se tentasse se convencer de que aquilo era verdade. – *Você está com meu diário*.

– Peguei-o por engano – disse ela com a voz débil. – Nem sabia que era seu. Só percebi ontem.

– Você *leu* isso? – perguntou ele, segurando-o com a mão boa, que tremia.

– Não! – disse ela. Mas não era verdade. – Li – admitiu ela com mais suavidade.

Ele a encarava como se ela não passasse de uma serpente.

– Eu ia devolvê-lo. Só estava tentando pensar num jeito de explicar por que ele está comigo e...

– Você deveria ter devolvido no instante em que o encontrou, sem ler! – berrou Henry. – É particular. É pessoal. Não são vocês que vivem falando em confiança? Em discrição?

Alice não sabia o que dizer. Ele estava absolutamente correto. Ela *deveria* ter devolvido. Mas aquilo deixaria os dois pouco à vontade e a faria parecer uma ladra ou uma chantagista, e ela não queria perder a estima dele. Decidira que devolver o livro para Elena seria a forma mais elegante de resolver toda aquela bagunça.

Ele a fitou, as faces em chamas.

– Foi por isso que se ofereceu para me tocar na noite passada? Porque sabe sobre minha...

– Não! – exclamou ela. – Eu o desejava antes mesmo de ler.

Henry ficou paralisado. Ela percebeu que fora absolutamente franca sobre o que os dois trataram de modo tão vago e torturado. Decidiu dizer a verdade.

– Quando percebi que era seu, isso me fez desejá-lo mais ainda.

Ele pôs o livro na própria bolsa, parecendo enojado.

– Venha – disse ele, ríspido. – Vamos embora.

Capítulo vinte e três

Henry conduzia o cabriolé devagar, mas com determinação, pela estrada, parando de vez em quando para tirar galhos de árvores caídos durante a tempestade, ignorando os protestos de Alice sobre a mão dele.

Ele pedia pela dor. Recebia bem qualquer coisa que o distraísse de seus pensamentos.

Da presença dela, a seu lado.

Da viagem, que deveria levar menos de uma hora, mas levava duas.

Durante aquelas duas horas ele não dissera uma única palavra a Alice. Quanto mais se aproximavam de Fleetwend, mais infeliz ele se sentia. A intensidade da dor se transformara em algo mais parecido com um peso em seu coração.

Machucava saber que ela havia feito aquilo. *Machucava*.

Passaram por uma placa que informava que a aldeia dela ficava a apenas três quilômetros de distância. Estranhamente, a tempestade de neve não havia alcançado a região. Não havia gelo algum no chão.

— A entrada fica logo ali na frente, à direita — disse Alice em voz baixa.

— Alice, quanto você leu do meu diário?

A pergunta foi abrupta, mas ele sabia que nunca mais tornaria a vê-la depois daquela viagem e que nunca saberia a resposta se não perguntasse naquele instante. Havia determinados trechos que o faziam arder de constrangimento, trechos que poderiam arruiná-lo. Não *queria* saber. Precisava saber.

Ela olhou para ele com um ar triste.

— Não muito, Henry. Mas o suficiente.

O suficiente. Ele assentiu, retesado por tamanha vergonha que sentia como se seus ossos fossem feitos da porcelana mais frágil e delicada do pai.

– O suficiente – repetiu Alice, com gentileza – para saber que você é uma pessoa maravilhosa. E eu gostaria que você conseguisse enxergar isso.

A porcelana se espatifou em mil pedacinhos minúsculos e dolorosos.

Henry nada disse. Não confiava no que poderia dizer.

– Quando a Sra. Brearley convidou-o pela primeira vez para visitar a casa de chicoteamento, fiquei zangada – disse Alice, em voz baixa. – Falei para ela que estava colocando todos nós em perigo, e ela insistiu que eu estava enganada sobre você. Ela acreditava que você queria genuinamente fazer o bem, ajudar e que faria a coisa certa se tivesse a oportunidade.

Alice parou, porque sua voz estava trêmula. Respirou bem fundo.

– E agora que o conheço, Henry, vejo que ela estava certa. Sinto muito por ter lido seu diário. Sinto muito por não ter devolvido assim que percebi que era seu. Mas não sinto muito por conhecer seus pensamentos. Porque eles me fizeram compreender os motivos que me levavam a gostar de você, mesmo quando eu achava que não deveria.

Lágrimas tinham aparecido nos olhos dele e ele piscou com raiva, tentando se livrar delas. Por que aquelas palavras significavam tanto para ele? Por que naquele momento, quando deveria estar furioso com Alice, a emoção mais forte era a tristeza por saber que o tempo dos dois juntos acabaria?

Desejou não ter visto o diário na bolsa de Alice.

Fez a curva para entrar no vilarejo, respirando devagar no esforço de se recompor antes que tivesse que usar a voz outra vez para se despedir. Quando chegaram à pequena praça no centro da cidade, ela se virou para ele.

– Pode me deixar aqui.

Ele olhou para a praça, que estava vazia.

– Onde fica sua casa?

– Ah, não, pode parar aqui na praça. Não quero ser inconveniente caso o tempo mude de novo. Faço o restante do caminho a pé.

Ele a olhou com desagrado.

– Por quê?

Havia uma estranha expressão no rosto de Alice, como se estivesse nervosa. Parecia estar tentando pensar numa resposta, e isso o deixou zangado.

– Conduzi-la por mais alguns minutos até a sua porta não é um fardo a mais quando passei a maior parte da semana tentando trazê-la de volta para casa em segurança. Por favor, mostre-me o caminho.

Ela ficou mexendo na gola da capa.

– Siga em frente nessa estrada – disse Alice por fim. – Você vai ver uma igreja no alto de uma colina. Nosso chalé fica no vale logo abaixo.

Ele assentiu perguntando-se por que ela, que havia lido alegremente sobre seus medos e fantasias, agia como se lhe contar onde *morava* fosse uma confissão difícil.

Ele logo viu a igreja a distância. Estavam a poucos minutos de viagem.

– Quando chegarmos – disse Alice, numa voz muito baixa –, preciso pedir... isto é, não considero que seja uma desonestidade de minha parte embora eu ache que você discordaria... mas ninguém aqui sabe a verdade sobre minha vida em Londres.

Ele virou a cabeça bruscamente.

– O quê?

Ela suspirou.

– Acreditam que trabalho como criada de uma viúva, parente de meu pai. Eu não quis que ficassem mais preocupados...

Ele assentiu, seco.

Alice se encolheu no seu lado da carruagem. Claro que não escapou a nenhum dos dois que ela, que defendia a nobreza de seu trabalho, guardava segredo do mesmíssimo modo que alguém que se envergonha. Henry especulou se Alice teria sido, todo aquele tempo, mais parecida com ele do que estava disposta a admitir. Ambos tentando viver de acordo com determinadas convicções. Ambos oscilando na prática.

Se ele se sentisse mais generoso em relação a jovem, ficaria triste em saber que ela, que acreditava tão fervorosamente numa vida livre, sem julgamento, havia escondido aquilo da mãe moribunda. Mas Henry estava determinado a não continuar com o mau hábito de se permitir emoções suaves por causa de Alice Hull.

– Não direi o contrário – disse ele secamente. – Não desejo causar problemas para você.

Ele saiu da estrada e se viu diante de um pequeno chalé escondido num vale, com um celeiro em ruínas e um único campo que parecia não estar sendo semeado. O telhado precisava de reformas e a residência inteira tombava para um lado. A casa em si era pequena – não podia ter mais do que quatro aposentos. Apesar do mau estado, ela ficava num lugar bonito, com uma floresta na divisa com as terras e uma vista da grande e bela igreja no alto da colina.

A porta da frente da casa se abriu quando se aproximaram, e duas garotas vieram correndo na direção deles. Uma delas era mais ou menos da altura de Alice e a outra era uma criança. Ao vê-las, o rosto de Alice se abriu num sorriso.

– Liza! Sally!

Assim que ele parou a carruagem, ela saltou e correu para as irmãs. As três quase caíram uma por cima da outra, abraçando-se com tanta força que era como se fossem uma só.

Por mais zangado que estivesse com Alice, ele não pôde deixar de ficar comovido com a emoção óbvia naquele abraço.

– Como você cresceu, Liza! – exclamou Alice, recuando um passo para admirar a garota maior. Virou-se para a mais jovem. – E você, Sally, é a própria imagem do papai. Só que um pouco mais bonita.

A menina mais nova riu, mas a mais velha parecia fora de si.

– Por onde *andou*, Ally? Estávamos tão preocupadas achando que algo terrível pudesse ter lhe acontecido.

Alice segurou os ombros da irmã e olhou-a nos olhos.

– Eliza, eu *nunca* permitirei que vocês enfrentem a vida sozinhas. Fui pega pela maldita neve, mas passei dias correndo para cá.

– Que *neve*? – protestou a garota. – Não nevou o inverno inteiro.

Henry olhou para a paisagem à sua volta. Estava frio e úmido, mas não havia nem mesmo geada nas árvores. Ele não conseguia entender.

– Como está mamãe? – murmurou Alice, pegando as mãos da garota mais velha.

As irmãs de Alice trocaram um olhar preocupado. A mais velha engoliu em seco.

– Ela está resistindo, descansando. Vai ficar muito feliz por você ter voltado para casa.

– Claro que voltei para casa – disse Alice, puxando as duas de volta para seu abraço.

Seus olhos pousaram em Henry. Havia um toque de assombro nos olhos da jovem, mas a rouquidão que ele ouvira na voz dela ao correr para as duas tinha desaparecido.

Ela estava sendo forte pelas irmãs.

Ele se perguntou quando ela se permitiria ser fraca, ou se isso aconteceria um dia.

– Meninas – disse ela –, este é o Sr. Evesham. Um amigo da minha patroa que teve a gentileza de me trazer até aqui.

Ele fez uma reverência para as meninas.

– É um prazer conhecê-las, apesar das circunstâncias tão sombrias.

As meninas fizeram uma reverência para ele.

Henry se voltou para Alice.

– Eu devo ir agora. Vou orar pela saúde da sua mãe.

– Espere – disse ela.

Sua voz era urgente, quase estridente. Ele parou.

Ela foi até ele e tocou sua mão.

– Entre e se aqueça primeiro – disse ela com suavidade, olhando em seus olhos como se fizesse um apelo. – Dê feno, água e um pouco de descanso para os cavalos.

Sua voz era firme, mas seus olhos estavam desesperados. Se antes não queria que ele a levasse para casa, agora, por algum motivo, não queria que ele fosse embora.

– Acabei de fazer o almoço, Sr. Evesham – disse Eliza, a irmã mais velha. – Ficaríamos felizes se o senhor pudesse se juntar a nós.

Ele não queria se demorar ali, sentindo-se tão zangado como estava. Mas Alice tinha razão em relação aos cavalos.

– É muita gentileza. Se eu puder colocar minha parelha em seu celeiro...

Depois de cuidar das éguas, ele seguiu as meninas para dentro de casa. O chalé era limpo, mas pequeno e fechado. Havia uma névoa no ar, como se a fumaça do fogo do carvão não pudesse escapar pela chaminé e permanecesse lá dentro. Ele sabia usar as mãos para o trabalho – uma habilidade necessária para realizar a manutenção da casa de reuniões, em troca de acomodação. Ansiava por se oferecer para consertar as coisas, mas reprimiu o impulso, sensível de que poderia constranger a família se insinuasse que a casa estava menos do que em ordem.

Ele percebeu pelos poucos móveis surrados e decorações desgastadas, pelas prateleiras vazias que se passavam por despensa – uma sacola de maçãs, algumas cebolas, um saco de farinha que parecia quase vazio –, que o dinheiro devia ser muito escasso.

Ele sentiu uma pontada momentânea por ter envergonhado Alice pelo trabalho dela quando a família da jovem claramente precisava de cada centavo que pudesse receber. Devia ter parecido cruel e arrogante da parte dele, especialmente depois de ela ter visto a riqueza ridícula do pai dele.

Independentemente de qualquer mal-estar que pudesse haver entre eles, Alice estava certa. Ele não deveria perder isso de vista quando começasse a escrever suas recomendações aos Lordes.

– Vou entrar e ver a mamãe – disse Alice.

– Não, não – disse Eliza, rapidamente. – Ela acabou de adormecer e é muito raro que consiga descansar com a dificuldade de respirar. Vou levá-la para vê-la depois do almoço, e daremos a ela um pouco de caldo. Ela vai ficar tão feliz por ver você!

Alice pareceu perturbada ao ouvir aquilo.

– Vou entrar em silêncio...

Sally se aproximou, tomou a mão de Alice e levou-a para uma cadeira à mesa.

– Mamãe precisa de descanso. O médico disse que é muito importante.

– E eu fiz seu prato favorito – acrescentou Eliza. – Sopa.

Ela piscou para Alice como se fosse uma espécie de piada.

– Como senti falta da sua sopa – gemeu Alice. – Uma iguaria rara e exótica.

Sally olhou para Henry.

– Liza consegue fazer sopa com qualquer coisa – cochichou, franzindo o nariz. – Restos de cenoura. Sapatos velhos. Pedras.

– Na verdade – pronunciou Eliza, despenteando o cabelo de Sally –, hoje vamos comer como reis. O Sr. Hovis matou a vaca e nos trouxe um belo pedaço de carne.

Ela entregou a Henry uma tigela de caldo repleta de pedaços de carne. Alice pareceu horrorizada.

– Ah, Eliza, o Sr. Evesham não...

Mas Henry balançou sutilmente a cabeça, chamando sua atenção.

– Estou faminto, Srta. Eliza. E isso está com um cheiro delicioso. Por acaso, ensopado de carne é meu prato preferido, perdendo apenas para a sopa de sapatos velhos, é claro – acrescentou ele, com uma piscadela para Sally.

Alice olhou para Henry com gratidão, e ele sorriu para ela, tentando comunicar com os olhos que ela não precisava adicioná-lo à sua considerável lista de preocupações. Não importava a tensão que havia entre os dois, ele não constrangeria a família dela.

– Conte-nos sobre sua vida na cidade, Ally – pediu Sally com a boca cheia de pão.

– Mastigue antes de falar, minha querida – corrigiu Alice.

Sally deu uma risadinha e mastigou teatralmente. Depois de engolir, ela repetiu a pergunta, assumindo uma versão distante de um sotaque aristocrático.

– Conte-nos, por favor, sobre sua vida na cidade, Srta. Hull.

Henry riu do atrevimento dela, mas parou ao ver que Alice o olhava nervosamente, como se temesse que ele contrariasse qualquer uma de suas afirmações. Ele se inclinou na direção da irmã mais nova.

– A Srta. Hull é um membro querido da casa em que trabalha. A Sra. Brearley me disse que Alice é a melhor empregada que ela já teve.

Suas irmãs sorriram para ela com óbvio orgulho.

– Mamãe fala de você para todos que querem ouvir – disse Eliza. – "Minha filha, a senhorita londrina, nos enviando bons presentes da cidade." Ela levou seus confeitos de cereja ao mercado e os deu para todo mundo, na boca. Até para o pobre Sr. Dunn, que não tem dentes para mastigar.

Alice riu, mas se encolheu visivelmente ao ouvir aquele elogio.

– Lamento por só ter enviado as cerejas – disse ela. – Senti falta de vocês no Natal.

– Bem, também sentimos sua falta, mas William disse que você conseguiu se alegrar bastante nos mercados de Londres. Ele nos contou tudo sobre as luzes e as canções de Natal. Disse que você lhe deu memórias que ele guardará para sempre.

O carinho com que Eliza disse aquelas palavras fez Henry se perguntar quem seria o tal William. Alice estava ligada àquele homem? Não precisaria estar, para ele visitá-la em Londres e levá-la a um mercado de Natal? Ele teria conhecimento de seu verdadeiro emprego? Teria recebido seus... favores?

(Inveja. Inveja absoluta e desprezível. Ele precisaria orar por um dia inteiro depois disso. Um mês.)

Alice apenas deu um débil sorriso e enfiou o pão na boca, recusando-se a olhar para Henry.

— Como o senhor conheceu a patroa de Alice, Sr. Evesham? — perguntou Eliza. — Temos muita curiosidade sobre ela. Mamãe diz que é uma grande dama.

Henry ainda não havia superado a desorientação de imaginar Alice sendo cortejada, ou ainda — (pare!) — e se atrapalhou para formar as palavras.

Alice engoliu o pão sem mastigar direito para se adiantar.

— O Sr. Evesham era um amigo querido do falecido marido da Sra. Brearley, o capitão do mar.

Ele se viu assentindo.

— Sim. Um bom homem. Um capitão do mar.

— O senhor é marinheiro? — perguntou Sally, parecendo empolgada com a possibilidade.

— Receio que não seja nada tão emocionante assim. Preparo-me para ser um ministro religioso e administro uma instituição de caridade.

Ele não mencionou seu trabalho para a Câmara dos Lordes, para evitar outras perguntas sobre a natureza específica de seu trabalho, o que poderia fazer a família temer que Alice estivesse se relacionando com pessoas de má reputação.

— Você é um ministro? — perguntou Eliza, olhando estranhamente para Alice, que inspecionava a sopa.

— Sou.

Ele havia terminado a sopa e deveria seguir seu caminho. Mas ele hesitava. Não sabia por que desejava prolongar sua estada naquele lugar, exceto que sentia uma espécie de dor em torno do coração, porque as palavras de Alice continuavam em sua cabeça.

O suficiente para saber que você é uma pessoa maravilhosa.

Ele nunca havia sentido uma mistura tão perturbadora de afeto, desejo e irritação por qualquer ser humano em toda a sua vida como sentia por Alice Hull. Talvez fosse apenas a dificuldade das condições climáticas, a estranha direção em que a jornada os levara, as grandes emoções das circunstâncias em que se encontravam, mas ele se sentia como nos tempos da universidade, quando sua cabeça vivia num tumulto ao ter a sensação de avançar inexoravelmente em direção a um futuro que sentia, mas ainda não compreendia.

O que aquele miasma interno tinha sido, em retrospecto, eram os primeiros sinais de sua salvação. Seu coração se abrindo para Deus.

O que se abria nele agora?

– Eu ficaria feliz em orar por sua mãe antes de partir, se assim quiserem – ofereceu ele.

Deveria ter oferecido antes. Estivera envolvido demais com a própria raiva para exercer a compaixão.

Eliza retorceu a boca, olhando de soslaio para Alice.

– Ah, não podemos pedir isso ao senhor.

– Não seria nenhum problema. É o mínimo que posso fazer depois deste almoço delicioso.

Eliza franziu a testa.

– Veja bem, Sr. Evesham, mamãe não anda em boas graças com a Igreja. Ela deixou de frequentá-la depois da briga de Alice com o vigário.

Alice ficou de olhos arregalados.

– Mamãe deixou de frequentar?

Eliza assentiu.

– Nunca mais voltou depois do funeral do papai.

Alice parecia ter acabado de levar um soco no estômago.

– Posso perguntar o que aconteceu? – perguntou Henry.

– Não foi nada – disse Alice em voz baixa, o rosto perturbado. – Apenas uma discordância.

– O vigário não deixou Ally tocar o órgão no funeral de nosso pai – contou Eliza. – Disse que seria uma profanação que uma mulher com o caráter dela tocasse na igreja e que nosso pai era um filisteu por deixá-la sair por aí se apresentando. Mamãe assistiu ao funeral por causa do papai, que Deus o tenha, mas nunca mais entrou naquele lugar. Alice nem compareceu aos rituais. Mas acho que mamãe sente falta. Ela ora sozinha.

Alice olhou para o colo, piscando para se livrar das lágrimas.

Henry não conseguiu conter a indignação. De todas as coisas que imaginou que pudessem ter arrancado Alice de sua fé, um *vigário* não era uma possibilidade que ele teria levado em consideração.

– E esse homem, seu vigário, não fez nada para receber sua mãe de volta à igreja? Nem mesmo em sua doença recente?

Eliza pareceu pouco à vontade.

– Não... Ally disse a ele que ele era um filho de Belzebu pustulento. Depois disso, acho que ele decidiu que não éramos dignas de seus esforços. Além disso, ele quase nunca vem à cidade e não há um pároco auxiliar.

Isso o deixou com mais raiva ainda. Guardar rancor das emoções de uma filha enlutada contrariava o espírito do ministério religioso. E ocupar uma paróquia sem atender às necessidades religiosas da comunidade era tão ruim quanto – era exatamente o tipo de comportamento pestilento que o fez começar a questionar seu desejo de assumir um posto mais alto na Igreja da Inglaterra durante seu breve ano como pároco auxiliar.

– Uma péssima prática, vigários mandando sozinhos nas paróquias – disparou ele, em voz alta. – Se o sujeito tivesse alguma decência, pelo menos atenderia os doentes, independentemente de seus relacionamentos no passado. Lamento que sua mãe tenha sido negligenciada em sua fé, especialmente em tempos de necessidade.

Alice, que ele sabia que havia contido as lágrimas corajosamente durante dias, de repente caiu em pranto.

Capítulo vinte e quatro

— Ah, Ally! – exclamou Eliza, dando um pulo e abraçando a irmã. – Não chore por causa do vigário!

Mas Alice não chorava por causa do vigário. Chorava porque a mãe nunca mais voltara à igreja, o centro da vida social do vilarejo, que sempre tinha sido seu maior conforto. Chorava porque ela persistira naquele ato silencioso de lealdade a uma filha que sequer se dignara a voltar para casa no Natal.

E agora a mãe jazia no aposento ao lado, moribunda, e Alice nem ao menos havia segurado sua mão.

Dera ouvidos aos avisos das irmãs porque uma pequena parte dela, assustada, esperava que, se demorasse a ver a mãe doente e em sofrimento – sua mãe vigorosa, vibrante e forte –, a verdade com a qual não conseguia lidar não seria real. Mas não podia mais esperar.

Toda a emoção que ela reprimira durante a viagem escapava dela em grandes soluços devastadores.

Alice se levantou, incapaz de conter as lágrimas.

– Ah, pobre mamãe... Sinto muito, Liza, mas tenho que vê-la.

Eliza deu um pulo e se pôs na frente dela, parecendo assustada.

– Não, Alice, ainda não. Deve esperar um pouquinho mais para que ela descanse. O médico disse...

– Que importa se ela está à beira da morte? Preciso vê-la. E Henry pode fazer uma oração junto dela. Sei que significaria muito.

– Claro – murmurou Henry. Ele havia se levantado. – Qualquer coisa que eu possa fazer por ela.

– Ally, ainda não – insistiu a irmã, pondo a mão em seu ombro para impedi-la.

Alice passou por Eliza, correu para o quarto da mãe e abriu a porta, preparando-se para a escuridão, para os cheiros de doença, para a respiração arquejante.

Mas as cortinas estavam abertas, deixando entrar a luz acinzentada do inverno.

A cama estava bem arrumada com a colcha do enxoval de casamento da mãe.

E não havia ninguém nela.

– Mamãe?

Alice se virou, atravessou o corredor até o outro quarto, perguntando-se se a mãe estaria dormindo no quarto das meninas por algum motivo. Mas aquele cômodo também estava arrumado e vazio.

Meu Deus. Meu Deus.

Não havia chegado a tempo.

– Onde ela está? – perguntou aos gritos, correndo de volta para a cozinha. – Ela não está aqui.

Eliza e Sally ficaram paralisadas como se estivessem sob um encanto.

E ela soube.

Ela soube.

A mãe morrera e elas não quiseram lhe contar diante de Henry. Estavam esperando que ele fosse embora.

Ela ia passar mal e sujar o chão todo.

– Ela morreu – ofegou ela, quase perdendo o equilíbrio. – Não é? Não é?

Henry correu para junto dela, e as irmãs vieram atrás dele, gritando.

– Não, Ally, não chore! – disse Eliza, com desespero. – Ela está apenas...

Sally correu para a porta da frente e a escancarou.

– Ally, não chore, não chore – disse a irmãzinha. – Vá olhar. Ela não morreu, ela está lá fora.

Lá fora? O que uma moribunda fazia ao ar livre tomando o ar gelado do inverno?

Alice correu para a porta. Uma carroça estava parando na estrada de acesso ao chalé, carregando algo grande, de madeira, coberto por uma lona.

Um caixão.

Mas não, um caixão não seria tão alto. Ela apertou os olhos para ver o condutor.

Era William Thatcher. E sentada ao lado dele, parecendo vigorosa como sempre, com bochechas rechonchudas e rosadas, esbanjando saúde, estava a mãe de Alice.

Muito viva.

E acenando.

– O quê? – balbuciou Alice.

Ela se virou para as irmãs.

Sally Ann estava radiante como se o próprio rei estivesse naquela carroça. Eliza apenas parecia pálida.

– Liza – sibilou Alice, furiosa. – Você me disse que a mamãe estava doente. *Morrendo*. Ela parece bem.

Eliza começou a chorar no mesmo instante.

– Eu sinto muito. Ela *esteve* um pouco doente. Ela me disse para exagerar, pois queria ter certeza de que você voltaria para casa.

– Você mentiu? Você mentiu para mim sobre *a morte* de nossa mãe?

– Não fique com raiva! – falou Sally. – Mamãe está ajudando William a planejar uma surpresa para você, só isso.

Alice voltou a cabeça para a carroça que se aproximava. A chuva começara a cair quando eles estavam comendo, e o ar tinha uma qualidade espessa e úmida. O dia claro ficara sombrio.

A mãe sorria alegremente para ela da carroça e William Thatcher também sorria. Entre eles, no assento, havia um grande buquê de rosas de estufa.

Alice começou a sentir uma forma muito diferente de pavor.

Pôs a mão no peito, porque sua respiração vinha com tanta rapidez que ela sentiu que ia desmaiar.

A carroça parou diante da casa. Sally Ann correu para pegar as rédeas de William e amarrar o cavalo ao poste.

A mãe de Alice desceu e abriu os braços.

– Ally! Minha menina! Você voltou para casa! Finalmente você voltou.

Alice ficou imóvel e aceitou o abraço da mãe, incapaz de se mexer, de falar ou mesmo piscar.

– William andou planejando uma surpresa para você – sussurrou a mãe, a voz cheia de entusiasmo, e apertou os ombros de Alice.

William se aproximou lentamente, tímido, segurando o buquê. Quando ele a alcançou, fez uma reverência e ofereceu as rosas.

– Alice, há algum tempo não é segredo que quero que seja minha esposa. Espero que me dê a honra de aceitar minha mão.

Alice olhou para as rosas, tão vermelhas. Para William, tão loiro. Para a mãe, tão alegre.

– Aceite as rosas – incentivou a mãe, batendo palmas de alegria.

Atordoada, Alice não conseguiu pensar em nada, a não ser em obedecer. Ela tirou as flores das mãos de William, que se virou e gesticulou em direção à carroça.

– Eu sei como você adora música, Ally, então, como símbolo do meu afeto, passei o último ano fazendo um presente de casamento para você.

Ele sorriu, então caminhou até a carruagem e puxou uma ponta da lona. Era um harmônio – bonito – todo de estanho, reluzente, em madeira trabalhada à mão.

– Consegui rastrear aquele que seu pai possuía, aquele que ele usou para ensiná-la a tocar. Estava em péssimo estado, mas preservei as teclas originais de marfim. Estão marcadas pelos dedos dele.

Alice tapou a boca.

O pai sempre dissera que William era um artesão talentoso. E aquele órgão, ela percebia, era uma verdadeira obra de arte. O fato de ter feito um instrumento para Alice com as teclas do órgão do pai dela era um gesto tão tocante que a fez, genuinamente, perder o fôlego.

Seria tudo muito comovente *não fosse a armadilha que a família inteira havia preparado para ela.*

– Está emocionada – declarou a mãe, confundindo a fúria da jovem com sentimentalismo. – Mal consegue falar. Acho que vai lhe fazer bem voltar a tocar.

William sorriu para Alice com carinho, os olhos azuis cintilantes.

– Você sempre foi a melhor vitrine do Sr. Hull, Ally. E agora vai ser a minha.

Vitrine.

Alice ouviu atrás de si um som que ecoava o que ela sentia: um arquejo estrangulado. Virou-se e viu que vinha de Henry, cujos olhos encontraram os dela, horrorizado.

– Pois bem, não fique aí parada boquiaberta, Ally. – A mãe riu. – Responda.

Ela olhou para William parado com a mão no instrumento que havia feito usando as habilidades que aprendera com o homem que a amara mais do que ninguém.

Sentiu como se flutuasse e observasse a cena de algum lugar, lá no alto. E o que ela via lá embaixo, na entrada da casa da mãe, não era um retrato de si mesma sendo brindada com seu futuro.

Era um retrato de si mesma prestes a se despedir de seu passado.

– Não, William, não posso me casar com você. Sinto muito.

– Ally! – ganiu a mãe. Ela agarrou o ombro de Alice de um modo doloroso. – O que está fazendo? – sibilou.

Alice puxou o braço com brusquidão.

William era um homem bondoso, de quem fora amiga desde a infância. Um homem que enxergava além da sua reputação de jovem oferecida e mal-educada e via o talento dela. Alice sabia que tipo de vida teria com ele. Confortável, segura, familiar.

Mas ela não queria o que era familiar. Não queria ser desejada por seu *talento*.

Queria um homem que a desejasse como Henry Evesham a desejava. Alguém que ardia por ela.

– Não seja tola – cochichava a mãe. – É exatamente o que todos nós planejamos. Exatamente o que seu pai queria.

– Não, não foi isso que *eu* planejei. Na verdade, não fui sincera com você. Com nenhum de vocês. – Ela inspirou profundamente. – O lugar onde trabalho em Londres... é uma casa de chicoteamento. Um clube particular onde as pessoas vão para desfrutar desejos incomuns.

Ela olhou para a mãe para ter certeza de que ela compreendia.

A mulher arregalou os olhos.

– Alice! Não fale de tais...

– Não, está na hora de falarmos com sinceridade. Cuido do estabelecimento e às vezes ajudo minha patroa com os sócios do clube. Estou em treinamento para assumir outras tarefas. Para me tornar uma governanta, como minha patroa.

William soltou o ar suavemente.

– Ally, você não precisa fazer isso. Tenho dinheiro para cuidar de todas vocês...

Ela balançou a cabeça.

– William, você é muito bondoso por fazer o que meu pai lhe pediu, mas, veja bem, nunca me senti tão em casa como me sinto em Londres. Vi coisas que o chocariam e cobiço cada uma dessas visões. Se eu voltasse para cá, para me casar com você, eu ficaria sempre ansiando por outra coisa. E isso não seria bom para nenhum de nós dois. Simplesmente não posso.

William fitou-a, em choque e silêncio.

E foi aí que algo plano e frio atingiu o rosto dela.

A mão aberta da mãe.

Ela cambaleou, pois o golpe a atingira com tanta força que ela quase perdeu o equilíbrio.

Então Alice levantou as saias e saiu correndo.

Não sabia para onde ia.

Mas sabia que seu futuro não terminaria – não podia terminar – em Fleetwend.

Capítulo vinte e cinco

Ninguém se mexeu enquanto Alice disparava em direção à colina. Henry esperou que aquele homem, William, saísse correndo atrás dela – mas ele apenas olhava para a Sra. Hull, intrigado, parecendo confuso por sua proposta ter sido rejeitada. Henry queria sacudi-lo. *Você a chamou de vitrine. Vitrine! Por acaso a conhece? O que eu não daria por tal...*

– Garota esquisita, ingrata – resmungou a Sra. Hull num tom cheio de autocomiseração. – Sempre foi um problema para mim.

Henry não conseguiu permanecer em silêncio.

– Senhora, sua filha viajou por cinco dias em condições climáticas péssimas para vir até aqui, temendo não chegar a tempo. Ouvi seus soluços de dor, durante a noite, do outro lado da parede, pensando que a senhora estava à beira da morte. Orei com ela por sua saúde e por sua alma. Não importa o que pense dela, ela a ama. Foi muito indelicado de sua parte fazê-la pensar que a senhora estava agonizante quando simplesmente poderia ter dito a verdade.

– E quem é o senhor? – desdenhou a mulher. – Alguém daquele lugar abominável onde ela trabalha?

– Sou amigo de Alice. E acho que ela merece mais do que ser enganada.

– Enganada! Um marido bonitão e um órgão... a maioria das moças adoraria ser enganada assim, pelo que sei.

– Queríamos apenas fazer uma surpresa, não enganá-la – disse William, o pretendente, ofendido. – Eu esperava fazer algo de bom por ela. O pai dela me pediu para cuidar das suas meninas depois de sua morte, mas levei mais tempo do que imaginava para conseguir me estabelecer.

Houve um grande estrondo de trovão e um relâmpago cruzou o céu com violência.

– Will, o órgão! – exclamou a Sra. Hull. – Esqueça Ally. Precisa entrar com a carroça no estábulo antes que ele seja arruinado.

Henry olhou-a sem conseguir acreditar que um instrumento pudesse lhe causar mais apreensão do que os sentimentos da filha.

– Mas Alice... – protestou William debilmente.

Henry engoliu uma onda de ciúme irracional e desagradável ao ouvir aquele homem pronunciar o nome dela.

A Sra. Hull fez um gesto com a mão.

– Provavelmente ela foi ao cemitério para reclamar com o fantasma do pai ou alguma baboseira assim. Você sabe como ela adora um drama.

– Eu irei atrás dela – disse Henry.

Ele correu atrás da jovem, subindo a encosta lamacenta. Quando conseguiu chegar ao topo, Henry estava encharcado, sujo e ofegante.

Alice estava ajoelhada diante de uma lápide. Apertava a testa contra ela, como se a laje de granito pudesse abraçá-la.

Aquela visão partiu o coração de Henry.

– Alice – chamou ele, baixinho.

Ela não ergueu os olhos nem parou de soluçar.

Henry tinha feito conjecturas sobre a compostura de Alice durante aquela última semana, pensando na sua capacidade de permanecer calma apesar das provações na estrada e do peso óbvio da tristeza. Tinha sido tão boa em manter tudo sob controle que ele quase se esquecera daquilo em algumas ocasiões.

Mas ali, abraçada a uma rocha, com os ombros trêmulos, a chuva grudando o cabelo ao pescoço – ali estava a verdade sobre tudo o que ela carregava, em silêncio e com força.

– Alice – repetiu ele, condoendo-se.

Ela devia estar ciente da sua presença, porém estava entregue à sua postura de luto, perdida em sua dor. Soluços ásperos, guturais, saíam dela como se estivessem sendo arrancados contra sua vontade.

Henry ajoelhou-se ao lado dela, sentindo-se impotente.

– Alice, querida, venha cá – sussurrou.

Pousou as mãos nos ombros dela, que ficou paralisada ao toque dele. Devagar, ela se virou para olhá-lo. Então se atirou em seus braços e voltou a soluçar, dessa vez enterrando a cabeça em seu ombro.

Ele abraçou-a e segurou-a enquanto ela chorava.

Nunca tinha gostado da própria altura. Sempre se sentira grande demais. Mas, naquele momento, sentiu-se grato por sua estatura. Era suficientemente grande para conter a dor de Alice.

Por cima dos ombros trêmulos da jovem, ele leu as palavras gravadas na lápide.

JOSEPH LOUIS HULL
Pai e marido amado. Fazedor de música.

– Ah, Alice – murmurou ele, acariciando a parte de trás do cabelo dela, do jeito que a mãe dele costumava fazer quando ele tinha pesadelos.

Não se importava mais se ela sabia de suas falhas e de seus constrangimentos nem se havia sido pouco sincera. Só queria mitigar sua dor.

– Henry, eu vim até aqui e ia desistir de *tudo*. Estava em luto por mim, por elas, por ela, durante toda essa maldita semana. E então, meu Deus, achei que ela tivesse *morrido*.

Ele apertou-a com mais força.

– Você é uma boa moça, Alice. Muito boa.

Ela riu enquanto as lágrimas escorriam.

– Você não acha isso, Henry. Sei que não acha. Você pensa que sou abominável.

Não, ele não pensava isso.

Vira o suficiente da personalidade dela para saber que todas as falhas que ela poderia ter conviviam com uma decência fundamental e uma coragem que eram inconfundíveis.

– Não é verdade. Passei quase uma semana com você, dia e noite, e não vi nada além de você tentando fazer a coisa certa. Defendendo a reforma. Defendendo-me de minha própria família. Preocupada com os cavalos. Com os camundongos.

Ele apertou-a com mais força, passando os polegares em suas costas para massageá-la e transmitir algum calor.

– Está sendo bom comigo porque estou chorando – gemeu ela.

– Ah, Alice, querida – murmurou ele. – Não, não é isso. Estou só me perguntando. Diante de todo o seu cuidado com os outros, quem está cuidando de você?

Ela soluçou com mais força, agarrando o casaco dele. Ele fez círculos nas costas dela e dirigiu uma oração silenciosa a Deus.

Mostrai-me como lhe dar consolo. Ajudai-me a diminuir sua aflição.

Um raio cruzou o céu mais uma vez e a igreja se iluminou, com as torres cintilando sob a luz.

Sim. Claro.

Ele ergueu o queixo de Alice e, com delicadeza, secou suas lágrimas com os polegares, que eram maiores que o nariz dela.

– Venha para dentro da igreja comigo, vamos sair da chuva.

Ela assentiu, trêmula. Ele passou um braço em torno dela e correu pela chuva gelada até chegar à igreja deserta. Estava vazia. Os passos deles ecoavam nos contrafortes, trinta metros acima de suas cabeças.

O espaço vasto e frio do salão de pedra vazio era assombroso e nada reconfortante. Henry guiou Alice além da nave até a abside, onde, como suspeitava, havia velas para acender para os enfermos.

– Alice, você me ajuda a acender uma vela? Para uma bênção?

Ela não falou, apenas torceu os dedos até quase deslocar os pulsos.

Mesmo assim, Henry pegou duas velas e acendeu-as em uma que já ardia, depois as colocou em castiçais de estanho.

Tomou as mãos dela e fechou os olhos.

– Senhor – disse ele. – Por favor, abençoai esta querida mulher, tão boa, que trabalha tanto em prol da felicidade e do bem-estar dos outros. E que precisa de um pouco de cuidado.

Ele fez uma pausa e ergueu os olhos, porque, se Alice não quisesse que ele continuasse orando, ele pararia. Mas ela ficou em silêncio, de olhos fechados, e havia parado de contorcer as mãos. Por isso, ele prosseguiu:

– E, Senhor, abençoai sua família. Que enxerguem o que há de bom nela. Que a amem como o Senhor a ama, de forma incondicional.

Alice voltou a chorar, mas manteve a postura de oração, ouvindo.

– Senhor, obrigado por me colocar no caminho dela, pois conhecê-la me tornou uma pessoa melhor.

Ela se manteve imóvel, e ele apertou a mãos dela o mais forte que podia, sem machucá-la.

– Senhor, por favor, permita que Alice saiba que está segura em Sua graça e Seu amor eternos e que pode ser consolada e redimida. Permita que ela saiba que Vossa luz brilha sobre ela como brilha sobre todos os Seus filhos e que, se ela quiser, ela só precisa...

Ele não conseguiu continuar, porque Alice de súbito puxou a mão e colocou os dedos sobre os lábios dele.

– Pare, Henry – disse ela numa voz devastada. – Não diga. Não diga.

Ele agarrou sua mão e a beijou.

– Mas é verdade. Não há nada mais constante do que o amor de Deus por você.

– O amor de Deus não é o que eu preciso – disse ela com desespero na voz.

– Do que precisa? – perguntou ele. – Qualquer coisa.

Então ele entendeu.

Música.

A música era o consolo dela. A música era sua oração.

Henry tomou sua mão.

– Onde fica o órgão? Tocará alguma coisa para mim?

Ela o olhou com o medo estampado no rosto.

– Mas não tenho permissão. O vigário proibiu.

Ele deu de ombros.

– Não há ninguém aqui, só nós dois. E Deus. E não consigo compreender por que Deus não acolheria a música.

Alice agarrou a mão dele e guiou-o para os fundos da igreja até uma escadaria. Ele a seguiu e passou por um patamar que levava a um balcão, onde os grandiosos tubos de um belo instrumento subiam pelas paredes do fundo da igreja.

– Meu pai o tocava – sussurrou ela. – Mas eu nunca toquei.

Com hesitação, Alice se sentou no banco e pôs as mãos sobre as teclas. Tocou uma única nota, como se esperasse para ver se seria atingida por Deus. A nota vibrou, longa e plangente, na catedral vazia.

– Toque – sussurrou ele.

Ela fez um ajuste, então pousou as mãos outra vez no teclado e esticou os dedos. E a igreja começou a gemer. A chorar. A manifestar pura tristeza vinda de seus pulmões de metal.

As notas que ela tocava não eram de um hino ou qualquer canção que ele reconhecesse. A melodia era tristonha, marcante – e depois, delicada. Parecia o luto que se erguia rumo à esperança. Parecia uma oração.

Era a coisa mais linda que ele já ouvira.

As mãos dela pararam. Nenhum dos dois respirou. Ela o olhou, com os olhos de pomba, reluzentes.

Uma lágrima desceu pela face de Henry e ele não se deu ao trabalho de secá-la. Abaixou-se e roçou os lábios nos dela.

Alice ficou imóvel. Completamente imóvel.

Então seus lábios se mexeram nos dele, tão leves e delicados que Henry sentiu um frio no estômago.

– Alice – disse ele, ofegante, desmanchando-se no banco ao lado dela, trazendo-a para junto de si.

Apertou a testa contra a dela, desesperadamente inseguro em relação ao que fazer. Estava todo tomado pela tensão, todos os ligamentos de seu corpo acionados e puxados em duas direções – afastar-se, aproximar-se. Fugir, ficar.

(Beijá-la de novo.)

Beijá-la de novo.

Ele apertou os lábios dela com mais força e puxou seu corpo para junto do dele.

Alice emitiu um ruído, como se tomasse ar depois de um longo mergulho. Beijou-o de um modo diferente daquela vez, com menos cuidado, como se precisasse dele como apoio.

Ah, como era bom! Como era bom ser necessário daquele jeito!

E aí ela parou, como se tivesse sido puxada pela mão de alguém. Seus olhos tinham um brilho intenso.

– Diga-me se estou imaginando – pediu ela. – Tem que me *dizer* se estou imaginando.

A voz dela era pura aflição, e tudo o que ele conseguiu fazer foi responder com sinceridade.

– Eu quero você – sussurrou. – Você.

Os lábios dela estavam de volta aos dele, e o rosto dela estava molhado, de chuva ou de lágrimas. Ele a puxou para seu colo e a deixou saber, com todos os músculos de que dispunha, que queria aquele abraço. *Ele queria.*

O corpo dele parecia prestes a transbordar de reconhecimento. *Isso, isso. Isso, sim.*

Ele desabou no banco do órgão e ela subiu em seu colo, o corpo dela pressionando o dele, o dele pressionando o dela. Era tão intenso, tão novo, que ele mal sabia onde ela terminava e ele começava, sabia apenas que nenhum dos dois parecia se satisfazer com a respiração ou com o calor do outro e que ele parecia estar mergulhando, despencando nas profundezas da terra. E ela começou a se balançar, movendo os quadris de uma maneira que fazia com que o espaço entre suas coxas pressionasse o pênis dele para a frente e para trás. Eles estavam vestidos, mas de alguma forma ele sentia seu calor, igual ao dele, sentia que cada pontada que o atravessava encontrava resposta nela...

– Quem está aí? – berrou uma voz masculina, lá embaixo na igreja.

Os dois congelaram. Passos ribombaram pelo chão.

Henry encontrou o olhar de Alice, prestes a falar, mas ela balançou a cabeça.

Lentamente, ela deslizou de seu corpo, arrumou o vestido e se inclinou sobre o parapeito do balcão.

– Sabe quem é, vigário? – respondeu ela, a voz ressoando e ecoando pela igreja. – Alice Hull.

Capítulo vinte e seis

Ele a aguardava aos pés da escada, com uma expressão de desagrado. Alice fez uma reverência exagerada, cheia de ironia.

– Vigário Helmsley. Que surpresa encontrá-lo aqui em sua igreja.

– Srta. Hull – disse ele com desdém, olhando o vestido enlameado, o cabelo encharcado, os lábios inchados. – Ouvi o órgão. Não era você, espero. Acho que deixei claro que não deve tocar nesta igreja.

– Deixou claro, senhor. No funeral do meu pai.

Ela não ia pedir desculpa por ter tocado. Aquilo a lembrava de algo sagrado que ela perdera. Algo que aquele homem, aquele *vigário*, roubara dela.

Talvez ela nunca tivesse sabido o quanto lhe custara aquela perda se não fosse por Henry.

Era a parte mais profunda, mais real e mais pura dela, a música. Era mais seu patrimônio do que um órgão guarnecido com as teclas de seu pai. Não precisava do instrumento do pai para se lembrar dele; ele vivia cada vez que ela tocava.

Ao ouvir o som dos passos de Henry descendo as escadas, o vigário lançou um olhar astuto.

– Ah, a Srta. Hull tem companhia. Eu deveria ter suspeitado. Quem é ele desta vez?

Seu rosto mudou quando Henry apareceu lá embaixo. O escárnio transformou-se em completo choque.

– Eu o conheço – disse ele com uma voz estrangulada. – É...

– O lorde-tenente Henry Evesham – completou Alice.

– ... o filho de Charles Evesham – concluiu o vigário.

– De fato, senhor – disse Henry. Ele colocou a mão no ombro de Alice, como se seu toque pudesse protegê-la do desprezo na voz do vigário. – O reverendo Helmsley é amigo do meu pai – explicou ele.

— Que, sem dúvida, ficaria chocado por sua presença aqui com uma garota como a Srta. Hull. E que evidentemente insiste em desrespeitar nossas regras.

— A Srta. Hull veio aqui para orar e tocou a meu pedido. Não tínhamos a intenção de desrespeitar ninguém. E peço que o senhor não fale assim dela.

— Qualquer um que saiba como a Srta. Hull se comportou quando menina acharia a descrição mais caridosa do que ela merece. Não é uma surpresa, devo dizer, encontrá-la na companhia de um homem que passa o tempo com prostitutas.

— O que está insinuando, senhor? — perguntou Henry, incisivo.

— Ele está insinuando que uma vez me pegou com a mão de seu filho entre as minhas pernas na sacristia — disse Alice com serenidade. — Como está o querido Richard? Lembro-me dele com muito carinho.

Ela piscou enquanto o vigário gaguejava.

— Saia daqui — ele por fim conseguiu dizer.

— Com prazer. Mas, se tiver alguma decência, senhor, vá visitar a minha mãe e convide-a a voltar a adorar aqui. Ela é uma mulher de muita fé, não graças ao senhor. Tenha um bom dia.

Ela pegou a mão de Henry e saiu da igreja sem olhar outra vez para o vigário.

— Sujeito agradável — resmungou Henry.

— Espero que ele não cause problemas com seu pai.

— Verdade — falou Henry com a voz arrastada. — Não *agora*, quando as coisas estão indo tão bem entre nós.

Alice caiu na gargalhada. Era maravilhoso rir depois do horror de cada aspecto daquele dia podre.

— Ah, Henry. Estamos amaldiçoados, acho.

Henry bufou, o que a fez rir mais ainda. Sua alegria se tornou contagiosa, e logo os dois riam no cemitério, sem conseguir parar.

Henry ofereceu-lhe o braço.

— Vamos embora antes que o bom vigário venha nos acusar de mais heresias.

Ela aceitou e, juntos, desceram a colina com dificuldade. Foi mais complicado descer do que subir. Eles tiveram que ir bem devagar para não despencar pela encosta íngreme e gotículas de lodo molhado respingavam neles a cada passo.

– Droga! – disse Henry, tropeçando num trecho enlameado.

Ele derrapou sem controle, o calcanhar patinando na encosta escorregadia. Alice estendeu a mão e o agarrou pela manga, na tentativa de firmá-lo, mas só conseguiu fazê-lo tombar morro abaixo.

– Não! – gritou ela, saltando para pegá-lo.

Mas, é claro, ela não o pegou. Escorregou, caindo no próprio traseiro e deslizando atrás de Henry.

Os dois terminaram amontoados, enlameados, diante do galinheiro da mãe de Alice.

Um galo curioso voou até ela e bicou seu cabelo para explorar.

– Nádegas pútridas e pustulentas – praguejou Alice, tirando a lama e as penas do rosto com a manga do vestido.

Henry gemeu.

– Você está bem? – perguntou ele, sem se dar ao trabalho de se levantar da poça onde estava esparramado.

Ela olhou para ele, para si mesma, para as galinhas e caiu na gargalhada de novo.

– Ah, Henry Evesham. – Ela suspirou. – Somos uma dupla e tanto.

– Eu acho – disse ele, passando a mão no cabelo inutilmente – que estou com titica de galinha no meu...

– Não diga. – Alice riu. – Vou chorar.

Ele balançou a cabeça, abrindo um sorriso apesar de tudo.

– Devo dizer, Alice, que me lembrarei dessa semana por toda a vida.

Ela sorriu para ele, carinhosa.

– O que farei sem você?

– Ah, você ainda não se livrou de mim – disse ele, decidido. Levantou-se e ofereceu-lhe uma mão imunda para ajudá-la a se levantar. – Você virá comigo, e vou levá-la para bem longe daqui.

Ela arqueou a sobrancelha para ele com tanta afeição desabrochando no peito que se sentia aquecida apesar das gotas de chuva que caíam em seus olhos.

– Seria sábio, reverendo? Fazer mais uma de suas viagens fatais?

– Entreguei-me à providência divina. E *não vou* deixá-la aqui.

Ela sentiu que Henry chegara ao limite de sua paciência com o mundo. Gostava bastante desse lado impetuoso.

— Há uma estalagem em Ennesbough, onde a diligência postal faz parada — disse ela. — Se me levar para lá, posso voltar para Londres sozinha pela manhã.

Eliza, sua irmã, saiu da casa segurando um balde para ordenha, viu os dois e veio correndo.

— Ally, você está imunda! Por onde andou?

— Fui à igreja — disse ela, alegremente.

Confusão e preocupação lampejaram nos olhos da irmã mais nova, castigando o bom humor de Alice.

— Acendi uma vela para o papai — explicou ela, tentando diminuir a preocupação no rosto da jovem.

Mas a irmã estremeceu.

— O vigário Helmsley está no vilarejo esta semana. Espero que você não tenha...

— Eu o encontrei. Ele é tão horrível quanto eu lembrava.

Eliza apenas suspirou.

— Entre e se lave. O senhor também, Sr. Evesham. Estou aquecendo água no fogão.

Alice balançou a cabeça.

— Não desejo ver mamãe.

— Ela não está aqui — disse a irmã, num tom de perfeita infelicidade. — Foi para a taberna com William. Disse que você a fez beber.

Alice virou-se para Henry.

— Vamos nos lavar antes de seguir viagem?

— Seguir viagem? — gritou Eliza. — Você não pode estar de partida. Acabou de chegar.

Alice olhou para a irmã com tristeza.

— Se eu ficar, mamãe vai tentar me intimidar até que eu perca a paciência. Voltarei em outra ocasião, em circunstâncias mais felizes.

O lábio de Eliza tremeu.

— Ally, sinto muito por ter mentido para você. Eu me senti muito mal, mas a mamãe estava convencida de que você ficaria tão empolgada com a surpresa que nada mais teria importado. Eu deveria saber que não seria assim.

Alice passou um braço pelos ombros da irmã.

– Eu também sinto muito, Liza. Venha, vamos providenciar água para o Sr. Evesham.

Liza mandou Sally com uma panela de água quente e um pano para o celeiro, para que Henry pudesse se limpar da melhor forma possível. Ela aqueceu mais água para Alice e deu a ela um vestido para substituir o outro, imundo. Alice deixou que sua irmã escovasse e prendesse seu cabelo.

– Obrigada por cuidar de mim – disse ela, beijando a bochecha de Liza. – Você sempre foi a melhor de nós. Tenho certeza de que você teve uma tarefa bem árdua, cuidar da mamãe e de Sally.

Liza apertou-a com força.

– Senti sua falta. Fiquei tão preocupada quando não apareceu. Nevou mesmo?

– Nevou. Ah, Liza, eu juro, eu me pus a caminho assim que recebi sua carta. Sempre virei se você precisar de mim. Sempre. Não importa o que aconteça.

Liza deu um passo para trás, o rosto rígido de preocupação.

– Ally, você tem *certeza* de que não vai se casar com William? Eu sei que você está com raiva da mamãe, mas estou preocupada com você.

Alice beijou a bochecha da irmã.

– Por favor, não se preocupe. Escreverei quando voltar a Londres. Nós sempre cuidaremos umas das outras. Eu prometo.

A irmã não parecia tranquila.

Ela sabia o que Eliza estava pensando: que a vida para uma garota solteira e sozinha era perigosa. Que coisas ruins aconteciam com garotas assim. A mãe as criara para acreditar que o casamento era o único meio de proteger o futuro, sem nunca imaginar que poderia haver outro caminho para elas.

Se alguém seria capaz de imaginar uma alternativa, esse alguém teria que ser Alice.

Capítulo vinte e sete

Assim que pegaram a estrada, Alice fechou os olhos e começou a cantarolar algo triste.

Ele não conhecia aquela canção. Não tentou fazer harmonia. A cabeça dela ficou balançando enquanto seguiam viagem até repousar no ombro dele. Logo estava dormindo.

Henry se esforçou muito para não se sentir desolado, pois provavelmente nunca mais experimentaria aquele peso reconfortante do toque dela.

Sentia-se mais como um náufrago do que como um homem – como lascas de madeira boiando num mar turbulento.

Ele tentou formular uma oração para se firmar, mas nada aconteceu, e foi aterrorizante, pois ele não conseguia se lembrar da última vez em que lhe faltaram palavras para oferecer a Deus.

Uma vez, durante um avivamento em Yorkshire, ele ajudou um fazendeiro a amarrar uma corda entre sua cabana e o estábulo antes de uma tempestade de neve. Quando chegasse a nevasca, explicou o fazendeiro, ele seguiria a corda para alimentar seus animais, mesmo que não pudesse ver um palmo à sua frente.

Henry costumava usar a história como metáfora. Sempre que alguém é atormentado pela incerteza, pregara ele tantas vezes, é possível encontrar o caminho de volta para Deus por meio da oração. A oração era a corda.

Mas, naquele dia terrível, ele sentia como se tivesse largado a corda no meio da tempestade, perdendo-a. Ele procurava cegamente, tateando na névoa, buscando algo que ele sabia que devia estar perto, mas que não conseguia encontrar.

Tudo o que ele tinha eram perguntas. A mais premente era: o que o fizera beijar Alice na igreja? E o que ela era para ele? E se a resposta não era nada – *precisava* ser nada – por que ele abandonara seus princípios, sua fé, sua decência, apalpando-a num lugar consagrado sem pensar em nada além daquilo que ela o fazia sentir?

E por que, quando ele era culpado de tudo, quando havia falhado tão profundamente com os próprios princípios, não era a vergonha que permanecia nas suas entranhas, nauseante e inquietante, mas sim aquela fome voraz, indócil, repetindo *mais, mais, mais*?

(Ele não estava sendo insincero. Ele realmente não sabia. Isso o aterrorizava, porque ele de fato, de verdade, não sabia.)

Ele conduziu os cavalos para o pátio do estábulo da pousada. A repentina interrupção do movimento despertou Alice.

– Ah, me perdoe – disse ela, afastando-se dele.

Nunca peça perdão por isso, ele queria dizer. Seu ombro parecia solitário sem a cabeça dela. Ele teve que se conter para não puxá-la de volta para a curva de seu braço e implorar: *Só mais um pouco*.

Em vez disso, ele mudou de posição, para não encostar nela.

– Eu não queria acordá-la. Você parecia tão tranquila dormindo.

Ela bocejou.

– Foi um dia exaustivo.

– Uma semana exaustiva.

Alice assentiu, olhando para o céu, que estava baixo, escuro e úmido.

– Você não vai seguir viagem assim, vai? Não quero que seja pego pelo tempo outra vez.

(Ele não tinha planejado ficar, mas, agora que ela levantara a possibilidade, estava decidido.)

Ele balançou a cabeça.

– Não. Vou ficar na estalagem e voltar para a casa do meu pai pela manhã.

(Mais uma noite com ela. Mais uma.)

Ela sorriu.

– Que bom. Eu odeio comer sozinha.

Lá dentro, havia uma multidão aglomerada em torno da entrada da hospedaria. O estalajadeiro parecia cheio de pressa, entregando as chaves para um grande grupo de viajantes que, como Henry percebeu, estava a caminho de uma corrida de cavalos.

– Minha irmã e eu gostaríamos de passar a noite em dois quartos, por favor – disse ele, quando finalmente chegou sua vez.

– Não há vagas – disse o homem, exausto demais para parecer que se desculpava.

Diante do rosto chocado de Henry, ele reconsiderou.

– Bem, há um pequeno quarto no sótão. É para criados, mas tem uma cama que serve para um se um de vocês não se importar de ficar no chão.

Henry olhou para ele sem acreditar. Por que sempre que ele partia com Alice tudo dava errado?

Alice caiu na gargalhada ao olhar para o rosto de Henry.

O estalajadeiro apertou os olhos para ela.

– Há algo de errado, senhorita?

Alice tapou a boca e balançou a cabeça, os olhos brilhando de alegria.

– Minhas desculpas, senhor – disse Henry ao homem ofendido. – É só que encontramos tantos inconvenientes em nossa viagem que minha irmã está se divertindo com nossa má sorte. Vamos nos contentar com qualquer espaço de que o senhor dispuser. Obrigado.

Henry pegou a chave que lhe foi oferecida e conduziu Alice em direção à escada.

– Sinto muito – disse ela, ainda rindo. – É só... Ah, Henry. Seu rosto. Que dupla infeliz formamos.

Ele imaginou que seu rosto devia parecer ainda mais humilhado ao abrir a porta e descobrir que o quarto não era maior do que uma despensa.

Se era para se acomodar no chão, ele não entendia onde poderia dormir. Talvez metade debaixo do catre, metade nas gavetas do armário.

– Fique aqui e ocupe o quarto sozinha – disse ele, de imediato. – Seguirei viagem e encontrarei outra acomodação.

– Bobagem – disse ela. – Talvez não encontre nada em quilômetros e já está escurecendo. Fique com a cama e eu fico no chão.

– Claro que não. Não posso admitir que durma no chão.

Ela o olhou de cima a baixo.

– Bem, *você* certamente não vai ficar confortável. – Ela riu.

Henry sentiu a face em chamas. Naquele quarto minúsculo ele podia sentir fisicamente a imposição de sua estatura pouco atraente. Sentia-se enorme, monstruoso.

Alice estremeceu.

– Ah, não... Eu só quis dizer que com sua altura, mal há espaço para você. Não que eu não goste do seu tamanho.

Ele se sentiu ainda pior por ela estar consciente do seu desconforto.

– Henry – disse ela com um olhar franco que o deixou desconfortável de uma forma completamente diferente. – Você realmente tem alguma dúvida de que eu o acho atraente? Acho que você talvez seja o homem mais encantador com quem tive a má sorte de me perder. É um quarto estreito. Foi só o que eu quis dizer.

Henry ficou comovido pelo modo como ela demonstrava se preocupar com seus sentimentos. Assim como pela forma como garantiu que gostava da aparência dele.

Mas aquilo não resolvia o problema da cama.

Ele ouviu o estômago de Alice roncar.

– Vamos jantar – disse ele, aliviado com a oportunidade. – Deixarei que você fique à vontade para se arrumar. Encontre-me na sala de jantar.

Ele desceu e andou de um lado para outro, sem saber como aquilo tinha voltado a acontecer. Era como se Deus os estivesse unindo. Mas por quê, quando a proximidade só parecia conduzir ao pecado? Conseguiria sobreviver a mais uma noite estando tão perto dela? Voltaria a se constranger com a lembrança do beijo dela tão viva em seu corpo?

– Aí está você – chamou Alice.

Ela sorriu para ele e ele sentiu como se estivesse sendo aberto ao meio. Um sorriso involuntário abriu-se no rosto dele, rápido como um batimento cardíaco. Ele viu que ela percebeu e que o olhou com mais atenção.

Ele ergueu a mão para saudá-la e fingiu que não precisava firmar os joelhos para evitar que cedessem ao vê-la.

Com toda certeza, ele não foi bem-sucedido, pois as sobrancelhas dela se franziram num ar de preocupação assim que ela se aproximou o suficiente para ver seu rosto.

– Está tudo bem, Henry? Parece doente.

Seria possível que ela realmente não soubesse o efeito que causava nele? Não percebia que ele se sentia como se estivesse aberto ao meio? Que ele precisava dela para costurar seu coração? Que, mesmo que ela fizesse isso, nada mudaria, porque ele mudara de um jeito que não conseguia entender, apenas sentir.

– Só estou com fome. Vamos nos sentar para comer?

Encontraram uma mesa tranquila perto da lareira, e uma garçonete trouxe pão e anotou os pedidos para a refeição.

Assim que ela saiu, Alice franziu a testa.

– Você parece incomodado.

Ele suspirou.

– É gentil por se preocupar comigo depois de todos os problemas com sua família. Espero que não esteja terrivelmente chateada.

– Pareceria estranho demais se eu dissesse que estou aliviada?

– Claro que está – murmurou ele, sentindo-se tolo. – Não importa o que sua mãe tenha feito, tudo isso é preferível a perdê-la. Peço desculpas.

– Sim, mas não foi o que eu quis dizer. Eu ia fazer aquilo, sabe. Acho que ia mesmo.

– Fazer o quê?

– Casar-me com William.

A camisa de Henry pareceu apertada demais quando ele pensou em Alice se casando com William ou com qualquer outro. (Exceto... Henry.)

(O que era um absurdo, é claro, pois nunca poderia acontecer.)

(A não ser... Mas não, *não*, no que ele estava pensando?)

Mas William! *William*. Alice Hull – que tocava música como se estivesse se apresentando diante de Deus, que assustava homens com o dobro do tamanho dela, que o beijava como se quisesse arder dentro do corpo dele – merecia alguém melhor do que aquele *William*, que a considerava *uma vitrine*, aliás *uma vitrine herdada*.

– Você gosta dele? – Henry se obrigou a perguntar.

Ficou fraco de alívio quando ela cuspiu um gole de cerveja ao ouvir aquilo.

– Não! William é um homem bondoso, mas eu me encanto mais com o vigário Helmsley se for honesta. Considerei essa ideia porque não teria sido capaz de manter a casa sem a renda de minha mãe como viúva e não posso levar Liza e Sally para a Charlotte Street. Andei muito triste pensando na vida que eu teria se me casasse com ele. Então, de certo modo, estou feliz que tudo isso tenha acontecido, porque agora minha família sabe de tudo e estou livre para fazer o que eu quiser.

Ela cobriu um pedaço de pão com manteiga e deu uma mordida.

– E o que vai fazer? – perguntou ele.

– Vou voltar para a casa de Elena e concluir meu treinamento.

– Treinamento?

Ela assentiu, mastigando.

– Ela quer que eu me especialize em disciplinar, mas ainda não me decidi. Acho que eu ia preferir a capela. – Ela sorriu maliciosamente.

– A capela? – perguntou ele.

– É, a capela. Você se lembra... daquela de onde você fugiu?

Com certeza ela achava que ele estava pronto para rir daquilo, mas ele não estava. Ele não sabia o que queria. Saber mais. Roubar a bebida dela e tomá-la num gole só. Sair dali, pegar os cavalos e viajar na chuva atordoante, para longe daquele sentimento terrível de querer algo e se odiar por isso.

Tossiu.

– O que é que você faria nessa... capela?

– É parecido com o que escreveu no diário. Alguns sócios se excitam com freiras austeras ou vigários libidinosos. Outros gostam da atmosfera em si. Da aura de pecado.

Ele teve a sensação de que seu cachecol estava tentando asfixiá-lo. Sabia que ela havia lido sobre suas fantasias. Não sabia que ela estava treinando para *realizá-las*.

– Alice, eu não deveria ter perguntado. Não devemos falar disso em público.

Ela deu um sorriso muito feminino.

– Muito bem, Henry – respondeu ela, com recato. – Talvez, quando eu tiver concluído meu treinamento, você possa me fazer uma visita e falaremos disso em particular.

Agora era a calça que o sufocava. Ele quase desabou de gratidão quando a garçonete chegou com os pratos de comida, porque, no mínimo, isso significava que Alice comeria em vez de atormentá-lo.

E ela comeu com apetite, do jeito que ele passara a estimar tanto – deleitando-se com tudo o que estava no prato. Enquanto ele beliscava seu jantar de nabo assado e beterraba ensopada, ela olhou nos olhos dele com um ar significativo.

– Nunca se sente faminto, Henry?

Ele franziu a testa surpreso pela pergunta, pois ela conhecia a dieta dele.

– Legumes e grãos satisfazem bastante o apetite e são nutritivos. Eu complemento com ovos e leite.

– Mas nunca fica *faminto*? – repetiu ela. – Por mais do que você se permite?

Ele baixou o garfo com delicadeza e a fitou.

– Alice, estou sempre faminto por mais do que me permito.

Ela corou.

Henry percebeu que ela achava que ele se referia ao que havia acontecido na igreja.

(Ele estava.)

Ela o encarou como se tivesse tomado uma decisão.

– Então, só por hoje, devemos pedir alguma coisa deliciosa para você.

Ela fez sinal para a servente a fim de pedir alguma coisa doce. Henry protestou, mas, quando chegou uma torta de maçã coberta com groselha e salpicada com canela, ela colocou mais creme e enfiou o garfo bem no meio, pegando a melhor parte.

Ele gostava do jeito meio infantil como ela lambia o creme do garfo, fechando os olhos, deliciada.

Alice o pegou sorrindo.

– Achei que desaprovasse alimentos tão ricos.

– Desaprovo. Para mim. Mas você os merece.

– E por que eu mereço, mas você não?

– Porque sou sensualista por natureza, o que vai contra meus princípios. Basta uma pequena concessão e acabo fora de controle, pecando prodigamente. E, por isso, devo me impor uma forte disciplina para corresponder aos meus ideais.

Dessa vez, ele estava *certo* de que falava sobre o que acontecera na igreja. Pela expressão dela, não havia dúvida de que ela também sabia.

– Alice, sinto muito.

Ela o encarou, com a pontinha da língua em um dos dentes do garfo.

– Perdoe-me pelo modo como agi – continuou balbuciando. – Eu a queria e foi uma imprudência, e eu espero que não...

Ela o olhou nos olhos.

– A única coisa que lamento, Henry, é que tivemos de parar.

Ela voltou a enfiar o garfo na sobremesa e preparou uma garfada perfeita com maçãs macias, groselhas suculentas, redemoinhos de calda de caramelo e um bocado de creme tão doce que dava para sentir o cheiro do frescor do outro lado da mesa. Ela ofereceu para ele.

– Dê uma mordida – ordenou.

– Alice...

– Prometo que não permitirei que tenha mais do que pode suportar.

Algo se apoderou dele e, em vez de pegar o utensílio, ele se inclinou, abriu a boca e comeu do garfo que ela lhe estendia.

Henry fechou os olhos em êxtase.

Fazia muito tempo que não consumia alimentos tão ricos – açúcar e especiarias, calor e gordura, um toque de sal –, todas as coisas que tornavam a vida deliciosa.

Quando ele abriu os olhos, Alice o encarava, parecendo tão faminta quanto ele.

– A torta de maçã sempre foi minha favorita – confessou.

– Coma um pouco mais – sussurrou ela.

Henry queria que Alice o alimentasse, mas percebeu um olhar estranho do estalajadeiro do outro lado da sala e voltou a si. Pegou então o garfo e comeu apenas mais um pedaço.

Era decadente, satisfatório. Aquilo o deixou feliz.

Alice sorriu para ele, puxou a sobremesa de volta pela mesa e deu as duas últimas garfadas.

– Viu? – disse ela. – Você não está no inferno. É apenas um homem que comeu um pouco de torta.

Henry suspeitava que não estavam mais falando de sobremesas.

– Está evangelizando, Alice?

– Só acho que seria bom para você, Henry, aceitar que não pode ser sustentado apenas por orações e privações. Todo mundo precisa de prazer e alegria. Sei que você obtém grande satisfação com sua fé, mas gostaria que não fosse tão severo consigo em relação a todas as partes adoráveis da vida. Deus não criou nossos corpos e nossos corações para que os usássemos?

– Eu gostaria que fosse assim tão simples.

Ela o fitou com tanta tristeza que ele precisou desviar o olhar.

– Tenho certeza de que nada é simples – disse Alice com gentileza –, mas acredito que você pode ser um bom homem sem se privar de tudo. Você é um bom homem, na verdade.

– Pare – sussurrou ele.

– Ah, Henry, só estou dizendo...

– Pare – repetiu ele, mais alto.

Não aguentava ouvir aquilo, porque a renúncia era parte de si mesmo.

E, até aquele momento, tinha conseguido viver assim.

Só havia uma coisa que ele lamentava negar a si mesmo, e ela estava sentada à mesa. E ele não conseguia mais olhá-la sem dizer algo piegas.

(Ou pior: definitivo.)

Ele se levantou, abrupto, para reprimir a tentação, e seus joelhos bateram no topo da mesa dolorosamente. Ele bufou e viu uma jarra de creme virar. Um fio respingou no chão, um desperdício de doçura.

Alice olhou-o como se soubesse exatamente por que ele ia embora, como se esperasse que ele fizesse exatamente isso e como se isso lhe causasse dor.

– Sinto muito – disse ele. – Vou sair para tomar um ar. Pegarei um cobertor do estalajadeiro quando voltar e tentarei não acordá-la. Talvez eu demore.

Capítulo vinte e oito

Ele gostava dela.
Alice descobriu isso pelo modo como ele comera a torta. Pelo modo como a olhara depressa, desprevenido, e dissera: *Estou sempre faminto por mais do que me permito.*

Ela também gostava dele.

Descobrira isso quando ele a tocara na igreja, tão cheio de desejo e ao mesmo tempo com mais delicadeza do que qualquer homem até então. Descobrira ao ver o rosto dele se iluminar quando ela lhe dissera como ele era bom.

Eles gostavam um do outro e se desejavam, e isso não mudava nada.

Ele nunca tomaria a iniciativa. Ela era apenas mais uma coisa pecaminosa a que ele se negaria.

E era uma vergonha, pois, não fosse a diferença inabalável entre seus modos de pensar, ela poderia fazer bem mais do que simplesmente gostar de um homem como Henry Evesham. Poderia amar um homem assim. Um homem que era bem mais generoso quando se tratava dela do que dele. Um homem que se esforçava bastante para ser disciplinado, apesar de querer muito certas coisas que havia proibido para si.

Mas não importava se ela gostava ou amava ou desejava Henry, pois aquela diferença na forma como os dois encaravam o mundo era como um continente. Uma cordilheira. Um oceano.

Uma vez ela pedira a Henry que não lhe fizesse sermões e estenderia a ele a mesma cortesia. Não tentaria convencê-lo de que o modo de vida dele – suas crenças mais profundas – estava errado.

Não pediria a ele que desistisse delas em seu nome.

Para os dois, seria mais gentil que ela não demonstrasse mais nenhum sinal de seus sentimentos. Não permitisse que ele visse como, de algum modo, se acomodara dentro do coração dela. Nem dissesse como seu desejo por ele era profundo. Ela se encontrava num momento em que não podia se dar ao luxo de ser uma criatura sentimental. Precisava ser prática. Não podia se concentrar na dor que sentia no coração, mas na lição.

Henry Evesham era um homem bem-educado, de uma família abastada, com muita responsabilidade e poder. Ele *poderia* escolher ter mais do que reivindicava.

Como ela passara a vida sem poder reivindicar nada por simples vontade, ter tamanha oportunidade e não aproveitá-la parecia um desperdício trágico.

Ela *não faria* a mesma escolha.

Ao observá-lo dar uma única mordida na torta como um homem faminto, olhar para ela com desejo enquanto ela se oferecia a ele e escolher a fuga em vez de aceitar, ela sabia que deveria se salvar do mesmo destino.

Não deixaria migalhas de torta a serem comidas na mesa.

Voltaria para Londres e assumiria todos os riscos que precisasse para construir uma vida para a qual olharia sem arrependimento.

Não pediria a Henry Evesham que a escolhesse. Ela escolheria a si mesma.

A liberdade dessa escolha a fez se sentir tão leve que ela fechou os olhos e riu alto no cômodo silencioso e minúsculo. Rodopiou e desabou na cama, lânguida e leve, imaginando todas as coisas maravilhosas que estavam por vir. Ela poderia trabalhar na Charlotte Street, escrever música, ler livros, ter amantes.

Talvez encontrasse alguém que a trataria como Henry – ou pelo menos que a olharia como Henry –, mas sem, é claro, aquele ar de tortura por querer o que via. Alguém que tivesse a gentileza e o desejo dele por ela, mas que chegaria sem culpa nem arrependimento.

Ela passou as mãos nos seios e na barriga, imaginando que eram as mãos daquele homem.

Seu corpo, que não fora nada além de um repositório para tristeza e preocupação na semana anterior, de repente pareceu vivo em todas as suas partículas.

Ela se despiu até ficar apenas com a camisa e se deleitou com a sensação do próprio toque.

Ah, como precisava daquilo!

O corpo de Henry Evesham contra o dela a transformara num festival de carências.

Fechou os olhos e se lembrou do cheiro da igreja. Cera de abelha polindo os velhos bancos de madeira, a vaga lembrança da fumaça das velas que ele acendeu.

Henry, trêmulo e inseguro, apertando-a.

A pele dele ainda fria e úmida da chuva.

O corpo forte e robusto, como se ele fosse feito de carvalho.

Ela imaginou Henry fazendo amor com ela em puro abandono e isso a fez estremecer. Ela levantou a saia e passou os dedos pelos quadris, então desceu em direção a seu sexo, que parecia escorregadio na ponta de seus dedos.

Ah, Henry. Henry.

Ela se lembrou do som desesperado que emergira da garganta dele quando ele enfim a beijara. O volume de seu membro e da sensação ao se esfregar nele.

Queria sentir aquilo de novo.

Olhou pelo quarto, procurando algo que pudesse se parecer com ele antes de terem sido interrompidos. Cada um dos quatro cantos da cama possuía colunas baixas e salientes. Sim, aquilo serviria. Ergueu-se acima de uma delas, de modo que a madeira arredondada batia bem na entrada de seu sexo. Ela se abriu e se firmou, apoiando a mão na parede para se equilibrar.

Ah, sim. Era isso.

Ela fechou os olhos e se balançou, desejando que fosse ele embaixo dela. Os dois, juntos naquele pequeno quarto escuro, mais uma vez frenéticos, tomados pelo desejo.

Entregou-se à fantasia, aumentando a fricção com os dedos. Queria gemer de prazer, mas não queria chamar a atenção de nenhum transeunte no corredor para as atividades lá dentro. A necessidade de ficar em silêncio aumentou sua excitação e ela ofegou quando a promessa de um orgasmo brotou dentro dela. Jogou a cabeça para trás e colocou a mão sobre seu sexo, imaginando os lábios de Henry se fechando em torno de um garfo, desesperado para passar do limite.

O primeiro tremor a atingiu e ela ofegou e corcoveou contra a coluna da cama. Quando o prazer a reivindicou, ela não conseguiu conter um grito na escuridão. Tapou a boca com a mão, abriu os olhos, e a penumbra da sala foi interrompida pelo fulgor de uma luz no corredor.

– Alice? Você está acor...

Ela congelou.

Henry Evesham olhava para ela, boquiaberto.

– O que você... – perguntou Henry em um sussurro estrangulado.

Mas isso parecia um tanto óbvio, pois ela estava montada numa das colunas da cama com a mão no sexo.

– Ah, meu Deus! – gritou ela, tentando freneticamente se recompor, ajeitar os membros e a roupa de baixo.

Na pressa de cobrir a metade inferior do corpo, ela acabou entortando a camisa, expondo a maior parte dos seios.

Henry permaneceu calado e imóvel numa nesga de luz do corredor, meio dentro, meio fora do quarto, como se estivesse prestes a sofrer um derrame.

Em desespero, ela agarrou o braço dele, puxou-o para dentro e fechou a porta.

O que a deixou com os seios desnudos, segurando-o pelo cachecol num quartinho minúsculo que recendia ao desejo dela.

– Achei que demoraria mais – disse ela, virando-se e tentando se cobrir, procurando acalmar a respiração ainda ofegante. – Achei que demoraria mais tempo. Você costuma caminhar por quilômetros. Disse que ia demorar.

– Voltei para pegar minha bolsa... Eu... não. Não.

Algo na voz dele a deteve. Parou de tentar se arrumar e virou-se para olhá-lo.

– Não foi por isso que voltei – disse ele, em voz baixa.

Devagar, ele estendeu a mão na direção do ombro dela. Com delicadeza, muita delicadeza, ele levantou a manga da camisa de Alice para cobrir seus seios.

Naquele estado, a sensação do tecido macio roçando seus mamilos a fez arquejar. Ele reparou. Alice viu que os olhos dele deixavam seu rosto e seguiam até o busto e adiante até os mamilos endurecidos sob o tecido transparente. Os lábios dele se entreabriram.

– Por que voltou? – perguntou ela.

O olhar de Henry pousou na clavícula dela.

Com a mão ainda em seu ombro, ele se aproximou e deu um beijo na curva do pescoço da jovem.

Alice permaneceu completamente imóvel, incerta do que acontecia.

Por fim, ele a olhou nos olhos.

– Voltei, Alice, porque quero dizer isto de forma direta, ou então serei falso.

A pele dele irradiava calor. Henry estava trêmulo.

– Quero que você seja minha – sussurrou ele. – Quero tanto que estou enlouquecendo.

Capítulo vinte e nove

Ele dissera aquilo. Em voz alta.
Sentiu-se tão combalido pela felicidade que tomou Alice nos braços, apertou os lábios contra os dela e a beijou como se ela fosse tudo de que ele havia desistido.

– Henry – disse ela, arfante, espalmando a mão no peito dele. – Henry, espere.

Ele parou, mas não queria esperar. Estava faminto por suavidade, prazer e abandono e por todas as coisas que estavam ali naquele pequeno quarto escuro.

Acima de tudo, estava faminto por Alice.

– O que foi? – perguntou ele, arfando, querendo consumi-la, querendo afundar os dentes em sua carne, o nariz em seu cabelo, o pênis dentro dela...

– Henry, você precisa ter certeza – sussurrou ela, ao mesmo tempo que levantava a camisa dele e acariciava sua pele desnuda.

– Ah – sussurrou ele de volta, ao sentir a leveza daquele toque. – *Ah*.

Ela se derreteu junto a ele como se fosse manteiga numa torrada quente. Ele beijou seu pulso acelerado. As pontas dos dedos dela prenderam-se em seu cabelo, em seu couro cabeludo.

– *Certeza* – resfolegou Alice.

As frases se perdiam para ela tanto quanto as palavras se perdiam para ele.

Mas Henry tinha que encontrá-las, tinha que dizê-las, porque a resposta era sim, ele tinha certeza, muita certeza, sem nenhum parêntese.

– Alice, tenho certeza. Seja minha. Seja minha.

Ela tirou a camisa pela cabeça e a deixou cair no chão. Ficou completamente nua diante dele. Os seios eram como xícaras de chá claras cobertas por mamilos pequenos e belos da cor de uma fruta silvestre.

Ele se inclinou e levou um deles à boca, maravilhado com sua firmeza e seu calor. Ficou chocado consigo mesmo, mas ela não parecia se importar. Alice afundou na cama e puxou-o para cima dela. Ele pôs as mãos em seus seios e encontrou sua boca, beijando-a como um bruto faminto.

A mão dela agarrou a calça dele, abriu os botões e então os dedos dela encontraram sua masculinidade. Ele soltou um longo gemido, pois nenhuma outra mão, exceto a dele, já havia tocado aquela parte.

– O que devo fazer, Alice? – ele conseguiu dizer de algum modo.

Ela pegou as mãos dele e as puxou para os pelos escuros onde suas coxas se uniam. Sua feminilidade.

– Me toque – disse ela, fechando os olhos.

Hesitante, ele arriscou levar um dedo até a fenda. Sentiu a umidade. A pele delicada e macia. O calor que se derretia, incrivelmente escorregadio. Ele cobriu seus dedos com aquilo, surpreso ao descobrir que, como ele, ela também gotejava de necessidade.

Tinha uma vaga noção de como uma mulher encontrava prazer, graças ao tempo que havia passado em bordéis, mas não tinha certeza da exata mecânica daquilo. Sempre que a conversa se tornava muito específica, ele saía do aposento para orar. Naquele momento, gostaria de ter prestado atenção à conversa vulgar, pois poderia ter alguma esperança de agradá-la.

Mas ela parecia saber o suficiente pelos dois. Pegou a mão dele e a colocou onde queria.

– Me acaricie aqui – murmurou, abrindo as coxas.

Parecia um sacramento tocá-la naquele lugar escondido. Deixou que ela guiasse seus dedos, mostrando-lhe como tocá-la. Ela estremeceu em seus braços.

Seu toque a fizera tremer.

Era como se ele estivesse despencando, afundando, morrendo. Queria se banhar nela. Pôr a boca na sua feminilidade e bebê-la.

Ela alcançou os lábios dele e o beijou. Ainda tinha gosto de torta de maçã. Ele abriu os dedos no seu calor e agitou seu desejo por toda a carne, na esperança de fazê-la estremecer outra vez.

– Está certo? – sussurrou ele. – O que lhe parece?

– Parece com você, Henry – sussurrou ela.

– Isso é bom?

– Sim. Ah, sim, eu amo suas mãos.

Sua voz era suave e ofegante. Ela esfregava sua feminilidade contra a palma dele, mexendo os quadris, gemendo um pouco a cada novo contato contra os dedos dele, e isso o deixava tão rijo que ele pensou que poderia morrer de luxúria.

Alice colocou a mão sobre a dele, guiando-o mais uma vez.

– Dentro de mim – sussurrou ela.

Os dedos dele encontraram uma passagem estreita e sedosa e de repente ele entendeu como seria se unir a ela. Por que os homens corriam o risco de doenças, da ignomínia e do inferno para se afundar em lugares tão quentes e adoráveis. Por que podiam ser loucos o suficiente para fazer isso na rua.

Ele sabia o que era arder. Mas aquilo era diferente. Era uma imolação.

– Você parece o próprio paraíso – sussurrou ele.

Os lábios dela pousaram no pescoço dele e seus arquejos se aceleraram. Então ela começou a chupá-lo, a mordê-lo, mexendo os quadris em um ritmo frenético enquanto os dedos dele deslizavam, para dentro e para fora, e seu polegar acariciava a carne intumescida que a fazia gritar quando ele a tocava. Ela quase dançava, ondulando sobre seu corpo, usando-o para o prazer.

– Me use – disse ele, baixinho. – Ah, sim, por favor, me use.

Ela jogou a cabeça para trás e emitiu um som que era metade o nome dele, metade êxtase. A carne dela pulsava de prazer sob a mão dele, e a virilha de Henry latejava no mesmo ritmo.

Ela desabou sobre ele como se ele fosse um divã.

– Ah, a sensação do seu corpo é tão boa, depois de todo esse tempo desejando-o!

– Você queria isso? – perguntou ele, passando os dedos sobre a pele macia dela, maravilhando-se com a delicadeza do corpo de outra pessoa.

Sentiu que deveria ser algum outro homem melhor experimentando a beleza dos seios dela ao luar, a doçura impossível do umbigo, a vulnerabilidade angustiante de um pequeno sinal sobre o busto – pois ele não merecia aquilo.

Alice era perfeita. Nunca tinha se deparado com uma visão tão linda em toda a sua vida.

Ela se aconchegou junto dele, deixando-o abraçá-la, explorá-la, beijá-la. Antes, ela estava tensa como uma mola, mas naquele momento estava lânguida e sensual.

– Tira a roupa para mim? – sussurrou ela. – Quero sentir sua pele.

Ele tirou a camisa e a calça e as deixou cair no chão. Nenhuma mulher jamais havia contemplado sua nudez, e ele tinha certeza de que ela não ia gostar – todo aquele volume resultante de seu regime de exercícios, o cabelo ruivo que descia pelo peito e ardia em torno de sua masculinidade, a maneira rude como seu órgão se projetava em direção ao teto, um longo fio de sua excitação úmida gotejando. Era um insulto para ela que isso fosse tudo o que ele tinha para dar quando ela era de tamanha delicadeza.

No entanto, Alice sorriu enquanto seus olhos percorriam o corpo dele de cima a baixo. Olhou-o do mesmo modo que olhara a torta de maçã. Aquilo o deixava emocionado, o fato de qualquer um – *ela* – olhar para ele assim.

Parecia a sensação de ser amado.

Ela estendeu a mão, chamando-o para mais perto.

– Você é um tesouro. Venha para a cama para que eu possa sentir você.

Ele deslizou sob os lençóis e ela o tomou em seus braços. O membro dele começou a pulsar daquela forma pouco cavalheiresca que tanto o horrorizou no moinho. Mas naquele momento não estava constrangido. Queria que ela o sentisse. Queria esfregá-lo nela. Queria que ela sentisse a grandeza de seu desejo por ela.

Alice agarrou a cabeça do pênis dele.

– Henry – arfou ela, passando a mão por todo o seu comprimento.

Ele gemeu. Adorou a sensação, mas ao mesmo tempo sentiu um sobressalto por ela ter descoberto suas dimensões, o que lhe rendera zombarias nos tempos de escola.

– Desculpe, sei que é grosseiro.

– Grosseiro? – Ela riu baixinho. – Meu querido, na Charlotte Street você poderia ganhar um bom dinheiro com dimensões tão grosseiras.

Ela continuou a passar as mãos sobre ele, de tal forma que quase o fez querer chorar.

– Não se importa? – perguntou Henry, prendendo a respiração enquanto ela aumentava a pressão.

– Sou grata ao Senhor que o criou – sussurrou ela, agarrando-o com mais firmeza, e ele sentiu que seus olhos poderiam saltar das órbitas com aquela sensação.

Ela correu o dedo pelo membro molhado, espalhando sua luxúria ao redor da ponta.

– Ele sempre se derrama assim?

– Às vezes, Alice, basta olhar para você e começa a acontecer. Estava acontecendo naquele dia na casa de chicoteamento, quando você me levou na visita guiada. Eu estava preocupado que pudesse...

Ele não conseguiu completar o pensamento, porque ela espalhou as gotas quentes ao redor do órgão dele com o polegar, cobrindo-o com seu próprio desejo. Era tão bom que ele não conseguia parar de gemer, de mover os quadris no mesmo ritmo das mãos dela.

– Você está louco por isto, não está? – perguntou ela com uma voz terna.

– Estou – sussurrou ele, exultando com a sensação.

Ele se jogou para a frente, o corpo perseguindo a sensação, querendo mais e mais e mais.

– Eu também. Estava imaginando isso no moinho – cochichou Alice. – Eu senti como você era grande e o quanto me queria, e eu estava agoniada. Eu queria me virar e tomá-lo na boca.

– Na *boca*? – Ele arfou.

Sabia que era algo que se fazia, mas nunca havia imaginado que pudesse ser feito com *ele*. No entanto, agora que Alice mencionara, tudo em que ele conseguia pensar era em como ela ficaria entre suas pernas, lambendo a excitação de sua ereção.

– Gostaria disso? – murmurou ela.

A boca de Alice estava atrás da orelha dele, e seu hálito quente fez com que ele se arrepiasse.

– Por favor – disse ele no ombro dela. – Por favor.

Ela mudou de posição e se ajoelhou sobre ele, colocando os lábios no nível de sua masculinidade inchada. Ela respirou levemente na ponta, então lambeu o que vazava.

Ele ficou tão chocado com o calor da boca de Alice que nem conseguiu parar para se perguntar se aquele era um pecado especialmente grave. A sensação o fez pensar nas escrituras.

Leva-me contigo; corramos. O rei introduziu-me em seus aposentos.

Parecia arrebatador, como uma oração.

Ela parou.

– Tudo bem, Henry?

Ele tentou dizer que sim, mas sua voz saiu em um grito estrangulado, suplicante, e, diante do desespero dele, ela levou a boca de volta à ereção e começou a acariciar as nádegas dele com os dedos enquanto o chupava e lambia.

Os quadris de Henry projetaram-se para a frente a fim de obter mais daquele calor úmido, e ele ficou horrorizado com a própria audácia, mas, antes que pudesse se desculpar, ela o tomou até o fundo da garganta, e ele não conseguiu pensar, não conseguiu se mover, não conseguiu respirar.

Simplesmente começou a se derramar.

A agonia era tão intensa que ele não conseguia fazer nada além de estremecer à medida que ondas e mais ondas o atravessavam. Esperava que Alice se desviasse do caminho do jato, mas em vez disso, para espanto dele, ela o manteve na boca e bebeu sua semente.

– Prontinho – disse ela, limpando a boca e se aninhando ao lado dele na cama quando ele voltou a si. – Não está se sentindo melhor?

– Acho que estou flutuando – murmurou ele. – Como se estivesse no paraíso com você ao meu lado.

Alice beijou sua orelha.

– Estou tão feliz que tenha vindo a mim. Eu queria isso. Queria você. Nunca achei que você poderia... Sou grata.

Ele a trouxe para junto de si, acomodando-a na curva de seu corpo de um jeito que ele conseguia segurá-la com os braços, a boca e os dedos dos pés.

– Também sou grato.

E ele era. Era mesmo. Sem hesitação, de forma absoluta, era grato.

Se um pecado pudesse despertar um novo destino como aquele, ele ficaria feliz em pedir perdão a Deus.

Mas pediria mais tarde, porque naquele momento, enquanto a abraçava sob o luar, ele só conseguia repetir em sua mente um verso que adorava do *Cântico dos cânticos*:

Como és formosa, minha amada;
Como és formosa;
Com teus olhos de pomba.

Capítulo trinta

Alice acordou com a sensação de estar vestindo Henry Evesham como se fosse um manto. O corpo dele era ainda melhor do que o arminho.

Contemplou-o, admirando o modo como o peito e as pernas eram salpicados por sardas avermelhadas e pelos cor de cobre. Nunca estivera com um homem com suas formas. As coxas eram arredondadas e fortes, os braços eram quase tão grossos quanto a cintura dela.

Estar ao lado dele a fazia se sentir carnal, como se estivesse mais perto de ser uma criatura do que um ser humano. Queria ficar ali naquela cama para sempre, até conhecer o corpo dele melhor do que conhecia o próprio corpo, até possuí-lo de todas as formas que podia imaginar.

A mão dele deixou suas costelas e foi para a barriga, e ela notou uma mudança no ritmo da respiração – ele estava acordando.

Alice não queria que ele acordasse.

Porque, quando isso acontecesse, teriam de se separar. Ela duvidava que voltassem a se ver depois daquele dia. Lera muito do diário de Henry para ser capaz de fingir para si que ele não se arrependeria daquilo.

Mas ela não se arrependia. Desejava poder ter uma centena de manhãs como aquela.

Havia tantas formas de arder.

Ele se mexeu atrás de Alice e seu membro roçou nas nádegas dela, duro e quente ao toque. Alice sentiu-se tomada por um desejo puro e animalesco. Pressionou o traseiro contra ele para senti-lo melhor. Henry suspirou, e ela sentiu a umidade na pele. Ela colocou os dedos no próprio sexo, porque a maneira como ele gotejava com luxúria, mesmo durante o sono, era diferente de qualquer outro homem com quem estivera.

Sentia-se louca por ser desejada de uma forma que simplesmente não podia ser contida – e ainda assim *era* contida, e contida com tanta suavidade que ninguém saberia daquela força a menos que ele permitisse.

Henry permitira que ela tivesse aquilo. Que ela o tivesse.

Ele emitiu um som de prazer e moveu as mãos para segurar os seios dela. Ah, conhecer o prazer do corpo dele mais uma vez.

– Você é tão bonita – sussurrou ele. – Não consigo parar de olhar para você.

Ela se empinou contra o membro dele.

– Eu amo sentir seu corpo.

Ele começou a dar estocadas lentas por trás de Alice enquanto corria os polegares por seus mamilos, arrancando gritinhos dela cada vez que os apertava apenas o suficiente para provocá-la. A respiração quente dele no pescoço dela fez com que ela visse estrelas. Ele agarrou o corpo de Alice de modo possessivo, deslizando as mãos pelos dois lados até segurar seus quadris. Henry a puxou para cima de si, de modo que ela ficasse deitada sobre seu pênis. A mão dele veio flertar com a dela, pedindo uma permissão silenciosa para substituir os dedos em seu sexo pelos dele.

Alice abriu as pernas para ele, que deixou escapar um som que era quase um soluço.

– É a coisa mais linda que já toquei – sussurrou ele. – Quero beijá-la aí.

Ela também queria isso. Muitíssimo.

– Deite-se – murmurou para ele – e terá o seu desejo realizado.

Ele reclinou-se no travesseiro, parecendo nervoso, ansioso e corado. Ela escalou seu corpo, parando para acariciar o membro tenso.

Henry jogou a cabeça para trás e gemeu:

– Cada vez que você faz isso, tenho medo de morrer.

– Henry, posso garantir... você mal começou a viver.

Ela rastejou sobre o torso longo e lindamente musculoso dele, apreciando o modo como era observada, como se ele estivesse testemunhando um milagre. Ajoelhou sobre ele, de modo que seu sexo ficasse logo acima da boca dele. Os olhos de Henry dispararam em busca dos dela, como se não pudesse acreditar que aquilo estava acontecendo e tivesse que se assegurar de que ela era real.

– Posso...? – disse ele, ofegante. – Quero dizer, não se importa se eu...

Ela deu a ele um sorriso beatífico.

– Por favor. Demore-se o quanto quiser.

Ele olhou para o sexo dela com algo semelhante a espanto. Hesitante, começou a explorá-la, usando os dedos para tocá-la com delicadeza, como se pudesse quebrá-la. Olhava nervoso para o rosto dela toda vez que se aventurava em um lugar novo, para ver se ela gostava.

Ela definitivamente gostava.

Era adorável, mas, ainda mais do que a sensação, ela gostava da maneira maravilhosa como ele a olhava. O prazer absoluto de Henry toda vez que ela prendia a respiração, abria mais as pernas ou soltava um gemido. Ele foi se tornando mais seguro de si cada vez que ela estremecia de prazer.

E então, quando ela já estava muito molhada e ávida, prestes a se abaixar até sua boca e implorar que ele usasse a língua, ele colocou as mãos nas coxas dela, ergueu-a e a beijou com muita, muita delicadeza, exatamente onde ela queria.

Alice espalmou as mãos na parede e gemeu. Ele a trouxe para mais perto, como se ela não pesasse mais do que um travesseiro, e acariciou seu sexo com os lábios. A língua dele começou a vagar, e então descobriu que ela gostava de ser chupada suavemente, e percebeu que, se a levantasse e abaixasse ritmicamente em sua boca astuciosa, aquilo a fazia estremecer e gemer.

E foi o fim de Alice Hull. Não era Henry quem morreria naquela cama. Era ela.

Ela baixou o corpo ao encontro da língua maravilhosa dele e se transformou num raio de sol e depois se despedaçou em estrelas. Os picos não paravam de se suceder, cada um mais forte do que o outro. A cada tremor que a atravessava, Henry gemia como se pudesse sentir o prazer dela, como se exultasse.

Ela não imaginara que ele pudesse ser capaz de tanta liberdade.

Aquilo a deixou muito feliz.

Aquilo a fez pensar que os dois não eram tão diferentes no fim das contas.

Alice fechou os olhos e se entregou ao momento. Estar envolta pela luz do sol, pela boca de Henry, consumida pelo desejo dele, desmanchando-se com o seu. Arfar, contorcer-se e gemer como animais desprovidos de qualquer percepção além daquilo que fazia com que ardessem.

Ela desabou, deslizou pelo corpo dele, deixou a cabeça tombar em seu peito suado. O ventre dele estava pegajoso, e ela percebeu que ele já havia gozado, motivado apenas pela excitação de deixá-la fora de si. A doçura daquilo, a pureza do desejo dele e a novidade que aquilo representava para Henry fez o coração dela doer.

– Sinto muito – disse ele. – Fiz uma lambança.

– Ah, Henry... Depois disso, nunca mais precisa me pedir desculpas.

Ela pegou a camisa dele no chão e usou-a para limpar sua semente, mordiscando os mamilos dele enquanto agia.

– Pronto. Assim está melhor.

Ele a virou para encará-lo e sorriu com doçura.

– Bom dia.

Alice retribuiu o sorriso e a dor no coração aumentou mais e mais.

Ele ajeitou o cabelo dela, passando os dedos por sua cabeça com delicadeza, como se ela fosse uma criança, e ela viu como ele seria um marido dedicado à esposa. O tipo de marido que, nas horas mais privadas, canalizaria sua paixão para o quarto, compartilhando essa parte secreta de si mesmo com generosidade.

Entristeceu-se tanto por não ser a mulher com quem ele a compartilharia que precisou desviar o olhar.

Não se lamente. Seja grata por ter conseguido um pouco dele.

– Obrigada – disse ela. – Não consigo pensar em uma maneira mais adorável de dizer adeus.

As mãos se detiveram em seu cabelo.

– O que quer dizer – falou ele, lentamente – com "adeus"?

Ela sorriu com tristeza, sem querer magoá-lo ao parecer ansiosa por se separar dele, mas recusando-se a viver na ilusão de que aquela manhã seria algo além de um adorável interlúdio antes de uma despedida definitiva.

– Bem, tenho que pegar a diligência postal e duvido que nos vejamos muito em Londres, porque você já terá concluído seu relatório.

– Alice – disse ele, apoiando-se em um braço. Ele sorriu para os olhos dela. – Vamos nos casar, é claro.

Ela riu. Ele não era apenas sensual, era divertido, fazendo a piada com tanta sinceridade que por um momento ela especulou se ele realmente falava sério.

– Não seria uma ironia? Mas não é provável, a menos que eu o tenha convertido a uma vida de pecados e que você aspire a um posto na casa de chicoteamento.

Ele não riu. Seu rosto se contorceu. Primeiro em confusão, depois em surpresa e, então, em dor.

– Não estou brincando, Alice – disse ele, em voz baixa. – Estou fazendo um pedido de casamento.

Um pedido de casamento?

Não, com certeza não.

Se ele queria uma espécie de jogo, ela não queria jogar. Se fosse uma tentativa culpada de desfazer o pecado, ela não podia encorajá-lo.

Ela beijou o rosto dele e saiu da cama.

– Você é um homem doce, adorável e tolo. Aqui, vista-se.

Henry ignorou a camisa que ela ofereceu.

– Não estou sendo nem um pouco tolo. Devemos nos casar. Sem dúvida, você entende isso.

– Não é possível e você sabe disso – murmurou ela.

Alice manteve a leveza do tom, mas seu pulso começava a acelerar com a compreensão crescente de que ele falava completamente sério e que sempre falara.

– É possível – disse ele no mesmo instante, o rosto enrubescendo. – Claro que é. Além disso, é o que devemos fazer. Nós copulamos.

Ele fez a afirmação categoricamente, como se o que sugeria não fosse de todo impossível ou absurdo.

– Henry, a cópula não resulta necessariamente no matrimônio. Além disso, você não se juntou a mim. Não há risco de um bebê.

– Não estou falando em risco – disse ele, áspero. Respirou profundamente, como se tentasse manter a compostura. – Alice, quero que você seja minha. Eu lhe *disse* isso.

– Achei que se referisse à noite – respondeu ela com sinceridade.

– Eu quis dizer para o resto da vida.

O coração de Alice começou a bater forte. Ela sabia que ele gostava dela, mas isso não alterava a realidade de suas circunstâncias. Aquilo era muito precipitado e imprudente.

E o que *ela* queria? Ele nem perguntara.

– Eu... Henry, você é um religioso, e eu estou treinando para ser uma governanta chicoteadora. O casamento entre nós não é possível. Deve entender isso.

Ele se endireitou. Os últimos vestígios de doçura no rosto de seu amante endureceram até dar lugar ao semblante sabichão de seu antigo inimigo, o lorde-tenente.

– Sei que não será sem complicações – disse ele, em um tom que se tornava um tanto arrogante e conciso. – Mas meu ministério servirá mulheres da vida, e você pode usar seu conhecimento do negócio para conduzir nossas obras de caridade. E pode comandar o coro, tocar órgão na igreja. – Ele sorriu para ela, assentindo. – É bem lógico.

Bem lógico. Quase tão comovente quanto *Você será uma bela vitrine.* Que série de declarações românticas ela vinha recebendo.

Ela balançou a cabeça.

– Não há lógica alguma. Você ficou comovido com o que compartilhamos. E foi lindo. Mas em seu coração você sabe que não pode se casar comigo. Não torne as coisas mais difíceis.

Ela desviou o olhar e começou a reunir seus pertences. Ele se levantou e pegou as mãos dela.

– Não mexa nessas coisas – repreendeu ele. – Estou tentando ter uma conversa.

– Não, está tentando me intimidar para me casar com você. O que eu não farei, pois, mesmo que ignorássemos minhas circunstâncias e as suas, não *concordamos* em nada.

Ela o viu ponderar, hesitar e então descartar a ideia. Ela o viu reorganizar seu rosto em algo como doçura, para bajulá-la.

– Alice, não somos tão diferentes. Podemos construir uma vida juntos. Formaremos nossa família. Sempre quis ser pai. Aguardarei ansioso por nossos esforços de tentar tornar esse desejo realidade. Gostei muito da nossa noite juntos. E de nossa manhã... Não me esquecerei de nossa manhã enquanto viver.

Ele sorriu para ela com timidez e sinceridade, e era a imagem completa do tipo de homem que Henry Evesham poderia se tornar. Um reformador atencioso e compassivo com uma fé inabalável em Deus e uma determinação de fazer o que achava certo, sem se importar com o que tivesse de enfrentar. Um homem que assumiria suas responsabilidades públicas com calma e que acolheria as responsabilidades privadas com terna afeição.

Um homem que se envolvia com ideias, que mantinha círculos inteligentes e interessantes, que amava música tanto quanto ela.

Por um momento, ela desejou dizer sim à fantasia que ele havia criado.

Mas ele estava ignorando a realidade. A *dela*. E sentia-se zangada por ele colocar o fardo de reconhecer a situação apenas nos ombros dela.

– E como vai explicar para seus amigos no Parlamento quem é a mulher com quem está se casando? Para seus amigos na igreja?

Ele balançou a cabeça.

– Ninguém precisa saber sobre o seu passado.

Ela jogou a cabeça para trás, frustrada.

– Helmsley sabe. Outros descobrirão. Você levou em consideração essa dificuldade? O choque que isso vai causar? O dano à sua reputação? Sabe como as pessoas ficam ávidas para envergonhar aqueles que consideram culpados de ter pouca moral. Você mesmo tem sido uma delas. Se escondermos, vai nos assombrar. E eu não quero esconder quem eu sou. Tenho feito isso há muito tempo com minha família e é uma vida de muita ansiedade. Estou feliz por ter me livrado disso. Não vou repetir o mesmo erro.

O lorde-tenente descartou essas preocupações com um movimento de seu pulso, como se tivesse o poder de jogá-las numa lixeira.

– Entendo seu medo, Alice, mas eu orei e estou confiante de que seu passado não importa se você pedir a Deus por sua absolvição. Você se arrependerá e será salva. E, se outros puderem aprender com sua história, sua redenção servirá como uma demonstração poderosa da misericórdia de Deus.

Arrepender-se?

Ela endireitou os ombros e olhou dentro dos olhos dele.

– Mas eu não me arrependo.

Ele fechou os olhos.

– Alice, sei como você é boa. Eu vejo seu espírito. Você só precisa ter fé...

Uma única palavra a percorreu: *não*.

Ter ou não fé era um problema dela. Ela não faria disso a condição para ser aceita. Para ser casada. Amada.

– Você não pode me moldar para ser a mulher que você deseja por conveniência, Henry. O fato de você gostar de tocar meu sexo não muda quem e o que eu sou.

Ele amoleceu.

– Eu *sei* quem você é. Você é corajosa, compassiva, sensível e gentil. Eu adoro o seu espírito, me deleito com sua beleza. – Ele fez uma pausa, corando. – E seu, hã, sexo.

– E o fato de eu não ir à igreja e mal saber orar? De não compartilhar de suas opiniões sobre o pecado?

– Eu vejo como o espírito a perpassa quando você toca música, Alice. Sei que Deus a ama e que a acolhe, e que ele estará lá quando você estiver pronta para se abrir para ele.

Ele estava sendo sincero naquele momento. Totalmente sincero. E isso era muito pior.

– E os meus pecados, Henry? Tive amantes desde que era garota. Tantos que eu mal conseguiria me lembrar de seus nomes se tentasse. Dei assistência em sessões na Charlotte Street. Testemunhei sexo e tortura. Forneci eu mesma os instrumentos. Fiz tudo sem pensar duas vezes e não tenho arrependimentos.

Cada frase que ela pronunciava parecia atingi-lo como um soco. Ele a encarou com a mandíbula pulsando de emoção. Ela não gostava de magoá-lo, mas precisava fazê-lo entender, para o bem de ambos.

– Eu queria essas coisas da mesma forma que quis você. E não me arrependo. Nem um pouco. Por nada disso.

– Por que está me contando isso? – murmurou ele.

Uma lágrima desceu pelo canto do olho e ele a enxugou com raiva, mas outra veio em seguida. Ela estendeu a mão, segurou o rosto dele e beijou o rastro que a lágrima deixava sob seu olho.

– Henry Evesham, adoro sua bondade. Sua gentileza, sua preocupação em fazer a coisa certa e em ajudar as pessoas. Adoro ver você orar e pregar. E seria um pecado ultrajante fingir que ficar comigo não o privaria da vida que você deseja. Você é um lorde-tenente, um metodista e um bom homem. E merece ter a vida que deseja. Me machuca ter de deixá-lo, mas não posso pedir que mude sua essência por minha causa.

Ela fez uma pausa, enxugando as próprias lágrimas.

– E eu também mereço isso. Eu mereço. Não posso me casar com um homem que sempre terá vergonha do meu passado ou que gostaria que ele fosse diferente. Não posso simplesmente me arrepender e me tornar essa mulher que você deseja, porque não me arrependo. E viver com um homem que acha que eu deveria... é pedir muito.

Henry prendeu a respiração como se tivesse levado um soco, mas não respondeu.

Porque não *havia* resposta.

Era o que ela queria demonstrar.

Ela o beijou na face com ternura.

– Obrigado, querido, por tudo que fez por mim. Nunca vou me esquecer de você, Henry Evesham. Tenho grande fé no que você se tornará... em tudo de bom que você fará. Mas agora vou pegar a diligência postal e voltar para casa.

Ele a encarou como se estivesse prestes a cair de joelhos, agarrar os tornozelos dela e se prender a ela como um par de algemas.

– Por favor, não vá – sussurrou ele. – Sei que devemos ficar juntos. Por que outro motivo Deus teria me levado à Charlotte Street no momento em que você precisava viajar na mesma direção que eu? Por que outro motivo teríamos sido tão castigados pela neve em nossa jornada quando não há sinal de frio extraordinário além de nosso caminho? Por que seríamos forçados a ficar tão próximos repetidas vezes? É a providência divina, Alice. Só pode ser.

Ela pegou sua bolsa.

– É o acaso. Por favor, não discuta. Vamos nos separar como amigos.

– Amigos! – exclamou ele. – Alice, eu a *amo*.

Mas ele não a amava. Não amava tudo nela.

Deus talvez perdoasse as transgressões dela. Mas *Henry* não perdoaria.

E ela não permitiria que qualquer um dos dois sacrificasse sua própria natureza como preço do amor.

– Se isso for verdade, Henry – sussurrou, incapaz de olhar para ele –, então me deixe partir.

Ela saiu para o corredor e fechou a porta atrás de si. Cravou as unhas na palma da mão, tentando reprimir a tremenda sensação de perda que a envolveu.

Caso se permitisse, poderia facilmente deixar de lado seus princípios e instintos pela fantasia de uma vida com Henry Evesham.

Mas ela apenas havia começado a viver para Alice Hull.

Não estava preparada para desistir.

Capítulo trinta e um

Henry se sentou no catre que cheirava intensamente a pecado e encarou a porta enquanto os passos de Alice se afastavam.

Tinha ganas de se levantar e persegui-la, mas obrigou os pés a ficarem plantados no chão.

Não sabia se conseguiria andar mesmo se tentasse.

Mas conseguia ficar de joelhos e orar.

Dessa vez, suas palavras a Deus vieram com facilidade e urgência.

Orou por perdão. Orou por clareza. Orou por força.

Orou para que algum dia aquilo doesse menos.

Que algum dia pudesse esquecê-la.

Por fim, ele recolheu o que restava de suas coisas e foi pagar o estalajadeiro.

Ao ver Henry, a expressão do homem se fechou.

– Espero que você e sua *irmã* tenham tido uma noite agradável – zombou ele.

– Sim, obrigado – disse Henry, colocando a mão no bolso para pegar o porta-moedas.

– Não há necessidade. Sua *irmã* pagou ao sair, depois de perguntar pela diligência postal.

Ele estremeceu por ver que Alice sentiu a necessidade de pagar as despesas.

– Entendo. Obrigado.

O homem o encarou com puro desprezo.

– Por que sua *irmã* precisaria da diligência postal?

Henry parou, atordoado pela força da raiva do homem.

– Senhor, com licença...

– Que vergonha – berrou o estalajadeiro, dando um soco na mesa. – Não manche minha porta novamente. Não negociamos com prostitutas neste estabelecimento.

Henry ficou completamente imóvel.

– Como ousa dizer uma coisa dessas?

– Como ouso? – rosnou o estalajadeiro. – Este é um lugar decente, senhor. Ouvi o barulho profano vindo do seu quarto. Um raio divino deveria atingi-lo por trazer alguém como aquela prostitua aqui. Vá embora antes que eu mesmo o ponha para fora.

Henry estendeu os braços sobre a mesa e colocou as mãos nos ombros do estalajadeiro. Foi delicado e cuidadoso para não machucá-lo, pois sabia que a força de seu tamanho, a medida de sua calma, serviriam tanto para chocar e afrontar o homem quanto se resolvesse esbofeteá-lo.

– Assumirei minhas transgressões, senhor – disse Henry, num tom indiferente. – Mas, quando fala assim de qualquer mulher, a única pessoa a se sentir envergonhada deveria ser o senhor.

O estalajadeiro cuspiu cruelmente em seu rosto.

Henry recuou. Tirou o lenço do bolso e enxugou a saliva do homem do rosto. Caminhou até a porta, sentindo os olhares dos estranhos que faziam o desjejum no salão e que o encaravam com clara curiosidade, julgando-o.

Uma mulher olhou para ele, furiosa, indo em direção ao marido como se Henry fosse estender a mão e apalpá-la.

– Espero que a vadia tenha valido a pena, rapaz – zombou um velho, dando um tapa em suas costas quando ele passou.

Alice tinha razão. De fato doía sentir a condenação daquela multidão.

Mas não se comparava à dor de deixar a pousada sem ela. Talvez fosse aquilo que ela queria dizer com moralidade privada. Não era a rejeição da sociedade que o flagelava. Era a dela.

Mas no que isso o transformava? Qual era o significado de ter copulado, de forma apaixonada e flagrante, mais de uma vez, com uma mulher com quem não era casado? O que significava preferir ser exposto e perder sua posição a desistir dela?

Sentia-se angustiado por ter fracassado diante de Deus, por ter fracassado em viver de acordo com seus ideais, por ter acreditado que era superior a tais lapsos. Mas não se arrependia de ter se deitado com Alice. Nem se arrependia de ter se apaixonado por ela. Só lamentava não ter percebido antes que ela estava certa.

Se Alice aceitasse Deus como seu salvador, isso daria a ele uma enorme alegria. Mas era uma decisão dela. Se ele a queria, tinha que amá-la sem estabelecer condições. Não podia julgá-la, nem julgar a si mesmo por escolhê-la.

Ele voltou para Bowery Priory perdido em pensamentos, ponderando o que deveria fazer. Ao chegar, o lacaio informou-o de que seu pai desejava vê-lo assim que estivesse em casa.

Para se gabar, sem dúvida.

Ele subiu para trocar de roupa e fazer a barba. Estava sem camisa e coberto de espuma de barbear quando alguém bateu na porta de seu quarto com tanta força que ele quase se cortou com a navalha.

– Sim? – respondeu ele.

A porta se abriu e o pai entrou no quarto, olhando para o corpo semivestido de Henry com uma expressão de repulsa que fez o rapaz querer se atirar atrás do biombo. Obrigou-se a não encolher-se e aparou os pelos do pescoço como se não tivesse percebido nada.

– Senhor, como posso ajudar? – perguntou ele, olhando para o reflexo do pai no espelho.

– Disse para você vir falar comigo imediatamente.

– Estava planejando fazer isso assim que me tornasse apresentável, senhor.

Seu pai bateu na parede com raiva.

– Pare de se barbear e olhe para mim.

Henry se virou lentamente. O rosto do pai estava vermelho e ele segurava uma carta dobrada. Estava tão furioso que parecia que seus pés poderiam levitar alguns centímetros do chão.

– Esta carta do vigário Helmsley chegou de manhã – gritou ele, sacudindo-a. – Você se daria ao trabalho de adivinhar o que diz aqui?

Henry recostou-se na parede, preparando-se, enquanto o pai colocava um par de óculos, pigarreava e começava a ler em voz alta.

– Não me é nem um pouco satisfatório dizer que descobri seu filho Henry numa situação bastante curiosa com uma mulher de moral impudica em minha igreja esta tarde. Alice Hull, a garota em questão, era conhecida por manter relações pecaminosas com vários homens antes de partir para Londres em estado de desgraça há vários anos. Sabendo que o senhor ficaria desconcertado com isso, visitei a família dela para perguntar sobre o relacionamento com seu filho e descobri a mãe dela em um estado de extrema angústia porque a Srta. Hull informou que está ganhando a vida em uma casa de chicoteamento em Londres.

Seu pai fez uma pausa.

– Uma *casa de chicoteamento em Londres* – repetiu ele.

– Senhor...

– Ah, não, você vai me deixar terminar. E continua: "Para meu horror", o reverendo escreve, "a Sra. Hull me informou que a filha partiu na companhia de Henry após este anúncio. Vou, é claro, manter este assunto entre nós, mas aconselho-o a falar com seu filho depressa, para que isso não traga desonra para sua família. Sem dúvida, o rapaz foi seduzido e perdeu a cabeça por esta Jezebel. Quanto mais cedo ele for colocado na linha, menor será o risco de prejudicar permanentemente as perspectivas dele e as suas".

O pai encarou Henry com o rosto tão rosado de fúria sob a peruca prateada que parecia um bolo com glacê.

– Só posso deduzir que é a mesma "Sra. Hull" que você trouxe a esta casa para ficar sob o mesmo teto que sua irmã e a Srta. Bradley-Hough, sabendo que ambas poderiam ser arruinadas pelo simples boato de *terem falado* com uma prostituta?

– A Srta. Hull não é uma prostituta – disse Henry, categoricamente.

– Você, meu filho, está mentindo. Jonathan me avisou que a encontrou vagando pela casa no meio da noite procurando seus aposentos e que ouviu você cantarolando alguma canção vulgar sobre o sexo dela. Optei por não acreditar que isso pudesse ser possível. Longe de mim defendê-lo, Henry, mas pensei que *meu filho, o religioso*, trazendo *uma prostituta* para a casa do próprio pai estava simplesmente fora de cogitação.

– Alice Hull é criada em um estabelecimento que...

– Seja o que for, ela não é uma viúva metodista indo visitar a mãe moribunda. Você mentiu para mim.

Henry inspirou fundo.

– Eu menti para você. Por isso, peço perdão a Deus e ao senhor. Mas a Srta. Hull é uma mulher de bom caráter, qualquer que seja sua reputação.

Seu pai balançou a cabeça e ergueu a mão.

– Já basta. Não quero discutir essa sujeirada. A questão, Henry, é que a carta que estou segurando é o suficiente para destruí-lo. O vigário Helmsley faz progressos rumo ao bispado, e sua palavra tem peso junto àqueles que bancam a manteiga do seu pão. Você não vai encontrar trabalho como espécie alguma de reverendo se souberem que andou transportando uma meretriz por metade do reino, fazendo sabe-se lá o que numa igreja.

Henry nada disse. Não podia negar a verdade nas palavras do pai.

– Eis o que você fará – disse o pai, com firmeza. – Vai terminar de se barbear, vai se vestir com um pouco de decência, sem tentar parecer um lavrador, e vai encontrar com a Srta. Bradley-Hough e pedi-la em casamento. Vai assegurar a ela que decidiu deixar o ministério religioso para voltar aos negócios da família assim que concluir seus deveres para com a Câmara dos Lordes e que anseia ter uma vida encantadora a seu lado em Bath. Se fizer isso, Henry, vou jogar esta carta no fogo. Pode continuar com seus avivamentos e outras coisas, contanto que eu consiga o dinheiro para proteger os negócios.

Henry olhou para o chão.

Por um minuto torturante, a sala ficou em silêncio, exceto pelo som da respiração ofegante do pai.

Então Henry começou a rir.

– Não – disse ele com simplicidade, deixando-se cair numa cadeira. – Não.

O pai bateu o pé.

– Basta! Basta! Isto não é uma negociação. Vai fazer o que eu mandei ou vou arruiná-lo.

– Então me arruíne – disse ele, porque as palavras de Alice Hull ecoaram em sua mente: *Eu não me arrependo*.

Ele também não estava arrependido. Não mesmo. E não se importava se o pai levasse adiante aquela ameaça ou se estava apenas tentando coagi-lo.

Alice dissera que, se ele quisesse uma mulher como ela, teria que ser um tipo diferente de homem e se preparar para um tipo diferente de vida. Dissera que *ela* não poderia pedir isso a ele.

Mas ele poderia escolher.

Mal escutava enquanto observava o pai praguejar, se enfurecer e pisar forte. Diante daquela exibição, tudo o que ele via era o modo como seus argumentos deviam ter parecido ingênuos para Alice. Aquilo era exatamente o que ela temia. E seria apenas a primeira de muitas dessas reações.

Ele pedira a ela algo que não era possível. E o fizera por esperança e fé na providência do Senhor e, talvez, por um otimismo cego.

Esperança, fé e otimismo podiam suavizar uma vida, mas não podiam criar uma vida.

O homem que ele vinha sendo não poderia se casar com Alice Hull e esperar que o mundo se reorganizasse para atender seus caprichos.

Afinal, por mais que Henry quisesse esmurrar o pai, o vigário Helmsley ou o estalajadeiro, eles se comportavam exatamente como Henry se comportaria se estivesse no lugar deles. Não tinha feito isso tantas vezes antes – criticar os pecadores por sua hipocrisia e falta de decência?

Não os envergonhara diante de uma multidão?

E não enfrentaria indignação e pedidos de explicação se soubessem que o autor do *Santos & Sátiros* havia se casado com uma mulher que ele encontrara num bordel?

Ele seria motivo de chacota. Ela seria um alvo.

Se ele fosse sujeitar qualquer um deles a isso, deveria ser depois de refletir sobre os argumentos e de ter real convicção sobre eles. Certificando-se de que a vergonha não voltaria para assombrá-lo nem para corromper o que sentia por ela com a culpa.

Só então ele poderia realmente pedir a Alice que ficasse a seu lado.

Não era ela quem teria de mudar. Era ele.

Seu pai estava em silêncio, fervendo de raiva.

– Não se trata de uma ameaça vazia, Henry. Estou lhe dando uma última chance de se salvar.

– Estou voltando para Londres. Pode fazer o que quiser e tem a minha bênção.

Seu pai girou nos calcanhares e saiu pela porta.

Henry terminou de se barbear, se vestiu e juntou seus pertences. Encontrou a mãe e a irmã na sala e explicou às duas que tivera um desentendimento com o pai e que precisava ir embora.

Ambas empalideceram. A mãe pigarreou.

– Seu pai indicou que esperava que você tivesse boas notícias sobre a Srta. Bradley-Hough – disse ela, hesitante.

– Parece que ele está equivocado.

– Talvez você possa ficar para o batizado – arriscou-se a mãe. E mordeu o lábio. – Sabe como ele é temperamental, Henry, mas tenho certeza de que se...

Henry pôs os braços em volta da mãe.

– Eu amo a senhora, mamãe. Gostaria que fosse diferente.

Ela o apertou com tanta força que machucou as costelas do filho. Quando a mãe o soltou, a irmã veio até ele e segurou seu braço.

– Eu o acompanho até a saída.

Ela caminhou ao lado dele até os estábulos.

– Tudo isso tem relação com a Sra. Hull? – perguntou ela, em voz baixa. – Ouvi papai e Jonathan...

– Sim – disse ele com simplicidade, sem querer ouvir qualquer imundice que tivesse sido dita.

– Ela o ama.

A irmã disse aquilo num tom afirmativo, não era uma pergunta.

Ele parou de andar.

– Como disse?

Josephine sorriu.

– Pensei que havia algo entre vocês quando ela repreendeu Jonathan no jantar. Mas, quando a vi observando você na igreja, tive certeza. Tentei fazer com que ela cometesse indiscrições em relação a você, só para ter certeza de que ela era bondosa, e ela não fez isso.

A irmã ficou na ponta dos pés e beijou sua bochecha.

– Tenho a suspeita de que papai não vai me deixar escrever para você. Mas saiba que mamãe e eu pensamos em você e queremos muito que seja feliz.

Ah, ele iria chorar de novo? Tamanha gentileza depois das emoções daquele dia era mais do que seu coração dolorido poderia suportar.

– Jo – disse ele com voz rouca. – Sei que não é fácil para você ficar aqui e temo que vá piorar por conta da situação financeira de papai. Se precisar de alguma coisa... de dinheiro, de uma casa... encontre uma maneira de mandar uma carta para mim.

Sua irmã assentiu.

– Eu amo você, Henry.

– Eu também amo você, minha querida.

Ele conduziu os cavalos o mais longe que pôde até escurecer, com a mente perdida em oração.

A cada quilômetro, sentia-se mais seguro de si. Sabia o que deveria fazer. E estava feliz.

Ao pôr do sol, ele encontrou uma pousada, alugou um quarto, recusou uma refeição e abriu as janelas do aposento para deixar entrar o ar frio do exterior. Acendeu o fogo e as lamparinas, sentou-se à mesa e retirou o rascunho de seu relatório para a Câmara dos Lordes.

Pegou uma pena nova e começou a trabalhar a partir da única premissa sobre a qual havia meditado o dia todo:

Ser um homem de fé é viver em constante tensão entre o amor do espírito que jaz no coração – a graça – e o impulso para o pecado – a natureza. Conhecer Deus não é erradicar a natureza, mas viver nessa tensão, lutando pela graça. Tal luta é obra da fé. É também o trabalho do caráter. Conhecer Deus é buscar os ideais mais elevados, apesar do pecado que reside em nós. Para arder por eles.

Eu ardo por duas coisas: ardo pela graça e ardo pelos prazeres naturais do mundo, feitos por Deus. Minha fé reside entre esses impulsos e nunca será perfeita. Mas o pecado pode existir onde não reina isolado. A virtude também pode existir onde a purificação não é plena e perfeita.

Desejar a perfeição é desejar a Divindade, o que significa não ter humildade. Pois os homens não são divinos. Somos criaturas que batalham. Nunca certeiros, mas sempre capazes de ter fé.

O amor é onde o espírito de Deus e a natureza do homem se encontram. Ternura, compaixão, cuidado, afeto, bondade – eis aqui onde o que há de melhor do carnal encontra a maior promessa do espiritual.

No amor, podemos arder duplamente.

Essas palavras pareciam verdadeiras.

Ele acreditava nelas.

E nelas encontrava-se a resposta que lhe escapara por meses enquanto ele se revolvia com o dilema de seu relatório para a Câmara dos Lordes: uma maneira de reconciliar sua fé e seu intelecto no cumprimento de seu dever.

A lei carnal e a lei espiritual não precisam seguir as mesmas regras. Pois a lei espiritual é entre o homem e Deus. Mas a lei carnal é terrena, uma aliança entre os homens. Podemos moldar a lei carnal de acordo com a lei espiritual, mas não podemos impor a fé nem é nossa responsabilidade fazê-lo.

Deus supervisionará a própria justiça.

Na terra, o homem deve fazer o máximo para tornar o mundo o melhor possível. Devemos governar no espírito compassivo de Cristo, sem reivindicar para nós mesmos os poderes que são e que devem ser detidos apenas por Deus.

O restante de seu relatório fluiu com facilidade a partir desse princípio. Ele passou a noite enumerando suas recomendações.

Quando concluiu o manuscrito, o sol nascia, e ele nunca se sentira tão orgulhoso de algo que escrevera.

Nem tão certo de que suas palavras alterariam o curso de sua vida.

Henry não sabia se havia esperança para ele e Alice.

Sabia que a magoara com sua arrogância.

Mas esperava que ela lesse aquele documento e visse nele as lições que ela tanto tentara ensinar. Esperava que ela soubesse que aquilo era, à sua maneira, uma carta de amor. Que sob cada palavra havia uma oração simples: *volte para mim.*

Ele saiu pela manhã e partiu rumo a Londres, preparando-se para arcar com tudo o que aquilo lhe custaria.

Capítulo trinta e dois

A diligência postal parava em todas as cidades ao longo da estrada entre Somerset e Londres, arrastando-se num ritmo que fazia Alice querer arrancar os cabelos apenas por diversão.

Ela encontrou um assento no interior da carruagem, mas era quase pior do que ficar de fora, com a tagarelice e o cheiro de seis ou mais passageiros sentados quase no colo uns dos outros. Estava cansada de ouvir a mastigação, a conversa, a tosse, os gases. O traseiro latejava por estar sentada o tempo todo, suas panturrilhas formigaram com o desejo de andar, e sua mandíbula doía de tanto que ela rangia os dentes para não pensar em Henry e em como se sentia vazia diante do pensamento de perdê-lo.

E então começou a chover.

Os passageiros sentados no banco externo exigiram permissão para entrar e se agacharam no chão. As janelas não tinham vidro e as gotas pingavam lá dentro, deixando todos terrivelmente úmidos.

– Vamos parar na próxima cidade – gritou o condutor, batendo no telhado.

Alice mal podia esperar. Preferia caminhar os quilômetros restantes na chuva a continuar sentada ali, espremida entre aquelas pessoas, sentindo-se encurralada dentro de sua mente ansiosa.

Tamborilou os dedos no joelho com impaciência, desejando que a carruagem se movimentasse mais depressa, apesar da dor que sentia no traseiro a cada solavanco.

Um trovão ribombou ao longe, e a chuva transformou-se em uma tempestade poderosa. Ela pensou em como Henry lançaria um olhar de sofrimento se estivesse ali, fazendo alguma piada sobre a imensa falta de sorte dos dois com as condições climáticas.

Mas Henry, sem dúvida, já devia estar de volta a Bowery Priory, seguro e aquecido, lamentando tê-la conhecido.

O trovão retumbou como se estivesse bem em cima deles. Uma jovem ao lado de Alice gritou de medo. Alice deu tapinhas leves em seu joelho.

– Pronto, pronto, é apenas um pouco de chuva. Vai passar logo...

De repente, foram engolidos pelo estrondo. Estavam no interior do trovão, e houve um clarão de luz abrasador que os lançou no ar. A dor atravessou Alice, rápida e quente. Ao seu redor, ela ouvia gritos.

Alice atingiu com força uma superfície, cega, engasgando-se com o ar sulfuroso.

Assim que sentiu o cheiro da fumaça, começou a sufocar. Sua cabeça latejava e o corpo formigava. Tentou se mexer na escuridão, tossindo, louca de dor, sem saber onde estava o chão, tentando encontrar luz, respirar. Seu braço estava preso em alguma coisa, e, quando ela tentou libertá-lo, descobriu que ele mal se prendia ao ombro. Ela choramingou.

Ia morrer.

Estava numa carruagem em chamas e ia morrer.

Me salve, implorou ao fantasma do pai. Implorou à noite. Ao Deus de Henry Evesham.

E então sentiu mãos em seus tornozelos, puxando-a com força pela madeira, e ela gritou porque seu braço ficou livre de um jeito ainda pior do que quando estava preso. Largaram-na na terra fria e úmida.

Ela arfou, certa de que não haveria mais fôlego, de que aquele seria o momento em que passaria para o outro lado.

Mas o ar era frio em sua garganta, que ardia. A chuva caía violentamente em seu rosto.

Ela nunca tinha ouvido falar de chuva no céu nem no inferno, o que significava que ainda devia estar viva. Abençoadamente, milagrosamente viva.

Vagamente, ela viu um homem correr de volta para a carruagem para retirar outras pessoas das chamas. Era alto e forte e na névoa violeta e esfumaçada ela quase achou que fosse Henry, enviado pela providência divina para salvá-la.

Mas não era. Era apenas o cocheiro.

Ele retirou todos os oito corpos da carruagem. Feridos, mas vivos.

Alice pôs o rosto na terra e soluçou, muito assustada. Muito certa de que morreria. Muito perto disso.

E tudo o que ela queria, agora que não estava morta, era o maldito Henry Evesham.

Queria que ele a pegasse, a levasse para casa, a lavasse, a beijasse, a colocasse na cama e se enrolasse em volta dela como uma capa. Queria dizer a ele que se enganara, que a vida era tênue e frágil e que, se eles pudessem se encontrar contra todas as probabilidades, então talvez...

Talvez tivesse se precipitado em dizer que era impossível.

Estava deitada na estrada, sozinha com seus pensamentos e com Deus, e orou ao Senhor por outra chance.

Então tudo escureceu.

Ela acordou numa cama desconhecida, num quarto que não lhe era familiar, um mês depois, ou talvez uma semana depois, ou talvez apenas uma hora depois. O braço estava preso ao seu lado com tiras e toda vez que ela respirava sentia uma onda de dor, algo que não se parecia com nada que tivesse experimentado até então. Percebeu vagamente que havia um homem colocando algo em sua boca.

Henry?

Não, ele não, algum outro...

Então veio o sono, pesado e inebriante.

Ela sonhou com Henry, ajoelhado numa igreja. Sonhou com a mãe, enxugando sua testa, sussurrando *Ally, minha menina*. Sonhou com uma torta, a mais doce que já provara. Sonhou com o pai cantando uma balada enquanto trabalhava num órgão.

– Ally, minha menina. – A voz de sua mãe interrompia a música, impaciente. – Ally, minha menina, precisamos lavá-la – insistiu a mulher.

Alice ficou com raiva da mãe e desejou que se calasse. A dor veio rápida e intensa, então ela abriu os olhos e de novo estava num quarto desconhecido, mas dessa vez era a mãe quem estava na cabeceira.

Alice piscou, desejando voltar ao sono pesado e inebriante onde aquela dor terrível não a alcançava.

– Chega de láudano para você, senhorita – resmungou a mãe.

Real, infelizmente.

– Mamãe?

Sua mãe cruzou os braços.

– Bem, quem você esperava, a rainha? Abra a boca e tome um pouco de caldo.

Alice gemeu quando a dor voltou, pior com a luz.

– Onde estou?

– Numa bela casa de fazendeiro em Rye-on-Wilke. Você sofreu um acidente de carruagem. Quase morreu, de verdade. Seu braço está quebrado, mas o médico disse que vai sarar se você não mexê-lo. Falei para ele que minha garota precisa usá-lo, pois ela é uma maravilha no órgão e não pode tocar muito com apenas uma mão.

A mãe pôs uma colherada de caldo na sua boca. Alice tentou engolir, mas engasgou. A mãe enxugou seu queixo como se ela fosse uma criança.

– Como soube que eu estava aqui? – perguntou Alice, depois de comer o suficiente para satisfazer a mãe.

– Sua sacola foi jogada para fora na hora do acidente e encontraram a carta de Liza nela. Acharam que você devia ter família em Fleetwend. William me trouxe aqui para cuidar de você assim que soubemos.

Alice sentiu uma onda de terror, porque estava presa ali naquela cama e corria o risco de ser levada de volta.

– Mamãe, eu não vou voltar. Não vou me casar com ele. Não vou.

– Ah, cale-se, menina, você já deixou isso bem claro. Além disso, ele está noivo de Liza.

– Liza! Ela mal completou 16 anos.

– Idade suficiente para ter o bom senso de saber que um homem que lhe oferece segurança não é uma grande imposição a ser suportada. William quer se casar com uma garota que entenda dos negócios, e ela não é nenhuma maravilha no órgão como você, mas sabe fazer contas e cuidar bem o bastante de uma oficina. Além disso, ela gosta dele. Todos nós gostamos. Exceto *você*, minha filha desnaturada, que prefere trabalhar em um bordel a usar o talento dado por Deus.

A mãe ofereceu-lhe outra colher de caldo. Alice fez um sinal, recusando-a.

– Por que veio para cá se ainda está com raiva de mim?

A mãe revirou os olhos.

– Se eu tivesse deixado você morrer toda vez que agiu de modo obstinado e perverso, você não teria passado dos 2 anos, Alice Hull. Sempre falei que você era uma desnaturada, mas é minha filha, não é? Tão teimosa quanto a mãe.

Alice não sabia ao certo se gritava ou ria.

Decidiu rir.

Arrependeu-se no mesmo instante. Era como se o diabo estivesse em seu braço.

– Merda de dragões – praguejou.

A mãe balançou a cabeça.

– Vejo que ser atingida por um raio não adiantou para curar essa boca suja.

Mas a mãe sorria.

E, de repente, Alice soube que tudo ficaria bem.

Sua família não era perfeita, nem ela, mas havia amor. Ela sentia. O amor dela por sua mãe, e o de sua mãe por ela.

– Mamãe, sei que minha vida deve parecer estranha. Mas prometo que vou ficar bem. Quero morar em Londres. Tenho essa ideia maluca de que, se eu ganhar o suficiente na casa da Sra. Brearley, posso compor músicas por conta própria.

Sua mãe deu de ombros.

– Ally, minha menina, nunca pensei que você não ficaria bem. Talvez seja tolice. Mas você sempre vai cair de pé. Como sempre faz. – A mãe parou. – William disse que você ainda pode ficar com o órgão, se quiser. Pensou que seu pai gostaria que você ficasse com ele, casando-se ou não com William.

A mãe se abaixou e endireitou o pingente de harpa em seu colar, esfregando-o por um momento com o polegar. Alice conhecia a mãe há tempo suficiente para saber que isso era uma espécie de pedido de desculpas.

– Mamãe, sinto muito por ter mentido para você sobre meu trabalho.

– Bem, se você não tivesse mentido, eu teria me preocupado mais. Está tudo resolvido. Só quero que minhas meninas tenham uma vida pelo menos tão boa quanto a minha. Eu não queria que você tivesse corrido país afora pensando que eu estava morta.

Alice assentiu.

– Isso foi cruel da sua parte.

Sua mãe lhe lançou um olhar malicioso.

– Se eu não tivesse feito isso, aquele seu ministro bonitão não teria arrastado toda aquela asa por você.

– O Sr. Evesham? Arrastar uma asa? O que a faz dizer isso?

Sua mãe era uma mulher frustrante, mas isso não significava que não fosse observadora, em especial quando dizia respeito a homens elegíveis que arrastavam asas por suas filhas solteiras.

– Ele me deu uma bela de uma bronca por causa do meu suposto abuso quando você fugiu. Parecia mais chateado do que você.

– Ele fez isso?

Era doce que ele tivesse se pronunciado em sua defesa.

– Fez, sim. E o velho Helmsley veio e contou que pegou você com o ministro na igreja, pecando. – A mãe fez uma pausa dramática. – Eu disse, pois bem, essa é a minha Ally. Nunca encontrou um garoto bonito com quem não quisesse pecar, na igreja ou em qualquer outro lugar.

A mãe gargalhou alegremente, e era tudo tão incrível que Alice riu também, sem se importar com a dor lancinante no braço.

Na verdade, ela se importou, sim. Doía como se seus ossos estivessem presos entre os dentes de um cão feroz.

– Aiiii! – gritou ela.

– Deve ser o Senhor punindo-a, sem dúvida – resmungou a mãe, embora houvesse afeto em seus olhos. – Corrompendo um religioso, credo. Se eu não fosse uma mulher piedosa, poderia me orgulhar de minha filha ser capaz de tais artimanhas, sendo uma coisinha sem peito nenhum, para falar a verdade

– Achou mesmo que ele gostava de mim? – perguntou Alice.

A jovem sabia que ele sentia algo por ela depois que os dois tinham se beijado na igreja e sem dúvida quando se uniram na pousada, contudo se perguntava se ele não teria sido apenas dominado pela luxúria.

Mas a mãe olhou para ela sem nenhuma dúvida.

– Ele contemplava você do jeito que seu pai fazia. Como se você fosse um presente de Deus para todos nós.

Alice sentiu as lágrimas pinicarem seus olhos.

– Sinto falta dele – sussurrou ela.

Sua mãe esfregou a pequenina harpa de novo e suspirou.

– Todos nós sentimos, querida.

Alice sabia que a mãe estava falando de seu pai. E Alice sentia falta do pai todos os dias.

Mas ela havia se referido a Henry Evesham.

Capítulo trinta e três

LORDE-TENENTE EXPULSO DO COMITÊ

A indignação irrompeu na Câmara dos Lordes ontem, após o testemunho do lorde-tenente Henry Evesham, que concluiu sua investigação sobre o comércio do vício com recomendações chocantes de reforma. Evesham disse que fortalecer a regulamentação da atividade seria mais eficaz do que a imposição de penalidades mais severas e propôs um esquema para licenciar prostitutas e donos de bordéis, sugerindo que uma guilda fosse formada para cuidar da saúde e dos interesses das meretrizes e de seus clientes. O testemunho de Evesham foi interrompido por objeções firmes dos membros do Comitê para a Erradicação do Vício, que rejeitaram as conclusões do relatório e o demitiram por falha grosseira em suas responsabilidades. Lorde Spence, que convocou o Comitê, chamou o relatório de "uma afronta à decência moral e um insulto aos recursos da Coroa".

– O LÍDER DE LONDRES

Como um homem que passou a vida inteira temendo a ambiguidade, Henry considerou a rapidez e a determinação do julgamento que recaíram sobre ele após seu relatório como um alívio, embora doloroso.

– Escória imoral – escarneceu lorde Spence, o homem que deu a ele seu título, ao destituí-lo.

Os jornais começaram a atacá-lo à noite, exaltando sua queda. O *Santos & Sátiros* assumiu a função de condená-lo com tanto alegria quanto ele costumava fazer naquelas páginas, no passado.

O reverendo chegou à sala de reuniões bem agitado, exigindo ler o relatório por si mesmo. Seu rosto se contraiu ao fazer isso. Quando finalmente terminou, olhou para Henry como se olhasse para um cadáver num funeral e declarou-o completamente corrompido por seu trabalho.

– É como um filho para mim, Henry – disse o reverendo Keeper. – Imploro que renuncie a isso e peça perdão ao Senhor.

Quando Henry disse que não podia, o reverendo Keeper aceitou sua decisão. Juntos, fizeram uma oração. E o reverendo disse-lhe que não seria mais possível que ele formasse um circuito ministerial próprio a partir de suas relações.

Henry se ofereceu para deixar suas acomodações na casa de reuniões. O reverendo Keeper aceitou.

Em poucos dias, a maioria de seus amigos íntimos deixou claro que eles precisavam romper relações. A perda de cada relacionamento foi como uma parede demolida de uma casa que ele passara uma década construindo. Entendia, é claro, embora doesse.

No entanto, a única resposta que ele de fato não conseguiu suportar foi a que nunca chegou. Na verdade, havia apenas uma pessoa cuja opinião sobre o relatório ele queria saber: Alice Hull. E ela não respondera à sua carta.

Ele enviara o relatório para ela na casa de chicoteamento com um bilhete que ele passara tantas horas escrevendo até o memorizar.

Querida Alice,

Quando me vi conduzindo-a para Fleetwend, pensei ter sido colocado no seu caminho porque Deus estava me usando para levá-la de volta a Ele. Agora, pergunto-me se não foi o contrário, se Ele não a teria colocado em meu caminho para me mostrar um déficit em minha própria fé. Para me lembrar de que é melhor ser humilde do que ser perfeito e para abrir o coração com compaixão e não encerrá-lo em julgamento.

Levei a lição a sério e sou grato por isso.

Vejo agora que foi errado de minha parte pedir a você que se arrependesse, que se escondesse, que mentisse. O que é mais cristão é amar e servir ao próximo o melhor que pudermos, deixando o julgamento para o Senhor.

Envio este relatório como um pedido, de um pecador para outro: leia-o e tenha fé em mim.

Se não puder amar um homem como eu, aceitarei sua escolha e desejarei a você felicidade e graça em qualquer caminho que venha a seguir.

Mas, se me aceitasse, seria a maior honra construir uma vida a seu lado. Abertamente, sem desculpas, reconhecendo toda a complexidade em você, em mim e em nós.

Se você arde como eu, Alice, então, por favor, meu amor: coloque-me como um selo em seu coração.

Com fé,
Henry Evesham

A última linha fora retirada do *Cântico dos cânticos*, o poema bíblico sobre o desejo entre amantes, que sempre o incomodara por lhe agradar demais. Agora, perguntava-se se não teria apreciado de menos – se ocultara sua expressão de puro desejo e de anseios do fundo da alma apenas por medo.

Começara a lê-lo tarde da noite, pensando em Alice.

Teus lábios são fitas de púrpura,
de fala maviosa.
Tuas faces são metades de romã,
na transparência do véu

Ele gostava de fechar os olhos e pensar em Alice como a mulher nas escrituras, envolta em fios escarlates, comendo, feliz, sementes de romã, lambendo o suco de seus lábios em um deleite sensual. Sentia falta do apetite dela, do prazer que ela sentia em tudo, desde o gosto do bolo ao gosto da chuva e do corpo dele.

Sentia falta de seu toque. De seu riso. Do seu cantarolar. De como praguejava de forma terrível.

Estava determinado a dar-lhe tempo, a não correr até ela e exigir que reconsiderasse sua posição quanto ao futuro dos dois. Mas havia decorrido uma semana de silêncio e ele começava a temer que nenhuma resposta viesse.

Que o problema não tivesse sido suas opiniões ou as dela.

Que talvez seu amor simplesmente não fosse correspondido.

Então, em uma manhã, o menino de recados da Charlotte Street entrou em seu novo alojamento com um pacote embrulhado em papel, pesado o bastante para que ele soubesse que devia conter uma chave.

E continha. Mas não vinha de Alice.

Henry,
Escrevo para elogiá-lo pela coragem e compaixão de seu relatório. Estou triste por suas descobertas terem sido rejeitadas, pois sei o bem que teriam feito. Ouvi falar das consequências que você enfrentou e gostaria de dizer que pode me considerar uma amiga, assim como meus investidores, alguns dos quais poderão ser úteis para você.
Para isso, gostaríamos de recebê-lo para jantar em minha sala de jantar privativa nesta sexta-feira à noite, às nove horas. Apresente esta chave para ser admitido. Espero vê-lo e apertar sua mão.
Com meus cumprimentos,
Elena Brearley

Não havia nenhuma palavra de Alice. Mesmo assim, ele enviou, com mãos trêmulas, uma mensagem aceitando o convite.

Capítulo trinta e quatro

— Menina, estávamos preocupados que tivesse morrido – disse Stoker, ao abrir a porta da casa de chicoteamento e ver Alice parada ali.

Ele abandonou o habitual ar inacessível e abraçou-a com cuidado para evitar a tipoia num de seus braços.

— Senhora – chamou ele, olhando para trás. – Veja quem voltou.

O som dos passos ritmados de Elena descendo a escada era um dos compassos musicais mais belos que Alice ouvira em toda a vida.

— Alice – murmurou Elena, correndo para inspecionar o braço machucado da jovem. – Estava preocupada com você. Todos estávamos. Sua carta sobre o acidente só chegou ontem. Tínhamos começado a achar que não voltaria para nós.

— Quase não voltei, mas não foi por não tentar – respondeu Alice. Estava enlouquecendo por ser tratada como inválida pela mãe durante duas semanas. Partiu assim que o médico lhe dera a bênção para embarcar na diligência postal. – Senti falta de todos. Estou ansiosa para voltar ao trabalho.

Elena arqueou a sobrancelha, olhando para a tipoia.

— Não poderemos prosseguir seu treinamento sem seu braço de açoitamento, minha querida. Mas tenho certeza de que poderemos encontrar o que fazer com você. Fico feliz por tê-la de volta. Pela sua carta, pareceu que você tinha feito uma viagem e tanto.

— Bem, fiquei presa na neve com Henry Evesham, minha mãe encenou a própria morte para me obrigar a casar e quase morri num acidente de carruagem. Não acho que eu vá embora de Londres tão cedo. Talvez nunca mais.

Stoker riu.

— Que bom que está de volta, Alice.

– Sim – disse Elena. – E, se serve de consolo, acredito que você deve ter causado uma impressão e tanto no nosso querido amigo Henry.

– Ah, é?

Alice tentou não revelar pela expressão que qualquer menção ao nome de Henry era como um alimento que ela ansiava comer havia muito tempo.

Elena assentiu.

– Verdade.

Ela se aproximou de uma pequena escrivaninha na alcova onde mantinham as chaves e a correspondência e começou a vasculhar uma pilha de cartas.

– Aqui está. Ele mandou para você.

Elena estendeu um grosso envelope.

– É o relatório? Já está pronto?

Alice sentiu o estômago revirar. Perguntava-se o que Henry decidira fazer.

– Ah, a primeira página deve lhe dar uma ideia – disse Elena, com um sorriso que subentendia algo inesperado.

Alice rasgou o envelope com os dentes.

UMA PROPOSTA PARA A REFORMA DO VÍCIO

1- Prefácio para as Recomendações a Seguir
Embora seja tentador impor à sociedade as próprias visões morais, por vezes o resultado prático contraria o dever mais elevado do Governo, que é proteger a saúde e a segurança dos súditos da Coroa. É este o caso quando se considera o negócio da prostituição. Nas páginas seguintes, portanto, proponho, depois de um cuidadoso estudo, os seguintes atos que enumero para aprimorar a saúde pública e a segurança; para reduzir os custos decorrentes das moléstias e da criminalidade; para salvaguardar a decência pública; e para estabelecer um código de proteção para as prostitutas como aqueles estabelecidos pelas guildas de outros ofícios.

Alice leu aquelas palavras três vezes, quase sem acreditar que pudessem ter sido escritas por Henry. Não podia ter esperado um prelúdio mais auspicioso nem mesmo se a autora do relatório fosse Elena Brearley.

– Incrível – sussurrou Alice, perguntando-se como Henry tinha encontrado aquilo em si para escrever tais palavras.

Elena riu baixinho.

– Verdade. O que quer que você tenha dito para aquele homem, deve ter funcionado. Ele pede quase tudo o que sugerimos. Licenças, guildas, médicos.

Alice estava estupefata.

– Eu torcia para que ele desse ouvidos a alguns de nossos argumentos e suavizasse seus posicionamentos, mas nunca imaginei que proporia algo tão radical. Será que ele não vai ser atacado por causa disso?

Elena suspirou.

– Ele foi demitido por Spence. Os jornais zombam dele. O debate que ele começou pode muito bem levar a uma reforma assim que a indignação se dissipar, mas eu me arriscaria a dizer que o reverendo não será chamado para realizar batizados tão cedo. Contudo, mais do que ninguém, ele sabia que haveria um preço.

Sim. Ele sabia e fez mesmo assim.

– Também havia esta carta para você – disse Elena, estendendo outro envelope.

Ao contrário do relatório impresso, esse era escrito à mão. Só de reconhecer a caligrafia, Alice sentiu um aperto no peito. Ela abriu o envelope com dificuldade, e as palavras ali dentro não contribuíram para que sentisse alívio. Parecia estar de novo às voltas com os efeitos do láudano.

Teve que se sentar na escada para não cair.

– Minha nossa, o que diz aí? – perguntou Elena, ajoelhando-se preocupada, como se Alice estivesse machucada.

Alice releu a carta.

– Ela diz... – sussurrou ela. – "Se você arde como eu, Alice, então, por favor, meu amor: coloque-me como um selo em seu coração."

Elena arregalou os olhos.

– Deve ter sido uma viagem e tanto, essa sua com ele.

– Preciso vê-lo – disse Alice.

Elena deu um sorriso estranho, parecendo atordoada pela primeira vez desde que Alice a conhecera.

– Bem, você está com sorte. Ele vem para o jantar hoje à noite.

Capítulo trinta e cinco

Como havia feito quinze dias antes, numa terrível manhã de inverno que mudara sua vida de forma irreversível, Henry bateu com o punho na discreta porta marcada com o número 23, tenso pela expectativa de quem poderia abri-la. Dessa vez, quando o lacaio atendeu, em vez da mulher com olhos de pomba, Henry sentiu o oposto do alívio.

Onde ela está?, ele queria bradar. *Por favor, apenas me deixem vê-la.*

– Sua chave? – perguntou Stoker com a voz arrastada.

Henry entregou a chave nova que lhe fora enviada. Em vez das inscrições anteriores com a cruz, aquela trazia o emblema das balanças da justiça.

Um elogio, imaginou ele.

– A Sra. Brearley o aguarda na sala de jantar com os convidados. Eu o acompanho – disse Stoker.

Ele conduziu Henry pelas escadas e por um conjunto de aposentos que não fizera parte da visita guiada por Alice. Eram menos austeros, mobiliados com mais conforto e ligeiramente mais bem iluminados, embora ainda mantivessem uma atmosfera um tanto sombria e taciturna. As paredes eram forradas com seda preta e as mesas estavam enfeitadas com vasos de tulipas escuras, como se a casa vivesse em luto permanente.

– Este é o apartamento particular da Sra. Brearley – murmurou Stoker. – A sala de jantar é por aqui.

Ao se aproximarem da porta, um cachorrinho minúsculo veio correndo, perseguido pelo que a princípio parecia uma nuvem de babados rosa-claro. O cachorro pousou aos pés de Henry e começou a latir ferozmente para ele, como se estivesse convencido de que Henry viera roubar a prata.

– Camarãozinho! – exclamaram os babados, ou melhor, a mulher enfeitada por eles. – Ah, Camarãozinho, é apenas o seu velho amigo, Sr. Evesham! Comporte-se.

Lady Apthorp ergueu em seus braços o cachorro que rosnava e, com uma piscadela para Henry, cobriu suas orelhas de beijos.

– Lembra-se de Camarãozinho, é claro – disse ela.

– Diabinho – resmungou Stoker, baixinho.

Henry não discordou. No ano anterior, aquela rude criatura ficara tão irritada durante a apresentação de um auto de Natal ao ar livre, na casa dos Apthorp, que fez uma criança pequena cair no lago. Num lago congelado. O que exigiu que Henry, no comando das festividades, pulasse na água gelada e salvasse o menino.

O cachorro mostrou a língua com um sorriso e latiu alegremente envolvido pelo afeto da mãe, como se não se lembrasse da tentativa de infanticídio.

– Encantado por encontrá-lo outra vez – disse Henry.

– Vou levar o Sr. Evesham para dentro, Stoker – disse lady Apthorp.

Stoker assentiu silenciosamente e foi embora, despedindo-se do cão com um olhar de fúria.

– Venha, venha – disse lady Constance, fazendo um sinal com a cabeça para que ele a seguisse. – Todos o aguardam com ansiedade. Lemos com grande prazer as coisas deliciosamente *terríveis* que estão dizendo sobre o senhor nos jornais.

Os olhos dela brilharam.

Ela e o marido, lorde Apthorp, estavam entre os personagens difamados pelo *Santos & Sátiros* durante a gestão de Henry como editor. Curiosamente, a experiência fez com que os Apthorps se apaixonassem e passassem a considerar Henry um amigo. Fora lorde Apthorp, que tinha sido um mestre naquela casa, quem apresentara Henry à Sra. Brearley.

– Acho que mereço um pouco de reciprocidade – disse Henry, com o mesmo tom seco de lady Apthorp.

Lady Apthorp riu.

– Ah, só estou brincando. Eu dou, humildemente, as boas-vindas ao nosso convívio, aqueles que foram enobrecidos por mexericos obscenos. As primeiras semanas podem parecer difíceis, mas a notoriedade acaba o tornando audacioso. – Ela sorriu para o cachorro. – É possível fazer de *tudo* quando já se é um vilão, não é, Camarãozinho?

– Nem tudo – brincou Henry, não totalmente desprovido de autocomiseração.

– Ah, mas é por isso que queríamos celebrá-lo. Escrevi para Elena e disse que precisávamos ver Evesham imediatamente, pois ele precisará de uma vida completamente nova, e sou a pessoa certa para providenciar isso. *Sabe* como eu adoro me intrometer.

– É muito gentil – disse ele.

E falava sério. Sempre gostara de lady Apthorp.

– Nosso convidado de honra chegou – cantarolou lady Apthorp enquanto o conduzia para a sala de jantar.

– Ah, Henry – disse Elena, levantando-se da cabeceira da mesa. – Perdoe-nos, nós nos sentamos sem você para escapar dos latidos incessantes do cachorro insuportável de Constance.

– Camarãozinho *não* é insuportável – respondeu lady Apthorp. – É franco. Como nosso querido Sr. Evesham. Agora, quem precisa de uma apresentação?

Na sala, havia um pequeno grupo de pessoas vestidas com requinte e atraentes, de forma intimidante. Para a profunda decepção de Henry, Alice não se encontrava entre elas.

A Sra. Brearley gesticulou para um homem alto com um ar austero, vestido de preto, acompanhado por uma mulher esguia com impressionantes olhos verdes.

– Henry, estes são Archer e Poppy. Como sabe, não uso títulos por aqui, mas, em prol da clareza, eles são mais conhecidos como o duque e a duquesa de Westmead. São investidores do clube.

Henry fez uma reverência. O duque, ele sabia, era o irmão mais velho de lady Apthorp. Henry ouvira rumores sobre suas ligações com aquele lugar, muitos anos atrás, mas nunca havia acreditado neles. O casal Westmead sorriu para ele com simpatia, contradizendo a reputação pública de serem aterrorizantes.

– E, é claro, você conhece Julian e Constance – prosseguiu Elena, fazendo um gesto para os Apthorps.

– Claro, um prazer.

– E sempre sou o último a ser apresentado – falou num tom arrastado um homem com uma peruca elaborada, na ponta da mesa, encarando Elena com um sorriso petulante.

Sob a magnífica cabeleira de cachos negros, o rosto possuía características meio demoníacas – um queixo dividido, malares marcantes, sobrancelhas diabólicas – que fariam com que Henry o identificasse como um canalha antes mesmo de reconhecê-lo como o famoso marquês de Avondale.

– Ah, Henry sabe quem você é, Christian – disse Elena num tom de extremo tédio. – Ele está familiarizado com os piores homens da cidade. – Ela voltou o olhar para Henry. – Não vai se surpreender de modo algum ao descobrir que lorde Avondale é um dos primeiros investidores de meu clube.

– E um dos sócios mais *ávidos* – completou Avondale. – Sinto-me um pouco ofendido por nunca ter me desmascarado, Evesham. Com toda certeza, não foi por excesso de sutileza de minha parte.

A Sra. Brearley lançou ao homem um olhar arrasador.

– Comporte-se.

E, em seguida, voltou-se para Henry.

– Sente-se aqui, ao meu lado – disse Elena, apontando para um lugar à mesa.

Henry reparou que havia mais um lugar e tentou não perder o prumo pensando se estaria reservado para Alice. Com certeza não, pois, se fosse comparecer àquela refeição, ela já teria chegado, afinal, morava na casa.

Tentou não parecer arrasado ao se sentar.

– Obrigado pelo convite.

Apthorp, incrivelmente belo como sempre, a ponto de ser quase doloroso olhar para ele, abriu um de seus sorrisos encantadores para Henry.

– Conseguindo sobreviver, lorde-tenente?

Os olhos do homem brilhavam com empatia.

– Receio não ter mais esse título. No espírito da etiqueta da Sra. Brearley, pode me chamar de Henry.

– Muito bem, caro Henry, deixe-me ser o primeiro a dizer que estou totalmente chocado com o que publicou.

Henry sorriu.

– O senhor e o resto de Londres.

– É corajoso o que escreveu. – O duque entrou na conversa. – Em vão, imagino eu, mas corajoso.

– Não foi em vão – respondeu Apthorp. – As ideias estão sendo discutidas e isso é um começo.

– Espero que sim. – Henry suspirou. – Pretendo publicar um trabalho mais longo apresentando mais evidências, assim que o furor aplacar.

– Vai aplacar – assegurou-lhe Apthorp. – E, embora eu tenha certeza de que a vida não está exatamente agradável para o senhor neste momento, descobri que atos públicos de tolice desenfreada acabam se resolvendo.

Ele sorriu carinhosamente para a esposa.

Lady Apthorp, por sua vez, sorriu para Henry.

– Sempre pensei que tivesse um dom para a prosa, mesmo que às vezes causasse um incômodo terrível com sua pena.

Ela fez uma pausa para permitir que todos gemessem, pois ela mesma, reconhecidamente, causava um incômodo terrível com uma pena.

– Dediquei-me a cultivar como amigos os editores mais dissolutos – acrescentou ela. – Vou apresentá-lo a todos eles, para que possam lutar pela honra de publicá-lo.

– Desculpe o atraso.

Uma voz – a voz *dela* – soou atrás de Henry.

Ele se virou.

Alice. Sua Alice.

Seus olhos de pomba o encaravam, reluzentes.

– Ah, Alice, aí está você – disse Elena. – Achei que pudesse ter adormecido e não quis acordá-la depois de sua provação.

Sua provação?

– Não, eu estava lá embaixo – disse ela, deslizando para o assento ao lado dele. – Estava ajudando a cozinheira a preparar algo. Uma receita que minha mãe me ensinou.

– Com um braço só?

Elena riu.

Tardiamente, Henry percebeu que o braço direito de Alice estava preso ao corpo numa tipoia preta discreta.

– Alice, o que aconteceu? – exclamou ele, alto demais. Sentiu todos os olhares na sala se fixarem nele ao mesmo tempo, com interesse declarado, mas não conseguiu se conter. – Você está bem?

– Estou, estou – assegurou ela. – Sofri um acidente de carruagem e quebrei o braço, mas ele está melhorando e eu estou bem.

Ela fez uma pausa e olhou para ele de soslaio.

– Só voltei a Londres esta tarde. Parece que perdi muita coisa.

Ela sorriu para ele como se não houvesse mais ninguém na sala.

Ela se referia às cartas dele. Ao relatório.

Era pecaminoso ficar feliz por ela ter sofrido a fratura de um membro, mas tudo o que ele conseguia pensar era *obrigado, Senhor*. Isso significava que Alice não o vinha ignorando durante todo aquele tempo.

– Estou muito feliz que esteja se recuperando.

O que ele queria dizer era que desejava tomá-la nos braços e carregá-la para fora daquela sala e falar-lhe de todos os sentimentos que agitavam seu coração, mas não queria fazer uma cena.

Ele se obrigou a manter as mãos pressionadas na toalha da mesa.

– Pedi a Alice que se juntasse a nós porque suspeito que ela tenha ajudado a moldar as recomendações de Henry – disse Elena aos outros convidados. – Recentemente, eles fizeram uma viagem bastante difícil e, ao que parece, tiveram muito tempo para conversar.

Alice corou e balançou a cabeça furiosamente.

– Ah, não. Henry merece todo o crédito pelo que escreveu. Eu apenas o censurei um pouco e o deixei horrorizado com minha boca suja.

– Não é verdade – disse ele, dirigindo-se apenas a ela. – Havia muito tempo eu vinha lutando com ideias contraditórias. Você me ajudou a ver o que estava certo. Sou muito grato.

– Você foi muito além do que eu esperava – disse Alice, parecendo aflita. – Eu admiro isso e concordo com você, mas não posso deixar de me perguntar por que fez isso.

Você sabe o porquê.

– Apenas descobri – disse ele, olhando nos olhos de Alice – que eu tinha que agir de acordo com meu coração. Quaisquer que fossem as consequências.

Capítulo trinta e seis

Considerando que todos na sala olhavam para ela e Henry num estado de fascinação abjeta, Alice sentiu-se grata por Elena ter escolhido aquele momento para tocar a campainha, solicitando a vinda da comida.

Ficou ainda mais grata quando Henry, talvez sentindo que ela estava achando difícil manter a compostura, mudou de assunto.

– Lady Apthorp – disse ele –, tenho ouvido maravilhas sobre a última produção no seu teatro. Está trabalhando numa nova peça para a próxima temporada?

– Pode me chamar de Constance – disse ela. – E, por acaso, estou trabalhando em uma ópera. Ou, pelo menos, no libreto de uma ópera. Uma adaptação de *A megera domada*. Só que, na minha versão, o homem é quem será domado.

Avondale arqueou uma sobrancelha para Constance.

– Que gentileza sua finalmente escrever minha biografia.

– Você está longe de ser domesticado, a julgar pelo que *eu* tenho ouvido – respondeu Constance.

Ele lançou um olhar trágico para Elena.

– Talvez. Mas ela vai me domesticar um dia.

Não precisava dizer quem era "ela". Sua obsessão por Elena – que tinha sido sua governanta chicoteadora e nada mais durante uma década, apesar das tentativas de Avondale de torná-la sua amante – era lendária.

Elena tomou um gole de vinho e fingiu não ouvi-lo, pois não corresponder era uma tortura pela qual ele havia pagado muito bem.

– Para quando podemos esperar a estreia da ópera? – perguntou ela a Constance.

Constance torceu o nariz.

– Bem, ainda estou procurando um compositor para a música. Eu gostaria de encontrar uma mulher, mas parece que as compositoras renomadas ficam bastante apreensivas com a ideia de se associar a uma pessoa escandalosa como eu. Elas têm que agradar aos apoiadores mais sóbrios.

– Deveria falar com Alice – disse Henry. – Ela é uma musicista talentosa.

– Ela é? – perguntou Elena.

Os olhos de Alice dispararam para o prato. Era gentileza de Henry dizer aquilo, mas ela se sentia tímida ao reivindicar o próprio talento.

– Sim – disse ele. – Ela toca lindamente, mas suas composições são uma verdadeira maravilha. Não deixaria um olho seco no teatro.

Lady Apthorp parecia encantada.

– Que bom, eu *vivo* para provocar lágrimas! Estaria interessada, Alice?

Interessada não era a palavra certa. Aquela seria a oportunidade de sua vida. Mas ela não queria prometer mais do que tinha certeza de que poderia cumprir.

– Eu adoraria a chance, mas não conheço muitas óperas. Precisaria estudar a música para ter certeza de que poderia trabalhar com a forma.

– Venha me visitar e dê uma olhada no meu libreto – convidou Constance. – Se parecer que nós duas podemos nos complementar, podemos assistir a algumas óperas para encontrar a inspiração.

Alice olhou para Henry sem acreditar. Ele deu um sorriso encorajador.

– Eu ficaria honrada. Obrigada.

A conversa mudou para política, e Alice mal ouviu. Normalmente, a chance de jantar com convidados tão interessantes a faria sorver cada palavra, mas, com Henry ao seu lado, ela mal conseguia se lembrar do próprio nome.

– Ah, o que é esse aroma celestial? – perguntou Constance, inalando o ar, que começava a cheirar a canela.

Uma criada, Delilah, entrou trazendo uma bandeja com tortas de maçã.

– Ah, que maravilha – disse Poppy, admirando as tortinhas moldadas como flores. – Dê nossos cumprimentos à cozinheira.

Delilah sorriu para Alice.

– Foi Alice quem as preparou. Disse que achava que o convidado de honra iria gostar.

A jovem se atreveu a lançar um olhar furtivo para Henry. Ele se virou para ela, e seu rosto era pura emoção.

Ah, meu Deus. Ela quisera fazer um gesto sutil. Não queria constrangê-lo.

– Minha mãe sempre as fazia com nozes, aveia e manteiga na crosta. Dizia que era mais saudável – explicou ela, sentindo-se extremamente tímida. – Pensei que você apreciaria o equilíbrio entre doce e salgado.

Henry deu uma mordida e fechou os olhos. Assentiu como se estivesse perdido em uma oração silenciosa. Quando engoliu, virou-se para ela e disse em uma voz quase inaudível:

– É a melhor coisa que já provei.

A maneira como ele disse aquilo a fez corar.

Ambos estavam, de fato, corando e olhando para seus pratos. Nenhum dos dois conseguia parar de sorrir.

Archer pigarreou.

– Eu acho – disse ele gentilmente – que deveríamos permitir que o convidado de honra e Alice tenham um momento a sós.

Quando Alice ergueu a cabeça, viu que o temível duque mordia o lábio e olhava para Henry como se quisesse abraçá-lo.

Elena se levantou rapidamente com o prato de sobremesa na mão.

– Sim, vamos...

Ela gesticulou para a porta, e todos se levantaram, apressados. Risos bem-humorados os seguiram pelo corredor, e então Alice e Henry ficaram sozinhos.

Os dois olharam para o meio da sala, atordoados. Alice não sabia bem o que dizer.

– Eu não fazia ideia de que você tinha se machucado...

Henry começou exatamente ao mesmo tempo que Alice deixou escapar:

– Eu li sua carta esta tarde...

Os dois pararam, e estremeceram. Alice afundou na cadeira e riu, embora fosse tanto de alegria quanto de sofrimento.

– Você primeiro – disse ele, com delicadeza.

Bem, ela podia muito bem evitar os rodeios. Era evidente que ele se sentia tão desorientado quanto ela e, se ela não dissesse o que estava sentindo, um deles poderia ter um acesso antes mesmo que ela pronunciasse as palavras.

– Henry, quando minha carruagem foi atingida... foi um relâmpago, uma tempestade repentina. Bem, na verdade não me lembro de muito... de nada, na verdade... exceto de estar deitada no chão e orar por uma coisa. Que eu pudesse ter outra chance com você.

Ele engoliu em seco dolorosamente, parecendo incapaz de falar, e ela prosseguiu:

– E então vi sua carta e seu relatório... e foi como se minha oração tivesse sido atendida.

Ela tirou um pedaço de papel do bolso e o deslizou pela mesa para ele.

– Escrevi para você. É minha resposta.

O rosto dele se enrugou ao ler as linhas que ela copiara do *Cântico dos cânticos*.

Em meu leito, durante a noite, busquei o amor de minha alma; procurei-o, mas não o encontrei.

Henry... Ponha-me como um selo em seu coração.

Ele se ajoelhou diante dela e tomou suas mãos.

– Alice, eu te amo. Em relação ao resto da minha vida, sou um poço de contradições. Mas em relação a isso... a isso, Alice, sei disso como sei que respiro.

Ela se inclinou e deu um beijo em seus lábios.

– Também não tenho outras certezas, Henry. Mas eu amo você. Eu amo.

Ele apertou a mão dela.

– Foi tolice minha insistir que as coisas poderiam ser fáceis. Não vão ser. Eu entendo isso agora e lamento ter desdenhado de suas preocupações. E se, diante de tudo o que aconteceu, você não estiver disposta a assumir...

– Sou uma trabalhadora, Henry Evesham – disse ela, esticando-se para afastar o cabelo dos olhos dele. – Não preciso de facilidades.

– Tem certeza? – sussurrou ele.

Alice fez uma pausa que não era isenta de preocupações. Longe disso.

– Tenho certeza sobre como *eu* me sinto. Mas preciso saber que você não se arrependerá. Eu odiaria me apegar a você e descobrir que só quer uma garota decente.

– Você é a garota mais decente que eu conheço.

Ele era gentil, mas Alice não iria deixá-lo ignorar o que ela evidenciava.

– Sabe o que eu quero dizer.

Ele assentiu e algo passou por seu rosto.

– Um momento. Quero lhe dar uma coisa.

Ele se levantou e saiu da sala, e ela o ouviu conversando com Stoker. Quando voltou, ele trazia sua bolsa. Enfiou a mão no interior e tirou seu diário.

Aquele que ela pegara.

– Andei fazendo perguntas a meu coração desde que nos separamos, Alice. Todos os meus pensamentos estão neste livro. Quero que leia. Tudo. E decida por si mesma se pode confiar em mim para ser seu.

Ela pegou o livro e passou a mão na capa macia. Adorava aquele livro. Sentia falta do seu autor.

– Vou começar imediatamente. Hoje à noite mesmo.

– Assim que tiver lido, escreva-me. E... – ele sorriu com um ar triste –, por favor, saiba que estarei em agonia, aguardando seus pensamentos.

Ela abraçou o diário junto ao peito.

– Escreverei. Prometo.

Henry sorriu e os olhos dele estavam tão cheios de desejo que ela se inclinou procurando seus lábios. Ele pôs a mão em sua nuca e murmurou seu nome. Seus lábios se encontraram com tanta delicadeza que parecia quase nada.

Mas foi o suficiente para deixá-la abalada. Ela sabia que precisava se afastar ou nunca o deixaria sair dali.

– Henry, não vou me juntar aos outros. Preciso... – Ela beijou o livro. – Preciso ler isto imediatamente.

Ela acompanhou Henry até o salão, despediu-se dos convidados e partiu atordoada, subindo a escada, rumo a seu quarto. Foi para a cama e começou a ler. Quando acabou, voltou para a primeira página e recomeçou.

Ele copiara trechos da Bíblia sobre a beleza feminina. Sobre homens e mulheres deitando-se juntos. Versos que exortavam o amor. E, nas margens, escrevera seus próprios pensamentos, cada um formulado como uma confissão. As anotações não eram formais, e sim pessoais e sinceras. Medos sobre o que ele poderia e sobre o que não poderia ser capaz de fazer. Trechos que despertavam seu corpo ou mexiam com suas emoções. Um relato do êxtase que ele sentira ao se unir a ela e o tremendo medo que se apoderara dele depois.

Era a confissão de um homem que levava uma vida de virtude não por ser um santo, mas por ser um pecador.

Mas o trecho que ela não conseguia parar de reler era um relato do dia em que ela o conduzira numa visita guiada à casa de chicoteamento.

Tudo que eu conseguia pensar enquanto Alice me conduzia à capela subterrânea era na história que eu lera tantas vezes no evangelho. No relato de Lucas, "uma mulher que levara uma vida pecaminosa soube que Jesus estava comendo na casa do fariseu. Então ela foi até lá com um jarro de alabastro com perfume. Colocou-se atrás de Jesus, a seus pés e, chorando, começou a molhar seus pés com as lágrimas. Depois enxugou-os com seu cabelo, beijou-os e os ungiu com perfume".

Durante anos, imaginei-me na cena, e ela me afetava de forma constrangedora. Horrorizava-me ser capaz de tamanha blasfêmia. No entanto, não posso negar que ainda desejo isso. Não consigo parar de imaginar que, se descrevesse essa visão para Alice – ou se ousasse sequer escrevê-la... pedir que me satisfizesse –, seria possível nos reassegurar da nossa compatibilidade. Pois, se eu confiar essa parte de mim a ela e não desprezar nem a mim nem a ela depois, não saberia ela que não existe parte de si que não poderia ser confiada a mim?

Pela manhã, Alice mandou o mensageiro até o aposento de Henry, instruindo-o que viesse vê-la imediatamente. Quando ele chegou, parecia tão jovem e nervoso que ela envolveu o pescoço dele com o braço bom, sem falar.

– Leu? – murmurou ele.

– Duas vezes. E foi lindo. E acho que você tem toda a razão.

Henry deu um passo para trás, examinando o rosto dela.

– Tenho razão em relação a quê?

– Em relação à sua visão – disse ela, baixinho. – Quer que eu banhe e perfume seus pés como a mulher no evangelho.

Ele corou um pouco, mas não desviou o olhar nem negou que queria.

– Você faria isso?

Ela sorriu.

– Com prazer, Henry. Se você tiver certeza.

– Não tenho certeza – admitiu ele. – É tudo muito novo, até mesmo admitir para mim mesmo... mas eu... eu desejo muito. E, se conseguir aceitar, então talvez, eu espero...

Ela tomou sua mão e apertou-a, pois a vulnerabilidade dele a comovia tanto que ela não conseguia olhá-lo sem tocá-lo também.

– Tenho más notícias – sussurrou ela em seu ouvido.

– O que é?

– Temo que você tenha de esperar até que eu possa usar de novo meu braço.

Ele recuou e sorriu, parecendo mais com ele mesmo.

– Bom. Isso vai me dar tempo.

– Tempo para quê?

Ele endireitou as costas, com a confiança completamente recuperada.

– Para cortejá-la devidamente, Srta. Hull.

Capítulo trinta e sete

Braços quebrados demoram a sarar.
 Às vezes, era uma lentidão enlouquecedora, pois prolongava a incerteza e a expectativa entre ele e Alice.

Às vezes era uma lentidão deliciosa, pois dava tempo para outras coisas, coisas mais simples que nenhum dos dois jamais fizera antes, como visitar confeitarias para encontrar a torta de maçã mais perfeita de Londres ou passear por catedrais para localizar o órgão com o tom mais bonito.

Durante o dia, Henry passava suas horas transformando em livro seu relato sobre as ruas de Londres. Mas, à noite, encontrava Alice no teatro de lady Apthorp. Algumas noites, ele ia à ópera com Alice e os Apthorps e ficava encantado ao observar Alice ouvir com atenção, fazendo anotações em seu caderno ou sussurrando ideias para Constance sobre a obra que criavam.

Algumas noites, eles passeavam pelos jardins prazerosos de Londres, cantando baladas um para o outro. Aos domingos, ele a convenceu a frequentar o novo grupo de adoração que ele fundara, onde ela começou a fazer arranjos para os hinos.

E, à noite, ele sonhava com ela.

Quando os sonhos eram doces, ele acordava sorrindo. E, quando os sonhos eram travessos, não negava a si mesmo o prazer deles. Ele os escrevia e os enviava a Alice em cartas endereçadas à Sra. Hull.

Depois de uma dessas manhãs, o bilhete dele voltou com uma resposta escrita na letra dela.

A Sra. Hull marcou seu encontro para amanhã às dez da manhã.

Ele sabia exatamente o que aquilo significava.

Naquela noite, mal dormiu.

Quando Henry chegou à Charlotte Street no dia seguinte, Alice cumprimentou-o na porta. Usava seu vestido de recepção formal e a tipoia não estava à vista.

– Sra. Hull – disse ele, fazendo uma reverência.

Alice o levou para uma pequena sala e o fez sentar enquanto ela permanecia de pé. O rosto da jovem estava sério.

– Bem. Você veio a mim para uma sessão. Diga-me o que gostaria.

Ele hesitou, sem saber o que dizer, pois nunca havia comprado os serviços de uma prostituta. O rosto dela se suavizou e ela usou sua voz normal.

– Henry, tem certeza de que deseja fazer isso?

(Ele tinha. Ele tinha.)

Ele assentiu.

– Se pareço inseguro, é porque raramente me permiti fazer algo que desejei tanto em toda a minha vida.

Algo mudou no olhar dela. A expressão era suave, calma, compreensiva. Era a mesma expressão que ele mostrava no passado quando seus fiéis confessavam seus pecados e preocupações.

Ela se aproximou e colocou as mãos no rosto dele.

– Você está seguro comigo, Henry. Seguro.

Seu toque gentil deu a ele uma medida de conforto, o suficiente para dizer exatamente o que queria.

Ela fez perguntas sobre vários detalhes em que ele não havia pensado – a temperatura preferida para a água, o que ela deveria vestir, se desejaria ser tocado em outra parte além dos pés. Era estranho ouvir perguntas tão íntimas de modo tão direto e eficiente.

Por fim, Alice fez um sinal afirmativo com a cabeça, satisfeita por conhecer toda a extensão da fantasia e dos limites dele.

– Stoker está esperando lá fora. Ele vai levá-lo para baixo – disse ela. – Quando eu encontrar você, serei a mulher de sua fantasia, e você será o viajante cansado. Se quiser parar, só precisa me chamar de Alice, e isso será um sinal para pausar nossa sessão.

Ele seguiu Stoker pela casa silenciosa até o aposento que assombrara seus sonhos. Era exatamente como ele se lembrava, exceto que o cheiro de incenso estava mais forte e uma cadeira havia sido colocada no centro da sala, em frente ao altar, cercada por velas.

Uma batida soou na porta, e Alice reapareceu. (Não, Alice não. A Sra. Hull.)

Ela carregava um balde de madeira com água que exalava um vapor perfumado e o colocou diante da cadeira. O cabelo dela estava coberto com um véu preto, como ele pedira, e isso o deixou instantaneamente excitado, apesar do nervosismo.

Ela se virou para ele e fez uma reverência, como uma serva.

– Deve estar tão cansado de suas viagens – disse ela com delicadeza. – Quero que fique confortável. Posso ajudá-lo com o casaco?

Colocou-se atrás de Henry e apertou com os dedos a manga dele. A consciência ondulou por ele. Fazia semanas desde que ele havia sentido seu toque, pois ele pedira a ela para honrar seu celibato até que ele assegurasse a ambos que poderiam ficar juntos, sem dúvida nem culpa obscurecendo a intimidade dos dois.

Mas isso não significava que ele não ansiara por ela. Olhando-a naquele momento, ele sentiu que nunca ardera de forma tão quente e intensa.

– Sente-se – disse ela, apontando para a cadeira. – Deixe-me aliviar seu cansaço.

Ela se ajoelhou aos pés dele e devagar, muito devagar, desamarrou os cadarços de suas botas. Ele observou cada movimento dos dedos dela, sentiu cada pequena mudança na pressão do couro em torno de suas canelas e tornozelos. Tirar os sapatos foi uma das sensações mais agradáveis de sua vida.

Fechou os olhos enquanto ela esfregava a mão sobre o contorno dos dedos dos pés por cima das meias.

– Como seus pés devem doer – disse ela. – Você viajou tanto.

A voz dela era doce, feminina, um murmúrio. Nada parecida com o jeito que Alice falava, menos ainda com a Sra. Hull. Ela era a criada, cujo único desejo era servi-lo.

Ela era boa naquilo. Em ler as entrelinhas do que ele dissera e encontrar a verdade do seu desejo. Agora ele entendia o que o fazia querer isso. Queria ser amado, cuidado e nutrido por sua bondade. Era a maior fantasia dele.

Ela moveu as pontas dos dedos até as panturrilhas e soltou as meias sob a calça-culote. Ele mal conseguia respirar.

As mãos dela estavam nuas e ele gostou de senti-las em suas pernas.

– Coloque os pés dentro deste balde para que eu possa lavá-los e eliminar seus problemas.

Ele o fez, e a água estava bem quente, e as mãos dela nos dedos dos pés, nas solas e nos tornozelos eram muito macias, muito macias.

Ela sorriu para ele de olhos semicerrados.

– Isso é bom? – sussurrou Alice.

Henry assentiu.

Parecia misericórdia.

Parecia amor.

Ela pegou uma pequena xícara dourada cheia de um líquido e despejou-a na água. A leve fragrância que ele sentira antes ficou mais forte, preenchendo o aposento com o perfume de lavanda e alguma especiaria que ele não conseguia identificar.

Ele apertou o braço da cadeira e fechou os olhos. Com a água quente nos pés, o aroma adorável e a pressão dos dedos de Alice massageando levemente seus tornozelos, ele queria gemer de apreciação.

Ela parou. Ele ouviu as mãos dela saindo da água e abriu os olhos. Ela estava retirando o véu da cabeça. Olhou diretamente nos olhos dele e o deixou cair no chão. E então começou a remover os grampos que prendiam seu cabelo trançado em um coque.

Uma trança longa e escura caiu sobre seus seios.

Ela desfez a trança, deixando os fios de cabelo caírem em ondas ao seu redor.

Ele ficou fascinado com a aparência dela. *Ele queria aquilo. Queria muito.*

Ela tirou um frasco do bolso e removeu a rolha. Derramou um óleo perfumado na mão e, em seguida, massageou suas madeixas enquanto ele observava. Ele teve que fechar os olhos novamente, porque ela estava tão bonita, tão erótica, que, se ele a observasse cercada por todo aquele cabelo solto e sensual – ele sempre amou cabelo longo, sonhava em ter uma esposa cujo cabelo ele pudesse pentear todas noites –, aquilo acabaria cedo demais.

– Abra os olhos – sussurrou ela, derramando uma porção generosa do óleo na panturrilha, no tornozelo e no dedão do pé dele.

Então, usando um punhado do próprio cabelo, ela começou a massagear a pele dele. A visão o paralisou. Aquele cabelo longo e macio caído sobre ele. O sussurro da respiração dela na pele dele enquanto ela beijava levemente os arcos de seus pés e acariciava o espaço entre os dedos. Ele arfou de prazer.

A sensação se tornou intensa e urgente enquanto ela murmurava sobre seus pobres dedos do pé, suas pobres canelas, seu trabalho duro, suas muitas viagens, e era tão bom ser cuidado daquele jeito que ele desejou que ela tocasse mais partes dele.

– Isso lhe agrada?

Deus me ajude, mas agrada.

– Sim – balbuciou ele.

Sentia seu membro crescendo dentro do tecido de sua camisa, gotejando ao vê-la, diante de todo o carinho e toda a atenção que ela devotava a ele.

– Gostaria que eu o banhasse?

Ela estava perguntando se ele queria mais. E ele queria. Queria.

– Por favor – sussurrou ele.

Ela pegou a mão dele e o conduziu até outro aposento que ele já vira – o banheiro escuro, quente e cheio de vapor. A banheira estava cheia de água perfumada e havia mais frascos e panos macios empilhados ao redor dela.

Ele ficou completamente imóvel enquanto ela o despia. Cada sussurro da pele dela na dele o acendia como se ele fosse uma lamparina. A cada peça que ela deixava cair no chão, ele se sentia mais nu, mais exposto, como se nascesse de novo sob seu toque. Batizado em algo que ele nunca conhecera, mas ansiava.

Os dois ficaram em silêncio enquanto ela o levava para a banheira. Ele imergiu e a observou mergulhando o cabelo na água e banhando o pescoço e os ombros dele e depois o peito, as costas. Ela passou para os pés dele, lavou as pernas e as coxas. Tudo o que restava era a barriga e o pênis, tão teso, tão ansioso, que era quase doloroso.

Ela provocou sua barriga, movendo-se lentamente para baixo, de modo que seu cabelo roçou nos quadris dele. Os músculos de Henry se contraíram com aquela sensação delicada, e seu membro se projetou da água.

Ela encontrou os olhos dele com uma pergunta.

– Como posso reconfortá-lo? – sussurrou.

Ele sabia que ela estava se oferecendo para aliviar seu desejo. Mas ele queria algo diferente.

– Cante para mim?

Ela arregalou os olhos, depois sorriu, e era o sorriso de sua amante, o sorriso de Alice.

Ela tomou as mãos dele e começou a cantar baixinho uma canção que ele nunca ouvira.

Muitas vezes jurei não amar ninguém,
mas quando penso em ti,
Não tenho o poder de resistir
tua cativa eu devo ser;
Tantos olhares e graças habitam
entre estes lábios e olhos,
Que todo aquele que teu rosto vê,
um grande prêmio há de ter conquistado.

Enquanto cantava, Alice começou a passar as mãos com suavidade pelo corpo dele, agitando a água que o banhava.

Muitas vezes vi tuas lindas partes
da cabeça aos pés,
O que me faz queimar nas chamas de Cupido,
a verdade de tudo é assim;
Pois quando eu me deito em meu leito
na esperança de descansar,
Não consigo dormir pensando em ti,
a quem amo de coração.

Os olhos dela reluziam enquanto cantava para ele os últimos versos. Olhos de pomba. (Olhos de Alice. Olhos da sua Alice.)

– Devo lavar mais partes suas? – perguntou ela, movendo as mãos na direção de sua ereção dolorosamente intumescida.

(Sim. Mas ainda não, meu amor.)

Ele tomou as mãos dela e as beijou.

– Alice, não quero voltar a fazer amor com você antes de torná-la minha esposa. É um voto que fiz diante de Deus e que é importante para mim.

Ela lhe deu um sorriso torto que era todo Alice.

– Como preferir, reverendo. Posso arder o quanto quiser.
Ele a encarou.
– Isso quer dizer que vai se casar comigo?
Ela riu baixinho.
– Isso foi por você, Henry. Por mim, eu teria me casado há um mês.
Ele fez uma pausa, uma ideia se formando em sua mente.
– Que tal esta noite?

Capítulo trinta e oito

Elena estava ocupada numa sessão, por isso Alice deixou apenas um bilhete. "Saí para me casar com o reverendo."

Ela e Henry deixaram a casa de chicoteamento de mãos dadas, Alice levando uma única bolsa e Henry apenas com a roupa do corpo. Alugaram um cavalo que os levou a um estábulo onde Henry providenciou uma carruagem e uma parelha.

– Para onde vai me levar? – perguntou ela, aninhando-se a seu lado. – Gretna Green?

– Vamos para um lugar melhor – disse Henry, enigmático.

– Eu me pergunto quanto tempo vai levar para que o eixo da carruagem quebre ou até nos perdermos numa tempestade de granizo, ou sermos cercados por ladrões – devaneou Alice.

– Gostaria de ver um ladrão tentando dominá-la – disse ele, sorrindo. – Com certeza você o amaldiçoaria com pragas piores do que as dele.

– Com todos os raios e demônios, é claro que sim.

Henry gemeu, o que a agradou muito.

Ao contrário de sua previsão, as estradas estavam boas e praticamente vazias. O clima permaneceu ameno. Não encontraram ladrões, nem lobos, nem mesmo uma pequena praga de gafanhotos.

Alice quase ficou decepcionada quando Henry diminuiu a velocidade dos cavalos numa trilha arborizada que levava a uma encosta e disse:

– Estamos quase lá.

No topo da colina, as árvores se separavam e diante delas havia um castelo. Um castelo de verdade, belo como se tivesse saído de um conto de fadas, com torres altas dignas de uma princesa.

– Que lugar é esse?

– Espere aqui – disse ele, sorrindo misteriosamente. – Não demorarei muito se as coisas correrem como planejado.

Ele caminhou até uma pesada porta de madeira e bateu. Depois de um momento, um homem da idade de Henry abriu. Vestia um roupão, como se tivesse saído da cama, e estremeceu de surpresa. Henry apontou para a carruagem. O rosto do homem se abriu num sorriso de alegria, e ele jogou a cabeça para trás, feliz, dando um tapa nas costas de Henry.

Os dois desapareceram no interior.

Enquanto esperava, Alice divertiu-se caminhando pelo terreno, que incluía uma linda capela com vista para o oceano do outro lado da colina. O ar tinha um cheiro verde e intenso, como o início da primavera, e o jardim estava barulhento com o canto dos pássaros. Depois de alguns minutos, Henry chamou o nome dela, e Alice voltou para as portas do castelo, onde ele a aguardava com o homem que ela vira antes. Dessa vez, ele usava o manto e o colarinho de um sacerdote.

– Alice Hull – disse Henry –, esse é o Sr. Andrew Egerton, meu querido amigo da universidade.

– É um prazer, Srta. Hull – respondeu o homem, sorrindo como se ela fosse uma espécie de milagre.

– O Sr. Egerton é um ministro ordenado quando não é um preguiçoso brincando de ser um cavalheiro do interior.

– O Sr. Evesham me convenceu a emitir uma licença especial, na minha condição de ministro do bispo de Canterbury – disse o Sr. Egerton. – Posso casá-los imediatamente. Se, de fato, tem a intenção de se casar com Henry Evesham.

– Tenho, sim – afirmou ela com alegria.

Ele abriu um sorriso.

– Então venham comigo.

Ela pegou a mão de Henry e caminhou ao lado dele rumo à linda capela.

Não havia órgão, mas não importava. Dez minutos depois, eles saíram ainda de mãos dadas.

Casados.

Capítulo trinta e nove

O coração de Henry estava prestes a explodir.
Deus era bom.

Durante aquela rápida conferência, Andrew concordara em emprestar aos dois a suíte da viúva do castelo, para que a noiva pudesse ter uma noite de núpcias adequada antes de retornarem a Londres.

Andrew pedira à sua governanta que preparasse os aposentos. Quando eles entraram, Henry percebeu que os criados do amigo haviam feito mais do que prepará-los.

A mesa estava cheia de rosas e havia uma abundância de frutas e bolos dispostos em pratos de cristal. A cama estava coberta de pétalas de rosa.

– Ah, Henry – disse Alice, parando na entrada. – É muita coisa.

Ele a apertou.

– É o dia do nosso casamento, Alice. Não é muita coisa.

Ah, ter uma noiva para mimar. Que divertido.

– Está com fome? – perguntou ele.

– Não – respondeu ela. – Estou um pouco cansada da viagem.

– Sei exatamente do que você precisa. Espere aqui.

A falecida mãe de Andrew tinha recebido a recomendação de se banhar durante a longa convalescência de uma moléstia do pulmão. Por isso sua suíte tinha um luxo um tanto incomum: uma sala de banhos com uma grande banheira e tinas fumegantes, aquecidas por uma fornalha sob o piso. Ele pedira a Andrew que preparasse o banho e deixasse a água aquecida para Alice.

O aposento era revestido por belos azulejos pintados, e o chão fora coberto com tapetes macios. As aberturas liberavam um vapor quente e perfumado com cascas de limão e alecrim. Ele pegou algumas rosas de um vaso no corredor e espalhou as pétalas sobre a banheira fumegante. Sentindo-se romântico, formou uma trilha que conduzia da banheira até a porta.

Ele voltou para buscar a esposa.

– Venha. Tenho uma surpresa para você.

Ele a conduziu por sua demonstração romântica, desfrutando do encanto dela com o caminho de pétalas de rosa e o perfume no ar. Quando chegaram à banheira, ele se virou para sorrir para ela, e a expressão que viu no rosto dela o arrebatou. Ela estava prestes a chorar.

– Ah, não chore. Eu só queria banhá-la, como você fez por mim. Para que sinta o que senti. Tanto cuidado. Tanto amor.

– Foi assim que você se sentiu?

Ele assentiu. E se deu conta de que, durante o dia todo, não se sentira culpado nem sacrílego nem perverso. Não se perdera em orações intermináveis, implorando o perdão de Deus.

Apenas se sentira amado.

– Estou tão feliz... – sussurrou ela.

– Então me deixe despi-la.

Ele se demorou. Tirou as roupas dela lentamente, acariciando sua pele, beijando-a em lugares secretos que ele nunca tivera tempo de celebrar, como a parte interna de seu joelho e sob sua axila, o que causava cócegas nela.

Quando Alice já estava nua, ele soltou o cabelo dela e o escovou, depois a ergueu e a colocou na banheira. Passou uma esponja por sua pele até que ela ficasse rosada e massageou sua carne com óleo perfumado. Alice deixou até que ele lavasse seu cabelo e sorriu enquanto ele brincava com os fios, maravilhado com aquela criatura, aquela beldade, para amar e cuidar.

– Paulo, o apóstolo, tinha razão – disse Henry. – É melhor se casar do que arder.

– Henry – disse Alice com um ar muito sério.

– Sim?

– Me leve para a cama.

Capítulo quarenta

—Ah, Alice. Ah, meu paraíso abençoado – disse Henry ao penetrá-la pela primeira vez.

– Não diga blasfêmias no leito matrimonial, reverendo – ralhou ela, erguendo os quadris para permitir que o marido consumasse a união de forma mais completa.

Para um homem inexperiente, ele encontrou um ritmo com facilidade e preencheu-a de tal forma que ela não precisou buscar o prazer. Ele simplesmente veio em ondas.

Aquela intensidade sem esforço banhou-a numa espécie de luz interior.

Era de fato como o paraíso – ou tão próximo dele quanto seria possível para uma garota malvada.

Os olhos de Henry estavam inundados por uma espécie de luz, e aquela certeza voltou a tomar conta dela.

Ele a amava, ela percebia. Mas ele também amava *aquilo*.

E, naquele castelo, naquela cama, Alice sentia-se uma rainha. O corpo de Henry era um dos maiores luxos que ela tivera o prazer de consumir.

Quando se exauriram, um sorriso preguiçoso tomou conta dos lábios dele. Um sorriso um tanto orgulhoso, se ela não estivesse enganada.

– Ora, Henry Evesham. – Ela riu. – Acredito que o transformei num sátiro.

A boca de Henry se contorceu timidamente.

– Sempre fui um sátiro. Tentei avisá-la.

Ela o apertou.

– E agradeço ao Senhor por isso.

Henry adormeceu nos braços dela. Quando ressonou baixinho, ela saiu do quarto na ponta dos pés e encontrou uma criada.

– Será que eu poderia fazer um pedido para a governanta sobre o desjejum?

– Claro, Sra. Evesham.

– Uma torta de maçã. Com muito creme e caramelo. Para meu marido.

Ela voltou para a cama e se aninhou junto a Henry.

– Obrigada – sussurrou.

Talvez estivesse agradecendo ao marido. Talvez estivesse agradecendo a Deus.

A única certeza era de que se tratava de uma espécie de oração.

Notas históricas

Parte do prazer de escrever este livro foi precisar investigar um verdadeiro tesouro de baladas e canções populares do século XVIII que sobrevivem nos registros históricos, muitas delas sórdidas, ou comoventes, ou as duas coisas. Na maioria das vezes, citei as canções do modo como foram escritas, com uma pontuação que parece estranha aos ouvidos contemporâneos, embora eu tenha tomado a liberdade de modificar uma ou outra palavra em prol da clareza.

Se sentiu curiosidade sobre as canções que aparecem nestas páginas, você pode encontrar mais informações sobre elas, em inglês, nos seguintes links:

- The High-Priz'd Pin-Box (c. 1750): http://ebba.english.ucsb.edu/ballad/32500/citation
- Good Morning, Pretty Maid (c. 1750): http://www.contemplator.com/england/prettymaid.html
- The Flattering Young Man and the Modest Maid (c. 1700): https://ebba.english.ucsb.edu/ballad/34283/citation

E, por fim, uma nota sobre o metodismo. A fé de Henry Evesham é vagamente inspirada nos escritos de John Wesley e de outros próceres do movimento evangélico do século XVIII, na Inglaterra. Por favor, perceba que, embora eu espere que as preocupações de Henry e sua fé estejam dentro do espírito da época, a versão dele é inteiramente fictícia. Não tem qualquer intenção de ser um retrato acurado do movimento histórico, tampouco é uma reflexão sobre a Igreja Metodista na atualidade.

Querido leitor,

Muito obrigada por ler *O lorde que eu abandonei*. Se gostou da história de Alice e Henry, por favor, considere a possibilidade de fazer uma resenha. Sua opinião é uma bênção para a comunidade de leitores em busca de novos livros e para autores como eu, que tanto desejam que suas obras cheguem àqueles que podem gostar delas.

Se quiser passar mais tempo na Charlotte Street, não deixe de ler os dois primeiros livros da série. Há *O duque que eu conquistei* (Livro 1) – no qual o duque de Westmead, secretamente submisso, casa com sua florista (por conveniência) e acaba descobrindo, muito a contragosto, que ainda tem um coração em pleno funcionamento. E há também *O conde que eu arruinei* (Livro 2) – em que uma jovem rebelde, sem querer, arruína um homem supostamente entediante, conspira para salvar a reputação dele por meio de um noivado falso e descobre que, na verdade, ela é entediante e está absolutamente apaixonada. Nossa!

O próximo livro desta série será protagonizado pela própria Elena Brearley e seu inimigo/cliente/amante, o lorde Avondale, e deverá ser publicado, vamos dizer, sabe-se lá quando... porque ainda não o escrevi! Se quiser ter notícias em relação a ele, você pode assinar minha newsletter, em inglês. O intuito é trazer novidades sobre livros, mas devo ser honesta: muitas vezes ela apresenta apenas fotos do meu gato com gravata-borboleta.

Outro livro meu, esse já escrito, é *The Rakess*. É o primeiro volume de uma série nova chamada Society of Sirens. A série conta as histórias de um grupo de damas radicais e libertinas que utilizam sua reputação escandalosa para lutar pela justiça e pelo amor que merecem. *The Rakess* é inspirado na intensa fúria feminista de Mary Wollstonecraft e em todos os livros "capa e espada" já lidos na segunda metade do século XX.

Com amor,
Scarlett

CONHEÇA OS LIVROS DE SCARLETT PECKHAM

Segredos da Charlotte Street
O duque que eu conquistei
O conde que eu arruinei
O lorde que eu abandonei

Para saber mais sobre os títulos e autores da Editora Arqueiro,
visite o nosso site e siga as nossas redes sociais.
Além de informações sobre os próximos lançamentos,
você terá acesso a conteúdos exclusivos
e poderá participar de promoções e sorteios.

editoraarqueiro.com.br